KB262200

북천십이로
北天十二路

북천십이로 7

허담 新무협 판타지 소설

초판 1쇄 찍은 날 § 2013년 1월 4일
초판 1쇄 펴낸 날 § 2013년 1월 10일

지은이 § 허담
펴낸이 § 서경석

편집부장 § 권태완
편집책임 § 아정원
디자인 § 이혜정

펴낸곳 § 도서출판 청어람
등록번호 § 제1081-1-89호
등록일자 § 1999. 5. 31
어람번호 § 제2-2296호

주소 § 경기도 부천시 원미구 심곡2동 163-2 서경B/D 3F (우) 420-822
전화 § 032-656-4452 팩스 § 032-656-4453
http://www.chungeoram.com
E-mail § chungeorambook@daum.net

ⓒ 허담, 2013

ISBN 978-89-251-3135-1 04810
ISBN 978-89-251-2964-8 (세트)

北天十二路

북천십이로

흑야(黑夜)

7

허 담 新무협 판타지 소설

ORIENTAL FANTASY STORY

도서출판 청어람

北天十三路

第
一
章

기이한 동거

팟!

나무 작살이 날카롭게 물을 갈랐다. 그러나 한 마리 잉어가 꽂혀 나왔다.

"좋아!"

노인이 양지 바른 바위에 기대앉아 소리쳤다. 노쇠했지만 카랑한 것이 아직 독기가 남아 있는 목소리다.

"왼쪽을 살펴! 그쪽이 좀 더 많아!"

노인이 다시 소리쳤다. 그러자 나무 작살을 들고 있던 봉두난발의 사내가 슬쩍 왼쪽으로 고개를 돌리더니 재빨리 작살을 던졌다.

푸드드!

다시 팔뚝만 한 잉어가 작살에 꽂혀 나왔다. 작살에 꿰인 푸

들거리는 잉어의 몸짓이 힘차다. 사내는 두어 번 더 작살질을
했다. 그러자 금세 그의 발밑에 다섯 마리의 잉어가 모였다.

 툭!

 나무 작살을 한쪽으로 던진 사내가 쭈그리고 앉아 잉어 한 마
리를 들더니 능숙하게 손질하기 시작했다. 그런데 그의 시선이
이상했다. 그는 잉어를 손질하면서도 잉어를 보고 있지 않았다.

 그의 시선은 자신의 손보다 조금 위쪽을 보고 있었다. 눈이
보이지 않는 사람인 것이다. 그러면서도 사내는 성한 사람보다
도 더 능숙하게 잉어를 손질했다.

 잉어 다섯 마리가 순식간에 그의 손에 의해 내장을 토해내고
흰 뱃살을 드러냈다. 잉어를 모두 손질한 사내가 오른쪽으로 손
을 더듬어 긴 꼬챙이를 찾았다. 그러고는 능숙하게 잉어들을 그
꼬챙이에 끼웠다.

 "갑시다."

 사내가 말했다. 그러자 노인이 사내에게 기듯이 다가왔다. 사
내가 손을 내밀어 노인의 팔을 잡았다.

 "으챠!"

 노인이 마른 다리에 힘을 주며 신형을 세웠다. 그러고 보니
그의 한쪽 다리는 거의 굳은 채로 움직이지 않고 있었고, 다른
쪽 다리도 싸리처럼 가느다란 것이 다리 구실을 할 것 같지 않
았다.

 신형을 세운 노인을 향해 사내가 능숙하게 등을 내줬다. 그러
자 노인이 하나밖에 없는 팔 힘에 의지해 훌쩍 사내의 등에 올
랐다. 그렇게 노인을 등에 업은 사내가 천천히 숲을 향해 걸어

가기 시작했다.

투툭!

마른 나뭇가지가 열기를 이기지 못하고 소리를 내며 불꽃을 튕겨냈다. 그 위에 잉어를 꿴 검이 길게 늘어져 있다. 잉어는 기름을 흘리며 노랗게 구워지고 있었는데 그 냄새가 동굴에 가득했다.

"흐흠……."

노인이 콧노래를 흘렸다. 아마도 눈앞에서 익어가는 잉어의 모습이 못내 만족스러운 모양이다.

"먹어도 될 것 같소만……."

노인의 맞은편에 있는 봉두난발의 사내가 말했다.

"아직. 어두육미라고… 머리가 안 익었어."

노인이 말을 하며 슬쩍 사내의 눈치를 보고는 익어가는 잉어의 옆구리 살을 조금 떼어 입에 넣었다.

"욕심은 여전하시구려."

사내가 말했다.

"이크, 과연 눈먼 소경은 마음에 눈이 있다더니 정말이군."

노인이 겸연쩍은 표정으로 사내를 보며 말했다.

"먹어도 되겠소?"

"먹자고."

노인이 그제야 고개를 끄덕였다. 그러고는 천천히 검에서 잉어를 빼 내 사내 앞에 놓인 작은 돌 접시 위에 놓아주었다. 한 팔밖에 없는 노인이지만 그 움직임이 두 손을 가진 사람보다 능숙하다.

잉어를 받은 사내가 능숙하게 잉어를 발라먹기 시작했다. 노인 역시 사내에게 잉어를 모두 뺏길 수 없다는 듯 황급히 잉어에 손을 대기 시작했다.

"젠장, 소금이 있으면 정말 좋을 텐데."

노인이 잉어 두 마리를 게 눈 감추듯 해치우고는 손가락을 빨며 말했다.

"다 먹고 나서 무슨 불평이오?"

"흐흐, 시장이 반찬인 것은 배고플 때 이야기지. 사람의 마음이란 본래 조석변이 아닌가?"

"그런 사람이 거래를 하자고 하오?"

순간 노인의 표정이 변했다.

"응? 그 말인즉슨 이제 거래할 마음이 생겼다는 건가?"

그러자 봉두난발의 사내가 머리를 쓸어 올리며 말했다.

"언제까지 이곳에 살 수는 없으니 말이오."

빛에 드러난 얼굴이 굴강하다. 석요송이다.

"흐흐흐, 잘 생각했네. 이 거래는 결코 자네에게 손해나는 것이 아니야. 잘하면 천하를 손에 넣을 수 있어. 나 은올기의 후계자가 되어서 말이야."

"천하 따위 관심없소."

"그래? 참 알 수 없는 친구야. 복수도 관심없다, 천하도 관심없다. 그럼 도대체 나와 거래를 하려는 이유는 뭔가?"

"단지 답답할 뿐이오."

"흠, 그… 것도 이유는 되지."

"정말 내 눈이 본래대로 돌아올 수 있는 거요?"

"그렇다니까. 왜 그렇게 사람 말을 믿지 못하는가."

"세상에서 유일하게 믿을 수 없는 사람을 꼽으라면 난 당신을 꼽겠소."

"하하하! 그렇지, 그래. 누가 감히 은올기를 믿겠는가? 하하하! 그래, 언제 떠나겠나?"

"준비는 되셨소?"

"나야 뭐……."

"이 몰골로 갈 수는 없으니 내일 몸을 좀 씻고 모레 떠납시다."

"씻는다고 거지꼴이 달라지나?"

"금자가 있으니 저자에 나가면 먼저 옷을 구합시다."

"그건 그래야지. 호호호, 드디어 또 강호인가?"

은올기가 나직한 음소를 흘렸다. 소름 끼치는 웃음이다. 은올기의 웃음을 들으며 석요송이 물었다.

"나야 그대의 말처럼 시력을 회복할 수 있다 치고, 그대의 몸은 회복될 수 있소?"

"나? 뭐… 대충은."

"무공은 회복키 어려울 것 같소만."

"그럴 수도 있겠지. 단전이 허물어졌으니. 그 망할 금문의 살수 놈들이 화살에 묻혀 쓴 독도 만만치가 않았으니까. 더군다나 자네의 그 독수는 정말 무섭더군."

"대신 내 눈을 가져가지 않았소?"

"하하하, 글쎄 그건 회복할 수 있다니까. 자네의 눈을 멀게 한 독은 해독약이 있다네."

은올기가 은근한 시선으로 석요송을 보며 말했다. 그러나 석요송은 그런 은올기의 시선을 알아볼 수 없었다.

"참 기이한 일이오. 눈을 멀게 하는 독이야 많겠지만 또 해약이 있어 먼눈을 회복시킬 수도 있는 독이란 들어보지 못했는데……."

"뭐, 세상엔 믿기 힘든 일이 많으니까. 혈림에 가면 반드시 해약이 있으니 걱정 마시게."

은올기가 자신있게 말했다.

"혈림이라……. 호랑이 굴로 들어가는군."

석요송이 나직하게 중얼거렸다. 그러자 은올기가 다시 웃음을 흘렸다.

"흐흐흐, 호랑이 굴에 들어가야 범 사냥을 하지. 혈림을 얻으면 자네에게 소용되는 일이 많을 걸세."

"그저 날 죽이지나 않으면 고마울 뿐이오."

"하하하, 천하의 누가 있어 자네를 죽이겠나? 자네의 무공은 여전히 천하제일!"

"그러나 눈먼 소경이오."

석요송의 대답에 은올기가 다시 음산한 목소리로 대답했다.

"길을 가거나, 음식을 먹거나, 서책을 읽는 데에는 불편하겠지. 그러나… 싸움을 하는 데는 크게 불편이 없다는 것을 알고 있다네. 싸움은 눈으로 하는 것이 아니라 육감으로 하는 것이니까. 오히려 자네의 무공은 더욱 강해졌을 수도 있겠지."

"겪어보지 않은 일을 어찌 아시오?"

"흐흐, 당금 천하에도 내가 알고 있는 눈먼 고수가 여럿 있다
네."

"일어나게. 벌써 밝았네."
은올기가 석요송을 툭툭 쳤다. 제대로 일어나지 못하고 동굴
벽에 등을 대고 앉아 있는 은올기다. 그러자 석요송이 부스스
눈을 떴다. 좌우를 돌아보더니 천천히 자리에서 일어났다.
"무슨 잠이 그리 많노?"
은올기가 투덜댔다.
"눈먼 소경이 밤낮을 알겠소?"
그러자 은올기가 다시 물었다.
"정말 아무것도 보이지 않나?"
"이 지경으로 산 지 일 년이 넘었는데 아직도 그걸 물으시오?
알고는 있었지만 참 의심이 많구려."
"흐흐흐, 나 은올기가 지금껏 천하를 움직인 것은 바로 이 의
심 때문이네. 누구도 믿지 않는 이 의심이야말로 권력을 지키는
제일책이지."
"그래서 어디 세상 사는 맛이 나겠소?"
"권력의 달콤함은 세상 그 무엇과도 비교할 수 없지."
은올기가 천천히 수염을 쓸며 말했다. 그러자 그런 은올기를
초점없는 눈으로 바라보던 석요송이 자리를 털고 일어났다.
"일단 나갑시다."
"그러세."
은올기가 손을 들었다. 석요송이 은올기의 손을 잡은 후 훌쩍

끌어 일으켰다. 그러자 은올기의 몸이 종잇장처럼 가볍게 석요송의 등에 업혔다.

　쪼르륵쪼르륵!
　산새 소리가 맑다. 늦가을 개울물은 그보다 더욱 맑다.
　"어훗!"
　은올기가 한 손에 물을 담아 얼굴을 씻으며 탄성을 흘렸다. 물이 얼음처럼 차다. 석요송은 한쪽에서 웃통을 벗고 몸을 씻고 있었다. 굴강한 근육이 햇살을 받아 꿈틀거렸다. 얼굴을 닦고 있던 은올기가 그런 석요송의 몸을 부러운 듯 바라봤다.
　"좋구나!"
　급기야는 탄성까지 흘려내는 은올기다.
　"뭐가 말이오?"
　"젊다는 게 말이야. 자네 몸은 정말 근사하군."
　"남색을 좋아하는 줄 몰랐구려."
　"어허! 천하의 인검이 그런 말을 할 줄은 몰랐군. 농이라는 것은 모르고 사는 사람인 줄 알았는데."
　은올기의 말에 석요송 자신도 자신의 말에 놀랐는지 겸연쩍은 표정을 지었다. 그 어색함을 풀려는 듯 석요송이 아예 몸을 물속에 잠갔다.
　"춥지 않나?"
　"시원하오."
　"역시 젊은 건가?"
　이번만큼은 진정으로 부러운 목소리의 은올기다. 그러자 석요송이 아예 머리까지 물속으로 담갔다. 그의 얼굴이 물결에 따라 일렁인다. 말 상대를 잃은 은올기가 물끄러미 그런 석요송을 바라보다 중얼거렸다.

"미리 인연을 맺었으면 좋았을 것을… 아까워."

순간 석요송이 물속에서 빠져나왔다.

또다시 하루가 지났다. 석요송과 은올기는 아침 일찍 그들이 지내온 동굴을 나서 동행에 나섰다. 은올기는 언제나처럼 석요송의 등에 업혀 있었고, 석요송은 그런 은올기의 눈을 빌어 길을 가기 시작했다.

"아무튼 말이야, 일단은 조심해야 해."

"도대체 제자들을 조심해야 하는 이유가 무엇이오?"

"말이 제자지, 승냥이 같은 놈들이지. 내가 이 지경이 되었다는 것을 아는 순간 야차처럼 달려들 거야."

"무슨 사제 관계가 그렇소?"

"그게… 혈림의 오랜 전통이지. 제자는 항상 스승을 밟고 일어선다. 그래서 스승도 죽을 때까지 편히 쉴 수 없는 곳이 혈림이네. 한편으로는 그 치열함이 지금까지 혈림을 이어온 것이지."

은올기의 말을 들으며 석요송은 내심 과거 사막의 고성에서 보았던 구월황의 글을 생각했다. 당시 그는 제자 은무에게 기습을 당해 그 고성에서 죽어갔다. 지금껏 석요송은 그것이 혈사신보를 둔 배덕한 제자의 패륜적인 살행 정도로 생각했다. 그런데 은올기의 말을 들어보면 그건 혈사신보의 주인들 사이에서 일어나는 통상적인 일이 아닌가.

혹은 제자가 스승을 겁박하는 전통이 은무로부터 시작된 것일 수도 있었다. 구월황의 시대까지는 혈사신보 전승의 전통이 어떠했는지 알 수 없는 일이다.

"그대의 큰 제자는 살아 있을 것 같소?"

석요송이 등에 업힌 은올기에게 물었다.

"아마도 살아 있을 거야. 내 제자 놈들은 하나같이 영악하거든."

"그럼 그가 혈림을 장악했겠구려."

"그럴 가능성이 많지. 그러나 모르는 일이야. 다른 제자 놈들도 만만치 않거든. 비록 자네가 세 녀석을 죽였다고 해도 살아 있는 놈은 많으니까. 어쩌면 치열한 싸움을 벌이고 있을지도 모르지. 불나방 같은 놈들."

"당신의 제자들을 죽인 것은 내가 아니오."

"아, 물론 빙궁의 소궁주가 죽였다고 하지만 그래도 결국 자네에 의해 일어난 일이 아닌가?"

이미 천록야에서 일어난 일에는 비밀이 없는 두 사람이다.

"그렇긴 하오."

석요송이 순순히 시인했다. 그러자 은올기가 다시 입을 열었다.

"어쩌면 막내가 혈림을 장악했을 수도 있지."

"어떤 사람이오?"

석요송이 호기심이 생기는지 은올기의 제자에 대해 물었다.

"적두랑이라는 녀석인데… 무서운 놈이지. 나도 그 속을 알 수 없어. 심기로 따지자면 제자 녀석들 중 최고지. 단 하나 단점은 뒤늦게 제자가 된 통에 무공이 약하다는 건데…… . 또 모르지, 무공조차 숨기고 있었던 것인지."

은올기가 고개를 갸웃하며 중얼거렸다. 정말로 그 자신조차도 적두랑이라는 막내 제자에 대해서는 자신이 없는 모양이다.

"다른 사람들은 어떻소?"

"다섯째 녀석은 거수할이란 놈인데 힘이 장사고, 여섯째는 염후란 계집인데 독하기가 사갈과 같지. 모두 만만치 않아. 하지만 아무리 그래도 큰놈을 대적하기는 좀 모자라고, 결국 적두랑 그 녀석 하나만 남지. 그리고…… ."

"또 다른 사람이 있소?"

석요송의 질문에 은올기가 조심스레 고개를 끄덕였다.

"그는 자네도 알고 있는 사람이네."

"내가 혈림의 사람을 안단 말이오?"

"혈림의 사람은 아니네."

"그런데 어떻게 혈사신보의 주인이 될 수 있단 말이오?"

"그건 내가 그에게 비밀리에 내 후계자가 될 수 있는 자격을 부여했으니까."

"도대체 누구요?"

석요송이 부쩍 호기심이 인 표정으로 물었다. 그러자 은올기가 석요송의 귀에 대고 나직하게 말했다.

"나처럼 한 팔이 없는 사람이야. 덕분에 금문의 새로운 태상장로에 대한 원한이 아주 깊지. 사막의 검은 바람을 먹고사는 놈인데… 아주 호방해. 거칠고 또 심기도 깊다. 누구겠는가?"

“가섭몽!”

석요송이 단박에 은올기가 말하는 사람이 누군지 알아챘다.

“역시 똑똑해. 말을 섞는 재미가 있단 말이야.”

은올기가 힘없는 손으로 석요송의 어깨를 가볍게 두드렸다. 그러자 석요송이 다시 물었다.

“흑사풍은 혈림과 어떤 관계요?”

“뭐, 예전에는 큰 관련이 없었지. 그러나 내가 혈사신보의 주인이 되면서는 아주 가까워졌지. 굳이 따지자면 혈림의 속가와 같다고나 할까.”

“흑사풍을 만든 것은 아니구려.”

“후후, 물론 흑사풍은 아주 오래전부터 있었지. 그러나 오늘날 흑사풍이 북천십이문 중 일문이 된 것은 나에 의해서야. 내가 없었다면 사막의 마적 떼들이 감히 오늘날의 성세를 꿈꿀 수 없었겠지.”

은올기가 자부심 가득한 목소리로 말했다.

“그렇구려. 그런데 왜 당신의 제자가 아닌 가섭몽에게 관심을 둔 거요?”

“후후후, 그를 보았지?”

“보았소.”

“어떻던가?”

은올기가 다시 물었다. 그러자 석요송이 곰곰이 지난날 사막에서 보았던 가섭몽에 대한 기억을 떠올렸다. 그러다가 문득 고개를 끄덕였다.

“그렇구려.”

"알겠지?"

알 수 없는 말과 질문이다. 그러나 석요송은 은올기의 마음을 읽은 듯 대답했다.

"이제 생각해 보니 특별한 사람이었던 것 같구려."

"좋은 재목이지. 더군다나 한 팔이 잘린 후에도 좌절하지 않고 오히려 더 나은 무공을 얻기 위해 수련에 들어갔단 말이야. 독한 놈이지. 그러니 나의 후계자로 모자람이 없다."

"그에게 혈사신보의 무공을 전했소?"

"신보의 무공은 함부로 전할 수 없다. 오직 후계자로 지목된 자만이 혈사신보를 볼 수 있지. 그러니 내 제자 놈 중 누구도 혈사신보를 본 사람은 없어. 대신 녀석들은 후산염공이라는 무공을 수련하지. 도검은 자기 취향대로 익히고."

"후산염공은 어떤 무공이오?"

"본래 혈사신보를 처음 강호에 들고 나온 사람은 왕사다난이란 사람인데 서역에서 왔다고 전해지지. 조사 왕사다난은 자신이 후산 출신이라고 했지. 그분은 혈사신공은 자신의 후계자에게만 전하고 수하들에게는 다른 무공을 전수했는데 그 무공 중 후산염공이 있었네. 비록 혈사신공에는 미치지 못하지만 절기 중의 절기요, 신공 중의 신공이지."

은올기는 아낌없이 혈사신보와 혈림의 전통에 대해 털어놓았다. 그는 웬일인지 완전히 석요송을 신뢰하는 것처럼 보였다.

"그럼 가섭몽 그에게도 후산염공을 전했소이까?"

"그랬지. 그런데 잘 모르겠어. 천록야에서 대천성을 통해 전했는데 과연 대천성이 후산염공을 그 녀석에게 전해주었을지는. 아무튼 그놈이 후산염공까지 수련한다면 무서워질 거야."

은올기가 은근한 눈으로 석요송을 보며 말했다. 그러자 석요송이 묵묵히 고개를 끄덕였다. 그러자 은올기가 다시 은근한 목소리로 물었다.

"자네… 혈사검을 보았다고 했지?"

"그렇소."

"음, 그 검결을 기억하나?"

"말해줄 수 없소."

석요송이 단호하게 말했다. 그러나 은올기는 실망하기보다는 오히려 반색을 했다.

"오라, 알고 있긴 하단 말이군."

"정확히는 모르오."

"내 자네와 같은 사람을 알지. 한 번 보면 모든 것을 기억하는 사람들 말이야. 나도 그렇거든. 하하하!"

"뭐가 그리 좋은 거요?"

"자네가 혈사신보의 주인이 되면 자연히 혈사신공을 익힐 것이고, 그리되면 혈사신공과 혈사검이 수백 년 만에 하나가 되네. 신보의 전인으로서 이처럼 기쁜 일이 없지. 혈사신보가 하나로 합쳐지면 천하는 다시 혈림의 의도대로 흘러갈 걸세. 후후후!"

"그런 세상을 볼 수 있겠소?"

"이크, 일찍 죽으라는 말이군. 그러나… 나도 혈림으로 돌아간다면 몇 년은 더 살 수 있게 될 걸세. 그곳에는 자네의 눈을 뜨게 할 해약만 있는 것이 아니야. 내 몸을 회복시킬 영약도 있지."

"역시 난 무척 위험한 거래를 한 것이구려."

"걱정 말게. 자넬 해할 생각은 없으니까. 자네가 혈사신보의 주인이 되기만 한다면."

"별로 관심 없소, 눈만 뜨면."

"혈사신공을 견식하면 마음이 바뀔 걸세."

그러자 석요송이 굳은 표정으로 입을 열었다.

"혈사신공이 아무리 대단하다 해도 세상에는 그것을 능가할 무공이 적어도 두 개는 있소."

"세상에 혈사신공을 능가할 무공은 없네."

은올기가 단호하게 말했다.

"있소."

이번에는 석요송도 고집을 피웠다. 은올기는 자신과 금령이 수련한 정경과 패경을 생각하고 있었다. 그러자 은올기의 얼굴이 벌게지며 물었다.

"그게 무슨 무공인가?"

"그대의 팔을 누가 잘랐소?"

"그거야… 음, 금온 그는 조금 다른 경우지. 물론 그의 무공이 나보다 뛰어나기는 해도 그건 단지 그의 재능이 날 능가하기 때문이네. 더군다나 무공을 수련한 지도 오래된 사람이고. 무공의 고하가 반드시 무결의 고하를 결정하는 것은 아니지 않나?"

"물론 그렇기는 하지만 아무리 그릇이 좋아도 물이 맑지 않으면 아무런 가치가 없는 법이 아니겠소."

"음, 그렇기는 한데, 그러나 난 혈사신공보다 뛰어난 무공이 있다고는 믿지 않네. 내가 혈사신공을 십이성 완성하고 혈사검법을 얻었다면 금온을 이길 수 있었을 것이네.”

은올기가 확신하듯 말했다. 그러자 석요송이 덤덤하게 대답했다.

“그렇게 생각을 한다면 어쩔 수 없는 일이오.”

“일단 혈사신공을 보고 다시 판단해 보게나.”

“그래야겠구려.”

석요송이 더 이상 언쟁을 할 필요가 없다는 듯 대답했다. 그러나 여전히 석요송은 금온이 지니고 있던 두 개의 신경, 자신에게 전해진 대정심공이 들어 있는 정경과 금령이 수련한 패경의 신묘함을 따를 신공은 존재하지 않는다고 생각하고 있었다. 물론 그러면서도 그의 마음속에서 은올기가 누누이 절대 무공이라 자부하는 혈사신공 대한 호기심이 없는 것도 아니었다.

‘운이 좋은 건가? 세상에서 가장 뛰어나다고 알려진 신공들을 모두 볼 수 있게 되다니.’

석요송이 내심 그런 생각하고 있는데 은올기가 그의 어깨를 툭 쳤다.

“오 리 밖에 마을이네.”

석요송이 고개를 들었다. 형체를 구분할 수 없는 빛의 명암이 드러났다. 아스라이 먼 곳으로 느껴지는 곳에 검은 점들이 희미하게 보인다. 은올기는 모르지만 사실 그의 눈은 완전히 먼 것이 아니었다. 빛과 어둠, 산과 강, 집과 너른 길은 희미하게나마 구분할 수 있는 석요송이다. 물론 그렇다고는 해도 은올기의 도움 없이는 제대로 여행을 해나갈 수 없기는 했다.

"큰 마을이오?"

"그리 크지는 않아. 산골 마을인데, 흥안령에 들어앉아 약초나 캐는 산골 사람들의 마을 같으이. 대략 이십여 호 되는데?"

"산골 마을치고는……."

"하긴 그렇게 보면 제법 크군."

"주막이라도 있으면 좋겠구려."

"가보세."

은올기의 말에 석요송이 걸음을 옮기기 시작했다.

다행히 마을에는 주막이 있었다. 북방의 초원에 인접한 곳에 주막이 있다는 것은 기이한 일이다. 하긴 마을이 존재하는 것조차도 특별한 일이긴 했다.

"어서 오시……! 이런, 아침부터 재수없게 거지새끼들이……!"

늙었지만 카랑카랑한 목소리를 가진 주모가 거칠게 욕설을 흘렸다. 그러면서 주먹을 들어 보이며 다시 소리쳤다.

"썩 꺼져! 가뜩이나 장사도 되지 않는데… 에이!"

주모가 당장에라도 나무막대기를 집어 들고 달려들 것처럼 소리쳤다. 그러자 은올기가 아무 말 없이 주모를 노려보다 품속에서 은전 두 닢을 꺼내 주막 마당에 던지며 말했다.

"요기할 거리를 좀 주고, 옷을 좀 구해오게."

순간 주모의 표정이 변했다. 몰골로 보자면 상거지가 분명한 자들이 은자를 서슴없이 내놓고 또 그 말하는 품새가 범상치 않다. 주모의 얼굴에 잠시 망설이는 기운이 돌더니 재빨리 허리를 숙여 땅에 떨어진 은자를 주워들었다.

"헤헤, 아이구, 이 늙은이가 그만 오해를 했구만요. 늙어 눈이 어두워져서 귀인을 몰라 뵙고. 그런데 어쩌다가 이런 지경을……."

주모가 허리를 굽실거리며 물었다. 그러자 은올기가 대답했다.

"길을 잃었소. 한 한 달은 산속을 헤맨 것 같소."

"아이고, 한 달씩이나. 귀하신 분들이 고생이 심하셨겠습니다. 그래도 용케 굶어 죽지 않고… 아이고, 이놈의 주둥이 하고는!"

주모가 스스로 자기 손으로 자신의 입을 쳤다. 그러자 은올기가 무덤하게 말했다.

"내 제자가 제법 무공이 뛰어나 사냥을 할 수 있었소."

그러자 주모가 석요송을 눈여겨보다가 눈동자의 초점이 맞지 않는 것을 알아채고는 물었다.

"그런데 제자분께서는 눈이……."

"허어, 주모의 눈썰미가 정말 대단하구려. 맞소, 나의 제자는 제대로 보지 못하오. 그러니 어서 쉴 곳을 좀 내어주시오."

"아이고, 그러지요, 그러지요. 이리로……."

주모가 얼른 석요송과 은올기를 문이 활짝 열려 있는 작은 객방으로 안내했다. 아마도 자고 가는 손님이 없을 때는 이렇게 문을 열어놓고 요기를 하는 손님들을 받는 곳으로 쓰는 모양이다.

"따뜻하군. 초원에선 이런 집을 찾기가 어려운데……."

석요송이 은올기를 내려놓자 은올기가 손으로 방바닥을 짚으며 중얼거렸다. 그러자 주모가 급히 입을 열었다.

"이 마을을 세운 저희 조상들은 해동에서 온 사람들이라 온돌을 놓을 수 있지요."

"오, 그렇구려. 이게 바로 해동의 그 유명한 온돌집이군. 자, 주모는 얼른 먹을 것을 내오시오."

"알겠습니다. 그럼 잠시 기다리십시오."

주모가 얼른 고개를 숙여 보이고는 자리를 떴다. 그러자 그 주모의 모습을 보고 있던 은올기가 나직하게 입을 열었다.

"평범한 마을이 아니야."

"이상한 점이라도……?"

앞을 보지 못하는 석요송으로서는 은올기의 판단에 의지할 수밖에 없는 상황이다.

"음, 주모라는 노파의 걸음새가 무공을 익힌 듯하고… 아무리 홍안령 산속이라지만 초원에 인접한 곳에 이런 가옥을 짓고 산다는 것은……."

"말하지 않았소? 해동에서 온 사람들이라고."

"그렇긴 하지만 해동에서 온 사람들이 하필이면 왜 이런 곳에 터를 잡았을까?"

"사람들이야 다 그 나름대로 사연이 있는 법 아니오?"

"흐흐, 그거야 뭐 그렇지만. 자네는 아주 늙은이가 되어버린 것 같군. 이제 겨우 이십대 중반의 나이에 말이야."

"당신과 함께 있으면 늙은이가 되지 않을 수가 없소."

"저런, 그렇게 내가 경계가 되는가?"

"혈사신보의 주인이니 어련하……!"

말을 하다 말고 석요송이 입을 닫았다. 어느새 주모가 작은 상에 국밥을 말아 내오고 있었다. 석요송이야 상 위에 놓인 국밥을 보지 못했지만 은올기는 국밥을 보고 다시 묘한 표정을 지었다.

"정말 해동의 후예인 모양이오."

은올기가 상을 내려놓는 노파를 보며 말했다.

"그럼 제가 거짓말을 하는 줄 아셨습니까?"

"아니, 아니오. 이런 음식은 내 예전에 해동을 여행할 때나 먹어본 것이라서……."

"입에 맞지 않으면 다른 음식을 올리지요."

"아니오. 그때나 지금이나 무척 입맛을 당기는구려. 자, 수저를 들게."

은올기가 석요송에게 나무 숟가락을 쥐어주었다. 그러자 석요송이 한 손으로는 숟가락을 들고 다른 한 손으로는 국밥 그릇을 잡은 후 천천히 국밥을 떠먹기 시작했다.

시원하면서도 따뜻한 국물이 목을 타고 넘어갔다. 순간 석요송은 속을 따뜻하게 만드는 푸근한 기운을 느꼈다. 그러면서 가슴 깊은 곳에서 알 수 없는 감정이 솟구쳤다. 아득한 기억 속에서 경험했던 그런 향기요, 맛이다. 석요송이 문득 입을 열었다.

"무슨 고기로 끓인 거요?"

갑작스런 석요송의 질문에 주모도 은올기도 의아한 눈으로 석요송을 바라봤다. 그러나 물었으니 아니 대답할 수는 없는 일, 주모가 대답했다.

"그… 산양으로 끓인 겁니다만… 입에 안 맞으시는지?"

"아니오. 무척 맛이 있어서 물어본 말이오. 그런데 해동에서 왔다고 했지요?"

석요송의 말투까지 공손해졌다.

"그, 그렇습니다만……."

주모는 잔뜩 경계 어린 시선으로 대답했다. 그런데 거기까지 물은 석요송이 더 이상 말을 하지 않고 국밥 먹는 일에 열중하기 시작했다. 그는 무척 맛나게 국밥을 먹었다. 그의 먹는 모습과 소리만으로도 저절로 입에 침이 고일 정도였다.

은올기는 의아한 눈으로 석요송을 보며 천천히 식사를 했다. 젊은 석요송과 나이 든 은올기가 음식을 먹는 시간은 차이가 있어서 석요송이 국밥 한 그릇을 뚝딱 비웠을 때에도 은올기의 그릇에는 반 정도 음식이 남아 있었다.

"좀 더 드릴까요?"

주모가 석요송이 워낙 맛있게 국밥을 먹자 조심스레 물었다. 그러자 석요송이 고개를 저었다.

"아닙니다. 음식이 아무리 달아도 무한정 먹을 수는 없지요. 아무튼 아주 잘 먹었습니다."

"그러셨다니 다행입니다."

주모가 조금 이상한 듯 고개를 갸웃하며 석요송을 바라보다 뒤로 물러나 부엌으로 들어갔다. 그러자 은올기가 석요송에게 물었다.

"그렇게 맛있나?"

"그렇소."

“이상한 일이군. 자네가 식탐을 하는 줄은 몰랐는데.”

“아주 오래전… 맛보았던 맛이라…….”

“그런가? 하긴 자넨 요동 사람이니 이런 해동의 음식에 익숙할 수도 있겠지. 아무튼 맛이 있긴 하군.”

잠시 후 은올기도 국물 하나 남기지 않고 그릇을 비웠다. 그러자 기다렸다는 듯이 주모가 부엌에서 나왔다.

“양은 족하신지요?”

주모가 물었다. 그러자 은올기가 대답했다.

“이만하면 됐소. 우린 잠시 쉬고 있을 터이니 옷가지를 좀 구해다 주시오.”

“알겠습니다. 그리하지요. 잠시만 기다리세요.”

주모가 얼른 상을 들고는 부엌으로 물러났다. 그리고 잠시 후 앞치마를 두른 채 부엌을 나서 마을 쪽으로 걸어갔다. 그 모습을 보고 있던 은올기가 나직하게 입을 열었다.

“범상치가 않아.”

“뭐가 말이오?”

“이 마을의 초옥들은… 진식을 바탕으로 세워졌어.”

“어떤 진인지 아시겠소?”

“글쎄, 정확히는 모르겠으나 팔괘의 방위를 따른 것 같군.”

은올기의 말에 석요송이 고개를 끄덕였다. 그리고는 깊은 상념에 잠기는 석요송이다. 그런 석요송을 힐끗 살핀 은올기가 다시 차분하게 마을의 생김새를 살피기 시작했다.

주모가 돌아온 것은 대략 이각이 지난 후였다. 주모의 손에는 두 벌의 옷이 들려 있었는데 비단옷은 아니었지만 깨끗하게 다려진 것이 만든 지 얼마 되지 않은 옷 같았다.

"괜찮겠습니까?"

주모가 옷을 내려놓으며 물었다. 그러자 은올기가 옷을 들어 보더니 고개를 끄덕였다.

"좋구려. 이만하면 됐소."

"아이고, 다행입니다. 산골이라 옷이 귀해서……. 그럼 갈아입으세요."

남정네가 옷을 갈아입는 것을 보고 있을 수는 없는 법이어서 주모가 방문을 닫고 물러났다. 그러자 은올기가 옷 한 벌을 석요송의 손에 쥐어주었다.

"입게."

은올기의 말에 석요송이 천천히 옷을 갈아입기 시작했다. 옷을 갈아입던 석요송이 소매 깃을 매만졌다. 그러고는 빙그레 미소를 지었다.

"왜 그러는가?"

은올기가 석요송을 보며 물었다. 그러자 석요송이 되물었다.

"뭐가 말이오?"

"그 미소는 새 옷을 입어 기분이 좋아서인가?"

"그렇지 않겠소? 묵을 것을 벗어버리는 기분은 언제나 좋은 것이지."

"음, 옷에도 욕심이 있다? 별일이군."

"갑시다."

문득 석요송이 말했다.

"벌써? 오늘 하루는 여기서 자고 가지?"

"사람이 많은 곳은 위험하다고 당신이 먼저 말하지 않았소?"

"그렇긴 하지만 이런 산골에……. 아니군. 주모의 움직임이 심상찮았으니 역시 이곳을 벗어나는 것이 좋겠군."

은올기가 고개를 끄덕였다. 그러자 석요송이 자리에서 일어났다. 그러고는 은올기에게 손을 내밀었다. 그러자 은올기가 석요송의 손을 잡고 방문을 열었다.

"주모, 우린 그만 가겠소."

"아니, 벌써 말입니까?"

부엌에 들어가 있던 주모가 재빨리 뛰어나왔다. 역시 감추려 해도 그 움직임이 날래다.

"갈 길이 좀 멀어서 말이오. 잘 먹었소."

은올기가 훌쩍 석요송의 등에 올라탔다. 이럴 때 보면 전혀 쇠약한 노인 같지 않은 은올기다. 은올기가 슬쩍 석요송의 어깨를 쳤다. 그러자 석요송이 발걸음을 옮겨 주막을 벗어났다. 그 모습을 보고 있던 주모가 혀를 찼다.

"아무리 눈을 대신해 준다고 해도 사람이 말도 아니고… 쯧."

주모가 혀를 차며 석요송 등이 벗어놓은 옷가지를 치우러 방으로 들어갔다.

"애구, 도대체 이게 옷이야, 걸레지?"

주모가 주섬주섬 두 사람이 벗어놓은 옷을 주워 들었다. 그런데 그때였다. 갑자기 주모의 표정이 일변했다.

"이… 이건!"

주모의 눈에서 기광이 번뜩인다. 절대 산골 주막 주모의 모습이 아니다. 그녀의 표정이 기이하게 변했다. 그것은 깊은 회한과 애정, 그리고 반가움의 표정이었다.

"아, 석문의 사람이었어?"

주모가 중얼거렸다. 그러고는 바람처럼 방을 벗어났다.

"저기, 어르신들, 잠시만… 잠시만 기다려 주십시오!"

등 뒤에서 들려오는 말발굽 소리를 듣고 석요송이 걸음을 멈췄다. 그러자 주막의 주모가 한 명의 중년 사내를 데리고 말을 몰아 달려오고 있었다.

"뭐지?"

등에서 은올기의 몸이 살짝 굳는 것이 느껴졌다. 경계심이 솟은 모양이다. 그사이 주모가 두 사람 앞에 당도했다.

"무슨 일이오?"

은올기가 조금은 서늘한 목소리로 물었다. 그러자 주모가 석요송을 보며 물었다.

"이분은 전혀 앞을 보지 못하시는지요?"

"그렇소. 그런데 그걸 왜 묻소?"

은올기가 다시 물었다. 그러자 주모가 안타까운 표정을 짓더니 이내 자신들이 끌고 온 말 중 한 마리를 두 사람 앞으로 이끌었다.

"두 분께선 부유한 귀인이신 듯한데 먼 길을 걸어가시려면 힘이 드실 겁니다. 마침 저에게 좋은 말 한 필이 생겼는데 이 말을 사실 생각은 없으신지요?"

"음, 지금 말 장사를 하겠다고 우릴 불러 세운 것이오?"

"그것이… 이 말은 이런 산골에서 기르기에는 너무나 아까운 말이라……. 두 분께선 충분히 이 말을 감당하실 수 있을 것 같고 말입니다."

"흠, 말이 있으면 좋기는 한데… 그런데 얼마에 팔겠소?"

"지난번에 들으니 이 말을 마(馬)시장에 가지고 가면 금자 열 냥은 너끈히 받을 수 있다고 하더군요. 그러나 이 산골에서 그리 받을 수는 없고… 되는 대로 주십시오."

주모의 말에 은올기가 말을 살폈다. 그러더니 한순간 그의 눈에 탐욕이 빛이 생겨났다.

"금자 닷 냥을 주겠소."

"그, 그러십시오."

주모가 짐짓 아까운 표정을 지으며 대답했다. 그러자 은올기가 얼른 금자를 꺼내 주모에게 건네고는 석요송에게 말했다.

"자네가 더 고생하지 않아도 되겠군."

"운이 좋구려."

"타세."

은올기가 먼저 말에 오른 후 손을 내밀어 석요송을 말 위로 끌어 올렸다. 석요송이 마치 눈이 멀지 않은 사람처럼 훌쩍 말에 올랐다. 말은 두 사람을 태우고도 무척 가벼워 보였다.

"그럼 잘 계시오. 인연이 되면 또 봅시다."

은올기가 주모를 돌아보며 말했다. 그러자 주모가 고개를 숙이며 대답했다.

"잘들 가십시오. 젊은 분도 부디 건강하십시오. 그리고 이건… 산수유 열매인데 가시다가 주전부리로 드십시오."

석요송에게 주모가 특별히 인사를 건넸다. 그러자 석요송이 산수유 열매를 받아 들며 대답했다.

"고맙습니다. 눈을 뜨게 되면 다시 한 번 들르지요. 봄이 되면 산수유 꽃이 피겠지요?"

"그렇습니다. 우리 마을에는 산수유가 참 많지요."

"그렇군요. 좋은 나무지요. 갑시다."

석요송의 말에 은올기가 이상한 표정을 짓다가 이내 말을 몰기 시작했다.

"핫!"

은올기의 소리에 말이 앞으로 달려 나가기 시작했다. 그러자 주모가 입을 열었다.

"어쩌다가 저리되었을꼬?"

"산수유 꽃을 말하는 것을 보면 본가의 사람이 분명하지요?"

"그렇겠지. 벗어놓은 옷소매에도 석가의 표식이 있었어.".

"이대로 보내야 되는 건지……."

"같이 있는 사람은 석가의 사람이 아니네. 그래서 저 젊은이도 더 머물지 않고 떠나는 거겠지. 이곳이 석씨의 촌락임을 드러내지 않기 위해서 말이야."

"누굴까요?"

"글쎄… 그 기상을 보면 토하곡에서 나온 사람일 수도."

주모가 아스라이 멀어지는 석요송을 보며 말했다. 마을은 세상으로 숨어든 석문의 한 지파가 살아가는 곳이었던 것이다.

第二章 사막의 밤

　마른 나뭇가지를 그러모아 피운 모닥불이 이삼 장 넓이로 온기를 전해준다. 양가죽으로 만든 허름한 천막은 이슬만 피하게 해줄 뿐 한기를 막아주지는 않는다. 오직 모닥불만이 밤의 한기를 막아줄 뿐이다.

　"사막을 건너야 하오?"

　문득 석요송이 물었다. 그러자 은올기가 고개를 끄덕였다.

　"그렇다네. 족히 보름은 걸어야 할 걸세."

　"보름이라……."

　"너무 걱정 말게. 만반의 준비를 해서 왔으니까. 물도 충분하고 또 말을 먹일 건초는 중간중간 구할 수 있을 걸세. 내가 아는 길이니."

　"생각보다는 남쪽에 있구려."

“그렇지. 장성에서 가까운 곳이지.”

“혈림에는 몇 명의 사람이 있소?”

“지금은 모르겠군. 그러나 천록야로 떠나기 전에는 모두 백오십 정도였지.”

“적지 않는 숫자군요.”

“많지도 않지. 금문을 보게.”

은올기의 말에 석요송이 순순히 동의했다. 천하에 퍼져 있는 금문도를 모두 모으면 족히 수천에 이를 것이다. 그러니 겨우 일백오십여 명의 혈림 무사가 많다고는 할 수 없었다. 그럼에도 불구하고 그 인원으로 천하를 좌우하는 것을 보면 혈림이 대단한 조직임은 분명했다.

“천랑원은 혈림의 식솔이 아니오?”

석요송이 물었다.

“천랑원? 그들은 천랑원의 혈림하고는 다르네. 그들은 혈림보다는 요 황실과 가깝다고 해야겠지.”

“그러나 요 황실은 혈사신보주의 도움으로 천하를 정복했다고 하지 않았소?”

“그렇지. 그러나 이미 말했지만 혈사신보의 주인이 전면에 나설 수는 없었네. 다른 반쪽이 없으니까. 해서 암중에 야율씨를 도왔는데 그때 야율씨는 야문이라는 무인 집단을 가지고 있었네. 야문의 고수들은 무척 강인해서 강호를 주도할 수 있었지만 무림천하를 손에 넣을 정도는 아니었어. 그래서 혈사신보의 이십삼대 보주께서 요 황실을 통해 야문의 무인들을 도와주기 시작했다. 그 덕에 야율씨는 천하의 반을 차지했지.”

"그럼 그 야문이 곧 천랑원이오?"

"그건 또 조금 다르다네. 천하가 야율씨에게 복속하자 야문의 고수들이 욕심을 내기 시작했네. 그들도 황실의 그늘에서만 살고 싶지는 않았던 거지."

"반란이 일어났다는 것이오?"

석요송이 묻자 은올기가 고개를 저었다.

"반란까지는 아닌데, 황실의 일에 관여하려 했지. 태자를 세우는 일 같은 것 말이야. 해서 황실이 그들을 무척 곤란하게 생각하고 있었네. 그러다 야문의 방종을 견디지 못하고 내 스승이 셨던 불황계 어른께 부탁을 했지."

"그래서……."

"음, 사부께서는 야문을 거의 와해시켰네. 개중 일부가 남쪽으로 내려가 수십 년 전 야문의 잔당을 모아 대업을 도모하려 했으나 당시 항주에서 일단의 사단이 벌어져 그 또한 패망했네. 그 이후로는 야문은 대가 끊겼네. 그런데 그렇게 눈엣가시 같던 야문이 사라지자 이상하게도 야율씨가 무척 불안해졌지. 도대체가 강호의 소식을 알 수 없었거든. 그래서… 천랑원이 생겨났네. 물론 스승과 내가 많은 도움을 줬지."

은올기의 말에 석요송이 고개를 끄덕였다.

"일이 그렇게 된 것이구려."

"그런데 근자에 들어 그 천랑원도 변하더군."

"무슨 말씀이신지?"

"그들의 역사도 거의 일백 년에 이르렀네. 그러다 보니 처음보다는 요 황실과의 결속이 많이 옅어졌지. 그리되자 그들도 야심이 생기기 시작하지 않겠나?"

"황실과 반목을 하고 있다는 것이오?"

"그건 아니고. 하지만 역시 황실과 운명을 같이할 생각은 없는 것이 분명해. 그래서 난 그들을 내 수족으로 만들까 그 생각하는 중이었지."

그러자 석요송이 잠시 생각에 잠겼다가 무척 신중하게 물었다.

"그렇다면 보주는 야율씨를 버릴 생각이었소?"

"음……."

은올기가 쉽게 대답하지 않는다. 그러자 석요송이 재차 물었다.

"요 황실과 거리를 두기 시작한 천랑원을 복속시킬 생각을 한 것이나, 새삼스레 천록야에 와서 북방무림의 주인이 되려 한 것은 결국 새로운 일을 계획하고 있다는 증거가 아니오?"

석요송의 추궁에 은올기가 고개를 끄덕였다.

"부인하지 않겠네. 난 초원에 새로운 왕조가 필요하다고 생각하고 있었지."

"왜 요를 버릴 생각을 한 거요?"

"그들은… 나약해졌어."

"여전히 요는 천하제일의 세력을 가지고 있소."

"아, 사람의 숫자가 중요한 것은 아니지. 그들이 본래 초원의 거친 삶을 살 때는 승냥이처럼 매서웠지. 상무의 기풍은 야율씨 대대로의 전통이고. 그런데 장성을 넘어 따뜻한 곳을 점령하고 송을 겁박해 공물을 받아 풍요로운 생활을 하기 시작한 이래 심신이 나약해졌어. 황실의 인물 중 누구도 단 사흘도 말을 타고 초원을 질주하지 못할 거야. 말을 타던 자들이 마차를 타기 시작하면 그건 끝난 거지.”

은올기가 냉정하게 말했다.

“그래서 누구로 그들을 대신할 생각이었소?”

석요송이 물었다. 그러자 은올기가 묵묵부답이다. 순간 석요송이 조금 놀란 얼굴로 물었다.

“설마……?”

“왜, 안 되나?”

은올기가 되물었다. 그러자 석요송이 고개를 저으며 말했다.

“은자는 은자일 뿐이고, 혈사신보의 주인은 역사의 은자일 뿐이오. 암중에서 천하의 일을 주도하는 것은 몰라도 스스로 천하의 주인이 되겠다는 것은 혈사신보의 보주로서 그 전통을 거스르는 것 아니겠소?”

“후후후, 그렇긴 하지. 그래서 사실 나도 망설이고 있었어. 무림은 무림이고 관은 관이지. 아무튼 지금으로써야 그 일도 허망하게 무너진 것이고.”

“금문조차도 스스로 세속의 주인이 될 생각은 하지 않소.”

“그런 아니지. 금문이 다른 이름으로 세속의 왕조를 세울 생각을 하는 것을 나도 알고 있네.”

“당신과는 다르지 않소? 금문의 태상장로 스스로 황제가 되려는 것은 아니니까.”

“에이, 그 이야기는 그만하세. 어차피 공염불인걸.”

은올기가 손을 내저으며 말했다. 그러자 석요송이 다시 말했다.

"괜한 욕심은 자신과 세상을 망하게 하는 법이오."

"하하하, 자네 나이를 생각해 보게. 이 늙은이에게 그런 충고까지는 하지 않아도 좋네."

은올기가 너털웃음을 터뜨렸다. 그 속에서 석요송은 그의 고집스러움을 느꼈다. 석요송이 나직이 한숨을 쉬며 고개를 저었다. 대저 세상을 향한 야심이란 내일 죽을 사람조차도 버리지 못하는 법인 모양이다.

둘 사이에 슬쩍 어색한 공기가 파고들었다. 한때 서로 죽이기 위해 모든 것을 동원했던 두 사람은, 그동안 지내오며 한 사람은 팔다리가 되고 또 한 사람은 상대의 눈으로 살아오면서 제법 가까워져 있었다.

그런데 세속의 일이 끼어들자 금세 다시 예전의 그 견원지간으로 돌아가는 듯한 두 사람이었다.

"지금은 그 모든 것을 내려놓았다네. 걱정 말게."

은올기가 어색함이 불편했는지 한결 누그러진 목소리로 말했다. 석요송이 묵묵히 고개를 끄덕였다. 그러자 은올기가 다시 말했다.

"그러나 야율씨가 종래에 망하고 말 거라는 것은 분명해."

"그렇게 좋지 않소?"

"황실에 사람이 없어. 마적 몇이 도검을 들고 궁궐로 들어가도 야율씨는 망하고 말 거야. 무주공산에는 새로운 주인이 들어서는 법이지. 왕조의 흥망성쇠야 천명에 달린 일이지만 능력자라면 적어도 그 기회는 만들어 볼 수 있거든. 난 그 일을 하려 했던 것이네."

“그렇구려.”

석요송이 고개를 끄덕였다.

“그런 면에서 보자면 금문도 가능성은 충분해.”

“금문을 싫어하지 않소?”

“싫어하는 게 아니지. 경쟁자인 것이야, 목숨을 걸고 천하를 다툴……. 적은 또 적대로 인정하는 것이 좋아. 청도주는… 타고난 사람이야. 난 평생 그런 능력자를 본 적이 없어. 내 팔을 잘라서 하는 말이 아니라 무서운 사람이지.”

“그도 수십 년간 천하를 얻지 못했소. 그리고 이제 죽을 때가 되지 않았소?”

“천명이 없었던 거지. 능력은 있으되 하늘의 뜻이 없다. 그게 인간의 한계야. 제갈공명도 천하를 얻지 못했지 않은가?”

“그렇구려.”

“하지만 그의 손녀는 다르지. 기분이 이상해. 모든 것이 그 아이, 그 금령이란 아이를 향해 달려가는 것 같단 말이야. 마치 천하가 스스로 그 아이의 품에 안기려는 것처럼. 그래서… 자네에게 그 아이를 죽이자고 제안했던 거네.”

은올기의 말에 석요송이 고개를 끄덕였다. 그가 생각해도 은올기의 말은 일리가 있었다. 항상 한때 고난이 닥쳐도 시간이 지나고 나면 천하는 언제나 금령에게 한 걸음 더 가까이 다가와 있었다.

아마도 그와 은올기가 그 안개의 계곡에 머무는 지난 일 년여의 시간 동안 천하는 좀 더 금령에게 가까워졌을지도 모른다.

"하늘의 뜻이 그렇다면 어쩔 수 없는 것이고."

석요송이 혼잣말을 중얼거렸다.

"억울하지 않나?"

"뭐가 말이오?"

"그 아이가 천하를 차지하는 것 말이야. 그 아이는 자넬 이용할 대로 이용하고 버렸네. 억울하지 않아? 자네에게도 그 아이 못지않은 능력이 있는데 말이야."

"전혀!"

"이상하군. 이상한 친구야."

은올기가 혀를 찼다. 그러자 석요송이 진심 어린 표정으로 말했다.

"예전에 어느 분께서 이렇게 말씀하셨소."

"말해보게."

"젊어서야 권세를 탐할 수 있다. 금은보화가 싫은 사람이 누가 있겠는가? 그러나 나이가 들어서도 그 마음이 여전하다면 그는 인생의 패배자다. 가치있는 것은 세상에 널려 있다. 그것들을 보지 못하는 눈들이 오직 권력과 재물만을 탐한다. 그 눈을 가지지 못한 자, 어찌 세상을 제대로 살았다고 할 수 있겠는가. 그러니 권력과 재물을 탐하는 자는 인생의 패배자일 수밖에 없다고 말이지요."

순간 은올기의 눈빛이 서늘해졌다.

"누가… 그런 말을 했는가?"

"그런 분이 계시지요."

석요송에게 그 말을 한 사람은 토하곡주 석승이다.

“누군가?”

은올기가 집요하게 물었다.

“왜 그러시오?”

“그를 만나야겠다.”

은올기가 마치 일생일대의 기회를 잡은 것처럼 말했다.

“무슨 소리요?”

“그를 만나게 해줄 수 있나?”

은올기가 다시 물었다.

“연유를 압시다.”

은올기의 태도가 심상치 않음을 깨달은 석요송이 정색을 하며 물었다. 그러자 은올기가 대답했다.

“아주 오래전… 나에게도 그런 말을 해준 사람이 있었다. 그는… 음, 그는… 자네가 말한 사람이 그가 분명하다면 난 그를 만나야겠다. 그와 헤어진 이후 난 줄곧 열패감에 시달렸지. 왜냐하면 난 그가 말한 패배자의 삶을 살았으니까. 천하를 손에 넣기 위해 밤낮으로 고민했지. 그러다가 문득 그의 말이 생각나면 얼마나 자괴감에 빠졌던지……”

은올기의 표정이 급격하게 우울해졌다. 그러나 석요송은 그의 얼굴을 볼 수 없었다.

“아직은 말해줄 수 없소.”

석요송이 단호하게 말했다.

“왜?”

“당신을 믿지 못하기 때문이오.”

“음……”

"내가 당신을 믿지 못하는 이유는 굳이 설명할 필요가 없을 것이오."

이 말에는 은올기도 동의했다. 석요송과 은올기가 비록 지금은 서로의 눈과 손발이 되어주고 있지만 그들의 본색을 생각하자면 언제 배신해도 이상할 것이 없는 사이다.

"그를 만나면 참 좋을 것인데……."

"뭐가 좋을 것 같소?"

아쉬워하는 은올기에게 석요송이 물었다. 그러자 은올기가 대답했다.

"내게 평안을 줄 것 같아."

"그분이 말이오?"

"그렇다네."

그러자 석요송이 고개를 저으며 말했다.

"마음의 평안을 왜 다른 사람에게서 찾소? 그건 스스로의 문제요."

"그러나 수면의 연꽃 몽우리를 한번 들어 올려주어 꽃을 피우게 하는 사람도 있지."

"당신이 부처의 법을 따르는 줄을 몰랐구려."

"호호호, 본래 악인일수록 부처님을 찾게 마련이지. 용서받을 일이 많거든."

은올기가 음산한 웃음을 흘렸다.

두 사람의 밤은 그렇게 깊어갔다. 천막으로 이슬을 막고 모닥불로 한기를 쫓으며 두 사람은 밤늦게까지 두런두런 이야기를 나눴다.

석요송은 은올기의 말을 들으면서 그가 악인이 아니라 단지 야심가일 뿐이라는 생각도 간혹 하곤 했다. 언뜻언뜻 은올기에게서 생각지 못했던 삶의 깊은 통찰이 흘러나올 때가 있었기 때문이다.

그러나 긴 이야기도 결국엔 끝이 있는 법, 두 사람이 천막 아래 쓰러져 잠에 빠져들었다. 여행과 이야기 끝에 맞은 단잠이었다.

사락!

석요송이 보이지 않는 눈을 떴다. 그러고는 자연스럽게 자신의 옆에 놓인 검을 잡아갔다.

사락!

다시 사람인지 짐승인지 모를 존재가 건조한 땅을 밟는 소리가 들렸다. 은밀했지만 시력을 잃으며 얻게 된 석요송의 육감을 피할 수는 없었다. 곁에서 은올기의 숨소리가 규칙적으로 들려온다. 아직은 잠에서 깨지 않은 모양이다.

석요송이 은올기의 발을 살짝 건드렸다. 그러고는 그의 얼굴이 있을 곳을 짐작해 누운 채로 손가락을 입에 가져가며 얼굴을 들이댔다.

은올기가 눈을 떴다. 그러고는 입을 열려다 말고 손가락을 입술에 대고 있는 석요송을 보고는 목구멍까지 올라온 말을 삼켰다.

사락!

다시 소리가 들린다. 이번에는 은올기도 그 소리를 들었다.

비록 내력을 거의 잃은 은올기지만 무인으로서의 본능은 여전히 지니고 있었다.

"누굴까?"

은올기가 개미 걸어가는 소리처럼 물었다. 그러자 석요송이 대답했다.

"마적이 아니면 길 잃은 자가 아니겠소?"

"보자… 한둘이 아니군. 대력 십여 명?"

"남녀노소가 섞여 있소."

석요송이 말했다.

"그것도 알 수 있나?"

은올기가 조금 놀란 표정을 물었다

"당신도 눈이 멀어보면 알 것이오."

석요송의 말에 은올기가 피식 실소를 흘렸다. 육감을 발달시키고자 일부러 눈을 멀게 할 수는 없는 일이다.

"어찌할까?"

"지나가면 그대로 두고 다가오면 상대를 할 수밖에."

석요송이 대답했다. 그러자 은올기가 고개를 끄덕였다.

"그렇군. 단순한 일이군. 그냥 지나가면 좋겠어. 좀 더 자고 싶은데……."

그러나 사람의 일이란 언제나 바라는 바와 반대로 이뤄지게 마련이다.

파팟!

갑자기 불청객들의 움직임이 빨라졌다. 두 사람을 향해 달려오는 것이 분명했다.

“제길⋯⋯.”

은올기가 나직하게 욕설을 흘렸다.

석요송은 온몸의 신경을 곤두세웠다. 그러자 좀 더 명확하게 자신들을 향해 다가오는 자들의 기척이 느껴졌다. 일단은 셋이다. 석요송이 누운 채로 검을 뽑았다. 그 순간 세 덩어리의 그림자가 장내로 날아들며 석요송과 은올기를 향해 검을 뻗어냈다.

창!

석요송이 번개처럼 검을 휘둘렀다.

“엇!”

“컥”

두 마디 신음성을 흘러나오며 달려들던 자들이 기겁을 하며 뒤로 물러났다.

“웬 놈들이냐?”

입을 연 것은 은올기였다. 그는 검을 지팡이 삼아 짚고 서서 차가운 안광을 토해내며 불청객들을 노려봤다. 석요송이 그런 은올기의 옆에 검을 뽑아 들고 섰다.

“후욱! 후욱!”

불청객들이 대답을 하는 대신 큰 호흡을 했다. 그런데 그 행색이 기이했다. 마치 뇌옥에서 탈출한 죄수들처럼 행색이 거칠고 지저분하다.

“음, 죄수들인가?”

은올기가 중얼거렸다. 그런데 그때 처음 은올기 일행을 공격했던 삼 인의 뒤쪽으로 다른 사람들이 다가섰다. 그들의 모습

또한 추레하기 이를 데 없었다.

그런데 그들 중에는 이제 십여 세가 갓 넘은 듯한 남아 둘과 여아 하나가 포함되어 있었다. 그렇다면 뇌옥을 탈출한 자들은 아니라는 의미다.

결론은 하나, 여행 중 마적을 만났거나 강호의 은원에 밀려 몸을 피하는 자들이 분명했다.

"누가 우두머린가?"

은올기가 차갑게 물었다. 무공을 잃었지만 천하를 주무르던 혈사신보 주인의 기세가 사라질 리 없다. 그 서늘한 기운에 불청객들이 자신들도 모르게 뒤로 물러났다.

"당신들은 누구시오?"

불청객들 사이에서 초로의 노인이 앞으로 나서며 물었다. 비록 오랫동안 갈아입지 않아 지저분한 옷이지만 본래는 무척 고급스러웠을 비단 장삼을 걸친 노인이다. 그것으로 보아 이들은 명문가의 사람들이었음이 분명하다.

"찾아온 것도 당신들이고 불식간에 공격한 것도 당신들이다. 그렇다면 당연히 정체를 먼저 밝혀야 하는 것도 당신들이어야지."

은올기가 차게 말했다. 그러자 노인이 당황한 표정을 지었다. 대꾸를 하는 은올기가 보통 사람이 아니라고 생각했던 모양이다.

"우린… 음……."

노인이 뭔가를 말하려다 입을 닫았다. 그러자 은올기가 다시 입을 열었다.

"보아하니 정체를 밝히기가 어려운 모양인데, 그렇다면 앞서
의 일은 과실을 묻지 않을 테니 그저 모른 척 지나가라. 우리도
단잠을 방해받기는 싫으니."

그러자 초로의 노인이 망설이는 듯싶다가 결심을 굳힌 듯 입
을 열었다.

"우린 말과 식량이 필요하오."

"그래서 어쩌란 말인가? 또다시 도적으로 변하겠다는 건
가?"

은올기가 차게 물었다.

"그대들은 두 사람인데 말은 네 필이니… 두 필만 내어줄 수
없겠소? 아니, 파시오."

노인이 품속에서 뭔가를 꺼내 들었다. 어둠에 번쩍이는 것이
반 근은 족히 나갈 금붙이다. 그러나 아무리 천금을 준다 한들
사막에서 말을 팔 수는 없는 일이다.

홍안령의 산골 마을에서 우연히 석씨 일족을 만나 얻은 말 두
필에, 사막으로 들어오기 전 유목민으로부터 산 두 필의 말을
더해 네 필의 말을 몰고 여행을 해온 석요송과 은올기에게도 말
은 생명과 같았다. 그들이 여행하는 와중에 필요한 짐이 그 말
들 위에 있었다.

"곤란하다. 우리 또한 먼 길을 가야 하기에 말이 꼭 필요하
다."

은올기가 냉정하게 거절했다. 그러자 노인이 다시 한 번 사정
한다.

"보다시피 우린 무척 힘들게 여행을 하고 있소. 어른들이야

어찌 버틴다지만 어린아이들은……. 한번 사정을 보아주시
오."

"그런 금자가 있다면 사막에 들어서기 전 마차라도 준비해야
했을 터인데?"

은올기가 슬쩍 물었다. 이 물음으로 이들은 정체를 가늠해 보
려는 속셈이다.

"창졸간에 떠나게 되어 미처 준비할 시간이 없었소. 초원에
들어서 유목민을 만나면 준비하려 했는데 마침 그것도 어려워
서… 부탁하오."

노인이 정중하게 포권을 해 보인다. 그러나 은올기는 요지부
동이다.

"어렵소. 우리 또한 갈 길이 천리요. 더군다나 난 이렇게 늙
었고 이 친구도 몸이 성치 않으니 어찌 말을 내어줄 수 있겠소.
말을 내어줬다가는 꼼짝없이 우리가 죽을 판이오."

은올기의 조금은 부드러워진 말투로 대답했다. 그때였다. 문
득 노인의 뒤쪽에 있던 무사 중 한 명이 앞으로 나섰다. 사십대
중반으로 보이는 사내의 눈에는 웬일인지 살기가 돌았다.

"숙부님, 인정으로 호소할 일이 아닙니다."

"하면 어쩌자는 말인가?"

노인이 되물었다.

"생사를 논하는 마당에 인정이 웬 말입니까?"

창!

사내가 검을 뽑아 들었다.

"경거망동 마시게."

　　노인이 재빨리 사내를 만류했다. 그러자 사내가 더욱 살기를 드러내며 말했다.

　　"이런 일에는 과단함이 필요하지요. 본 세가의 우유부단함이 오늘날의 위기를 자처한 것 아닙니까? 그런데 지금 이 지경에서도 인정을 찾으십니까?"

　　사내가 힐난하듯 말했다.

　　"조카, 자네……."

　　노인이 당황한 표정으로 지으며 말을 얼버무렸다. 그러자 사내가 차게 말했다.

　　"이 일은 제게 맡겨두십시오. 어차피 이대로라면 그들에게 따라잡힐 것입니다."

　　"그들이 사막 안쪽까지 따라왔다는 증거는 없네."

　　"그럼 순순히 우릴 놓아두겠습니까?"

　　사내가 답답하다는 듯 되물었다. 그러나 노인이 대답을 하지 못한다. 그러자 사내가 다시 말했다.

　　"최악의 경우를 생각하야 합니다."

　　"그러나 이런 식으로 다시 은원을 맺는다는 것은……."

　　"강호의 매사가 은원의 연속이지요."

　　사내가 고집을 피우며 노인을 지나쳐 앞으로 나섰다.

　　노인의 만류를 뿌리치고 앞으로 나선 사내가 은올기를 향해 눈을 부라리며 말했다.

　　"노인장, 우린 지금 남의 사정을 보아줄 때가 아니오. 생사의 간두에 서 있는 입장이오. 그러니 말을 주서야겠소. 고집을 피운다면……."

"우릴 베겠다?"

"부디 그런 일이 없기를 바라오."

순간 은올기가 희미한 미소를 지었다.

"내 듣기로 공손가에 나이만 먹고 머리는 텅 비어 날뛰는 망아지 같은 소가주가 있다고 하더니 그 말이 정말 사실이었군."

순간 불청객들이 모두 화들짝 놀라 두어 걸음씩 뒤로 물러났다. 그러고는 경계 어린 시선으로 은올기와 석요송을 노려봤다.

"금문에서 나왔느냐?"

사내가 날카롭게 물었다.

"금문? 오라, 이제 보니 금문에 쫓기고 있는 모양이군. 결국 그들이 공손가까지 손에 넣은 모양일세."

은올기가 석요송에게 말했다. 그러자 석요송이 고개를 끄덕였다.

"그리된 모양이오. 그런데… 이번에는 제법 피를 뿌린 모양이오."

"음, 그런 것 같군. 그래, 몇이나 살아남았소?"

은올기가 말을 두고 실랑이를 하던 사실을 잊은 듯 사내에게 물었다. 그러자 사내가 붉으락푸르락해진 얼굴로 소리쳤다

"쓸데없는 소리 말고 말이나 내놓으라."

"음… 자네하고는 이야기가 될 것 같지 않고, 보자. 이자가 숙부라고 불렀으니 노인이 바로 공손옹 노협이겠구려."

은올기가 처음 그를 상대했던 노인에게 말했다. 그러자 노인

이 재빨리 사내 앞으로 나서며 말했다.

"이제 보니 강호의 숨은 기인이셨구려. 그렇소이다. 내가 바로 공손옹이오."

노인이 순순히 자신의 정체를 인정했다. 그러자 은올기가 다시 물었다.

"공손가에 무슨 일이 있었소?"

"짐작하신 대로 금문과의 싸움이 있었소."

"패했소?"

"보시다시피… 모용가와 장백파의 지원을 받았으나 역부족이었소. 금문은… 천하를 향해 거침없이 굴러가고 있소. 이미 대막의 문파들을 얻었고, 북쪽의 해천문과 천오문도 그들에게 복속된 지 오래요."

"그건 알고 있는 일이고, 그래서 지금 어디로 가시는 거요?"

"본가의 생존자들에게 추살대가 붙었소. 그래서……."

"사막을 가로지를 생각이오?"

"지금으로써는……."

"사지로 가는 일이오."

은올기가 냉정하게 말했다.

"물론 알고 있소. 그러나 우리로서는 선택의 여지가 없소."

"차라리 항복을 하지 그러시오?"

은올기가 넌지시 말했다. 순간 공손옹의 옆에 있던 사내가 노성을 토했다.

"이자가 감히 못하는 말이 없구나!"

　노성과 함께 검을 치켜드는 사내다. 그러나 은올기가 혀를 찼다.

　"공 노사, 아무래도 공손가는 후계자를 잘못 고른 듯하오."

　"이 늙은이가?"

　사내가 참지 못하고 은올기에게로 돌진하려는 순간 공손옹의 손이 재빨리 사내의 옷자락을 낚아챘다.

　"물러나게."

　공손옹의 목소리가 차다.

　"숙부!"

　사내도 지지 않고 소리쳤다. 그러자 공손옹이 얼음처럼 차갑게 말했다.

　"물러나라고 했다."

　"숙… 부!"

　사내의 얼굴에 당황한 기색이 어렸다.

　"내 너를 본 문의 후계자로 인정하기 때문에 너의 방종이 지나침에도 그대로 두고 보아왔다. 그러나 어찌 생사의 갈림길에서조차 경거망동을 하느냐? 금문과의 싸움에서도 너의 실수로 얼마나 많은 문도들이 죽었는지 아느냐? 그 일을 알고 있다면 정신을 차릴 만도 한데…… . 형님께서 말씀하셨다. 재목이 아니라면 버리라고. 그럼에도 난 널 우리 공손가의 주인으로 만들겠다고 고집을 피웠다. 그런데… 넌 여전히 변한 것이 없구나."

　"수, 숙부……."

　사십을 넘은 사내가 아이와 같다. 그의 숙부라는 사람, 공손

옹의 서슬 퍼런 꾸중을 아마도 태어나서 처음 들어보는 모양이
다. 그런 사내를 향해 공손옹이 매몰차게 말했다.

"뒤로 물러나 있거라. 우리의 일은 삶을 구한 다음에 논의해
도 늦지 않다."

공손옹의 말에 사내의 얼굴이 터질 듯 붉어지더니 어쩔 수 없
다는 듯 뒤로 물러났다. 그러자 공손옹이 은올기 앞으로 다가서
며 말했다.

"조카의 무례를 용서하시오."

공손가의 소가주가 물러나자 공손옹이 정중한 말투로 은올기
에게 사과를 했다.

"흠, 그대의 가르침이라면 그도 언젠가는 정신을 차릴 거
요."

은올기가 대답했다.

"그러길 바라고 있소."

대답은 그리했지만 공손옹의 표정이 밝지 않다. 그도 사람
의 천성이 쉽사리 변하지 않는다는 것을 잘 알고 있기 때문이
다.

"세상은 금문의 것이겠구려."

문득 은올기가 말했다. 그러자 공손옹이 대답했다.

"맞소이다. 금문의 저력은 상상 이상으로 대단했소. 특히 새
로운 태상장로 금령의 무공은… 내 생전 그런 무공을 본 적이
없소. 공손가도, 모용세가도, 장백의 검도 그녀의 도(刀) 앞에서
는 한낱 갈대에 지나지 않았소. 그녀의 무공은… 너무나 무섭더

구려."

순간 은올기의 눈이 가늘어졌다.

"그리 대단했소?"

"부끄럽게도 난 그녀의 무공을 보는 순간 도주를 할 수밖에 없었소. 그녀의 무공은 세상의 모든 것을 파괴할 듯 패도적이었소. 그 무엇도 그녀의 도를 막을 것 같지 않더구려."

순간 은올기가 고개를 돌려 석요송에게 물었다.

"본신의 능력을 숨기고 있었던가?"

"오 할도 드러내지 않았을 거요."

석요송이 대답했다. 그러자 은올기가 나직하게 침음성을 발했다.

"어렵군."

순간 공손옹의 표정이 일변했다.

"혹 금문과 인연이 있소?"

그러자 은올기가 살짝 인상을 찌푸렸다.

"좋은 인연은 아니오."

"그렇구려. 그렇다면… 우릴 좀 도와주시오."

공손옹이 다시 간청했다. 그러자 은올기가 곰곰이 생각에 잠겼다가 입을 열었다.

"그런데 정녕 사막을 건너 서역으로 갈 거요?"

"우리로서는 선택의 여지가 없소. 금문의 추살대를 피할 방법은 그것밖에 없소. 요동 땅에서는 그들의 눈을 피할 수 없소."

"장성을 넘어 중원으로 가면 어떻소?"

"그곳은… 연고가 없소. 또한 장성 너머라고 다를 바가 없지 않겠소? 언젠가는 필시 금문이 장성을 넘을 터인데."

"그들이 장성을 넘기는 쉽지 않을 거요."

그러자 공손옹의 눈이 가늘어졌다.

"노사는 뉘시오?"

말하는 모양이 금문을 상대하려는 듯하기에 물은 말이다. 그러자 은올기가 고개를 저으며 말했다.

"지금은 말해줄 수 없소. 그리고 말도 한 필밖에는 내어줄 수 없소. 아이들이나 번갈아 태우시오. 대신 내가 사막을 넘지 않고 살아남을 수 있는 방법을 가르쳐 주겠소."

"어찌하리까?"

"내 한 장의 서찰을 써주겠소. 그걸 가지고 장성을 넘어 연경의 천랑원을 찾아가시오."

"천랑원! 그, 그럴 수 없소."

"어째서 말이오?"

"본가와 천랑원은 기실 그리 사이가 좋지 않았소. 그들이 우릴 보는 순간 그들은 공손가의 씨를 말리려 할 것이오."

그러자 은올기가 고개를 저었다.

"절대 그럴 일은 없을 거요. 내 서찰을 보는 순간 그들은 공손가를 오랜 친구처럼 대할 것이오. 그러니… 내 말대로 하시오."

그러자 공손옹이 뚫어지게 은올기를 보다가 불쑥 물었다.

"당신을 어찌 믿소?"

그러자 은올기가 퉁명스레 대답했다.

"내가 굳이 당신들에게 나 자신을 증명해 보일 필요는 없지 않겠소? 선택은 그대들의 몫이오. 그러나 사막을 넘는 일은 고단한 일이오. 아이들도 있는 마당에……. 나는 할 말을 다했으니 결정은 알아서 하시구려."

은올기가 할 말을 다했다는 듯 팔짱을 끼고는 뒤로 물러났다. 그러자 공손옹이 한참 생각에 잠겼다가 물었다.

"만약… 우리가 검을 들어 말과 양식 모두를 내놓으라고 겁박을 한다면 어쩌시겠소?"

그러자 은올기가 차갑게 대답했다.

"그렇다면 금문만 좋은 일을 시키는 것이겠지. 손도 안 대고 코를 풀게 될 테니까. 그대들은 모두 죽을 거요."

은올기의 말에 이번만큼은 공손옹의 얼굴에도 노기가 서렸다.

"우리가 비록 도주를 하고 있지만 공손가의 사람들이오. 공손가가 이런 수모를 당할 문파라고 생각하오? 더군다나 그대들은… 몸도 성치 않은 것 같은데."

공손옹도 이제는 석요송이 앞을 보지 못한다는 걸 알아챘다. 더군다나 은올기의 몸은 노쇠하기 이를 데 없다.

물론 강호의 고수 중 노쇠함을 가장한 고수들이 여럿 있기는 하지만 그래봐야 눈먼 소경과 그 둘뿐이다. 싸움의 승산은 누가 봐도 명확했다.

"물론 우린 몸이 성치 않지. 그러나… 그대들쯤이야 너끈히 지옥 구경을 하게 해줄 수 있다오."

은올기가 심드렁하게 말했다. 마치 공손옹 등은 상대가 아니라는 듯한 모습이다. 그러자 공손옹이 더 이상 참지 않고 검을 뽑았다.

"시험해 보리다."

"시험이라……. 그러나 이쪽은 생사결을 할 거요. 뭐, 그대가 말했듯이 이 친구는 눈이 멀었기에 보이는 게 없소. 그러니 그대들 사정 봐줄 여유는 없을 거요. 안 그런가?"

은올기가 석요송을 돌아보며 말했다. 그러자 석요송이 무겁게 입을 열었다.

"한 필은 내어줄 테니 한 필만 가져가시오."

석요송의 말에 공손옹이 차갑게 말했다.

"내 비록 눈먼 자를 공격하는 무도함을 감수해서라도 말과 식량을 확보해야겠네. 반대로 말 한 필은 남겨두지. 그걸 타고 돌아가 다시 말과 식량을 준비해 여행을 나서도 되지 않겠는가?"

"그럴 수 없소."

석요송이 서너 걸음 앞으로 걸어나왔다. 눈이 멀었다지만 마치 모든 것을 볼 수 있는 사람 같았다. 그러자 공손옹이 경계하는 빛을 보이다가 진중하게 석요송을 상대하기 위해 나섰다. 그때 문득 공손옹의 등 뒤에서 중년 사내, 공손세가의 소가주라는 자가 입을 열었다.

"숙부님, 기왕에 검을 쓰시려거든 제게 맡겨주십시오."

"물러나 있으라 하지 않았나?"

"그러나 눈먼 소경을 베었다는 불명예를 숙부님께 드릴 수는 없습니다."

"그 불명예를 공손세가의 소가주가 갖는 것은 괜찮다는

건가?"

"그, 그렇지만……."

"제발 진중하게. 세가의 운명이 소가주에게 달려 있어."

"……."

공손가의 소가주가 공손옹의 당부에 입을 다물고 뒤로 물러났다. 그러자 공손옹이 석요송을 보며 말했다.

"다시 선택을 할 수는 없나?"

그러자 석요송이 대답했다.

"내가 하고 싶은 말이오."

"후, 어쩔 없군."

"조심해야 할 거요."

석요송이 경고했다.

"그대 역시!"

"그럼!"

석요송이 검을 들어 올렸다. 그러자 검끝이 정확하게 공손옹을 가리켰다. 마치 두 눈으로 명확하게 공손옹을 보고 있는 사람 같았다. 공손옹이 긴장했다. 스멀거리며 불안감이 일어났다.

어쩌면 이 눈먼 젊은 자가 시력의 한계를 벗어난 고수일 수도 있다는 생각이 들었다. 그러나 너무나 젊지 않은가. 그러니 시험을 멈출 수도 없었다.

팟!

공손옹이 입술을 깨물며 석요송을 향해 검을 내리그었다.

웅!
 날카로운 검풍이 이는가 싶더니 한줄기 검기가 석요송을 정
수리 위로 떨어져 내렸다.

第三章　공손세가

쩡!

섬광을 만들어낸 검기에 검이 부러졌다. 소름 끼치는 파열음이 사람의 혼을 놀래킨다. 사람들은 등골이 서늘해짐을 느꼈다.

파르르!

공손웅이 몸을 떨었다. 어느새 검 하나가 그의 목울대에 닿아 있다. 이런 무공은 그가 일찍이 경험해 보지 못한 것이다. 이렇게 빠르고 이렇게 강렬한 검을 본 적이 있던가. 차갑고 날카로우며 또한 정확하다.

"다행이오. 눈이 멀어 벨 수도 있었는데 검을 멈췄으니 그만하는 것이 좋지 않겠소?"

은올기가 앞으로 나서며 참견을 했다. 그러자 석요송이 검을 거두고 뒤로 물러났다. 눈먼 자에게 싸움은 길어지면 손해다.

그래서 석요송은 처음부터 천광검 단의 초식으로 공손옹의 검을 부러뜨리고 싸움의 승패를 결정지은 것이다.

석요송이 물러나자 은올기가 공손옹을 보며 말했다.

"이제 내 말을 믿겠소?"

"음……."

"살아남은 게 다행이라고 생각하시오."

은올기의 말이 여유롭다. 승자의 여유 같은 것일까. 그러나 반대로 공손옹의 표정은 불편하기 이를 데 없다. 패배는 몰라도 이런 수모는 예상치 못한 것이다. 단 일 초라니, 평생 검을 곁에 두고 살아온 자의 자존심으로는 견디기 힘든 일이다.

"도대체 정체들이 뭐요?"

공손옹이 물었다. 그러자 은올기가 고개를 젓는다.

"말했지만 그건 아직 말해줄 수 없소. 그건 그렇고, 이젠 선택할 시간이오. 말 한 마리는 내어주겠소. 아이들을 번갈아 태울 수 있을 거요. 이대로 사막을 넘겠소, 아니면… 내 말대로 연경으로 가겠소? 연경으로 가겠다면 내 은밀한 길을 알려주리다. 금문의 추격을 걱정할 필요는 없을 거요."

"어찌 그리 장담하시오?"

"이 부근은… 내 손 안에 있는 땅이오. 눈을 감고도 길을 찾을 수 있는 곳이지."

"잠시… 시간을 주시오."

공손옹이 말했다. 그러자 은올기가 고개를 끄덕였다.

"얼마든지. 나야 상관없는 일이니까. 이미 잠도 다 깼고."

은올기가 고개를 들어 하늘을 본다. 먼 하늘이 서서히 밝아오고 있었다. 어느새 밤이 끝나가고 있었던 것이다.

공손옹과 그 가솔들의 논의는 제법 길게 이어졌다. 가끔 은올기와 석요송을 돌아보기도 했다. 그 시선 속에는 여전히 경계의 빛이 있었다. 그러나 결국 그들의 논의도 끝이 났다. 새벽빛이 사막과 초원의 경계를 따라 찾아들어 올 때 공손옹이 다시 은올기를 찾아왔다.
"결심은 하셨소?"
"연경으로 가리다."
"하하하, 잘 생각했소. 마침 내 그사이 서찰을 써두었소."
지필묵이 있을 리 없었다. 은올기는 말 위에 올려놓은 짐 틈에서 판자 조각을 떼어내어 그곳에 검으로 글을 써둔 상태였다.
"이게……."
나무판에 검으로 파서 쓴 서찰이 미더울 리 없다. 공손옹이 못 미더운 표정으로 나무판을 받아 들었다.
"가져가 보면 생각보다 무척 쓸모가 있는 서찰임을 알게 될 거요. 일단 한 삼사 일 동행을 합시다."
"알겠소이다."
공손옹이 대답했다.
"먼저 요기나 좀 하시오. 보아하니 무척 주린 것 같은데……."
"고맙소이다."
공손옹이 반가운 듯 고개를 숙였다. 어느새 석요송이 눈이 먼 채로도 능숙하게 건량을 꺼내 요기할 준비를 하고 있었다. 공손웅이 세가의 사람들을 데리고 왔다. 그리고 그들은 아주 오랜만에 제법 풍족한 아침 식사를 할 수 있었다.

"이 길은 며칠 돌아가는 길일세."
말에 올라 초원을 걸으며 은올기가 석요송에게 말했다. 그들의 뒤로 공손세가의 사람들이 따르고 있었는데, 아이들은 말 위에 올라 있었고 어른들은 여전히 두 발로 걷고 있었다.
"정말 추격이 없겠소?"
석요송이 물었다.
"절대!"
은올기가 단호하게 대답했다.
"어떻게 그리 확신하시오?"
"이 길은 오직 나만이 갈 수 있는 길이야. 누구도 찾을 수 없지."
"그래봐야 땅 위에 난 길, 어찌 추격자들이 흔적을 찾을 수 없겠소. 더군다나 우린 말을 타고 이동하니 말발굽 자국도 나 있지 않겠소?"
"물론 그렇지. 그러나 어느 순간 그들은 우리의 흔적을 잃어버릴 걸세."
그러자 석요송이 묵묵히 생각에 잠겼다가 물었다.
"혹 진식이오?"
"오호, 이제야 눈치를 챈 모양이군."
"그렇다면… 가까워진 모양이구려."
"맞았어. 혈림에 접근하는 길은 다섯 개가 있네. 그중 네 곳

은 험로로 이어져 접근이 어렵지만 그렇다고 찾지 못할 것은 아
니네. 그러나 우리가 가고 있는 이 길은 평로지만 누구도 찾을
수 없지. 오로지 혈사신보의 주인만이 다닐 수 있는 길이네. 함
부로 이 길에 들어서면 금세 길을 잃고 정처없이 초원을 헤매다
죽고 말지.”

은올기의 말에 석요송이 고개를 끄덕였다. 은올기라면, 아니,
역대 혈사신보 주인들이라면 충분히 가능한 일이었다.

“저들과는 언제 헤어질 거요?”

이미 공손가의 식솔들과 동행을 한 지도 사흘이 지나고 있었
다.

“오늘 오후에.”

은올기가 대답했다. 석요송은 몰랐지만 그때 그들의 앞에는
사막과 초원이 끝나고 드디어 하늘을 가린 산들이 모습을 드러
내고 있었다. 산은 늦가을 단풍으로 물들어 있었는데, 그것으로
보아 그들이 천록야로부터 무척 남쪽으로 내려왔다는 것을 알
수 있었다.

일행은 곧 산기슭으로 접근했다. 공기가 달라지자 석요송도
이제는 자신들이 산속에 들어왔음을 깨달았다.

“숲이구려.”

“냄새가 나지?”

“좋구려.”

“산들을 뚫고 남하하면 황사 중류, 산서 북부에 이르네.”

“많이 내려왔구려.”

"그렇지."

은올기가 고개를 끄덕이고는 고개를 돌려 공손옹을 보며 소리쳤다.

"잠시 쉬어갑시다!"

그러자 공손옹 등이 반가운 기색을 보였다. 오랜 초원 행에 지친 그들이었다.

은올기가 능숙하게 샘이 있는 계곡을 찾아냈다. 역시 근방의 지형에 익숙한 자의 행보다.

"한 잔 드세요."

문득 말에서 내려 낮은 바위에 엉덩이를 붙이고 앉아 있는 석요송의 앞으로 소녀 한 명이 다가와 큰 나뭇잎으로 만든 물 잔을 내밀었다. 사막을 여행하다 보니 물에서도 냄새가 나고 그 냄새로 물의 깨끗함을 알 수 있게 된 석요송이 손을 내밀어 소녀가 주는 맑은 물 잔을 받았다.

"고맙구나."

소녀는 목소리로 보아 아마도 십오 세가 넘지 않았을 것이다.

"아니에요. 말을 빌려줘서 감사해요."

"잘 타고 왔느냐?"

"네, 덕분에."

소녀가 수줍은 미소를 지었다. 석요송은 소녀의 미소를 볼 수는 없었지만 그녀의 웃음을 느낄 수는 있었다. 그러자 석요송이 자신도 모르게 얼굴에 미소를 떠올렸다. 그 미소에 소녀가 놀란 표정을 짓다가 물었다.

"웃을 줄 아시네요?"

“음… 나도 사람인걸.”

“어쩌다 눈이 머셨어요?”

소녀가 동정심이 깃든 목소리로 물었다. 그러자 석요송이 아무렇지도 않게 대답했다.

“싸우다가.”

“네?”

“싸우다가 이 지경이 되었구나. 그러니 넌 도검을 드는 세상에서 살지 말거라.”

“그, 그건 어려울 것 같아요.”

소녀가 의기소침하게 말했다. 그제야 석요송은 이 소녀가 공손가의 소녀임을 깨달았다. 공손가에서 태어났고 멸문의 화를 당했다면 이미 도검을 손에서 놓을 수 없는 운명이다.

“그렇구나. 하지만 조심하거라.”

“네, 조심할게요.”

소녀가 대답을 하고는 훌쩍 일어나 공손가의 사람들이 있는 곳으로 뛰어갔다. 석요송은 소녀의 기척이 멀어지는 것을 느끼며 문득 금불현을 떠올렸다. 고난 속에서도 느껴지는 그 밝음이 금불현의 성정과 비슷하다.

‘불현을 어찌 지내고 있을까?’

문득 금불현의 소식이 궁금했다. 가끔 보고 싶기도 했다. 그런데 또 한편으로는 금불현을 만나는 것이 불안했다. 만약 금불현조차도 자신을 속이고 있었다면 그것은 너무나 비참한 일이다. 적어도 그녀만큼은 자신을 암격한 밀영들과는 다른 사람이기를 바라는 석요송이었다.

“이제 헤어져야 할 시간이오.”

문득 들려온 은올기의 말에 석요송의 상념이 깨졌다.

“길을 달리 가신단 말이오?”

공손옹의 걱정스런 목소리가 들린다.

“그렇소. 난 이곳에서 다른 길을 택해야 하오. 공손 노사는 식솔들을 이끌고 남쪽으로 내려가 장성 밖 마을에서 차간이란 사람이 운영하는 객잔을 찾으시오. 그리고 그에게 내 서찰을 보이시오. 그러면 이후의 일은 그가 모두 알아서 알 것이오. 나중에 연경에서 봅시다.”

“음…….”

공손옹이 나직한 침음성을 발했다. 어쩔 수 없이 선택한 길이라지만 이런 행보에 불안이 없을 리 없다. 그러자 은올기가 안심시키듯 말했다.

“차간을 만나 그의 도움을 받게 된다면 지금 공손 노사가 느끼는 불안은 기우에 지나지 않았음을 알게 될 것이오. 그러니… 너무 걱정 마시구려.”

“믿겠소이다.”

공손옹이 대답했다. 그러자 은올기가 다시 말했다.

“그리고 신분을 숨기고 연경에 들어가 천랑원에 몸을 맡기더라도 천랑원의 원주에게 모든 속내를 털어놓지는 마시오.”

“그건 또 무슨 말씀이시오? 같은 편이 아니었소?”

“물론 난 천랑원과 깊은 인연이 있는 사람이오. 하지만… 그는 요즘 다른 생각을 하는 것 같더이다. 그래서 더욱 공손 노사

를 반길 것이오. 그러나 그에게 깊이 빠져든다면 내가 도착하기
도 전에 또 다른 혈사에 휘말릴 수도 있으니 모든 일은 내가 오
면 결정하겠다고 하시오."

"알겠소이다. 약속하지요."

"좋소. 그럼 이제 헤어집시다. 남쪽 길은 비록 산길이라고는
해도 험하지 않으니 큰 어려움을 없을 거요."

은올기의 말에 공손웅이 고개를 끄덕였다. 그러고는 은올기
에게 정중하게 포권을 해 보인 후 공손가의 식솔들에게 명을 내
렸다.

"가자!"

공손웅의 명에 공손가의 일행 십여 명이 남쪽으로 길을 떠났
다. 그들은 이내 굽이진 산길 사이로 사라져 그 자취를 감췄다.

"그들이 진정 연경으로 갈 것 같소?"

석요송이 공손가의 사람들이 떠난 후 물었다. 그러자 은올기
가 대답했다.

"아마도. 물론 다른 선택을 할 수도 있겠지. 그러나 나로선
손해나는 일이 아니야. 다른 길을 택한다면 손해가 나는 것은
그들이 되겠지."

은올기의 말에 석요송이 고개를 끄덕였다. 하긴 공손세가가
멸망한 이상 그 생존자들의 유무는 은올기에게 큰 의미가 없었
다. 단지 공손세가라는 이름이 주는 명분이 한 가닥 이득일 터
였다.

"우리도 가지."

"어느 쪽으로 가야 하오?"

“서쪽.”

은올기가 짧게 말하고는 석요송에게서 말고삐를 건네 잡고 서쪽으로 말을 몰았다. 세 필의 말이 한 사람의 손에 이끌려 해지는 서쪽으로 향했다.

*　　*　　*

천신들이 굽어보는 듯한 모습의 석봉들이 사방을 둘러서 있다. 깊은 산이다. 산사람조차도 오르기를 꺼려 할 만큼 거칠고 험한 산이 수십 일 이어졌다.

쪼르르쪼르르!

거친 산세와 어울리지 않게 맑은 산새 소리가 들린다. 곳곳에서 입 맞춰 들려오는 산새 소리에 석요송이 자신도 모르게 고개를 들었다. 그러자 아련하게 그늘이 드리워진다.

“벌써 저녁이오?”

석요송이 물었다. 눈에 드리워진 어둠을 의아해하며 물은 것이다. 그러자 은올기가 대답했다.

“아닐세. 아직 멀었네.”

“그런데… 마치 밤처럼 느껴지는구려.”

순간 은올기의 표정이 살짝 변했다.

“빛은 느끼나?”

“그렇소.”

“역시 신경이 완전히 사라진 것은 아니군. 좋아, 그럼 가능성은 점점 커지는군.”

그러자 이번에는 석요송의 표정이 변했다.

"그 말은 그대의 말처럼 완전히 나을 수 있는지는 그대도 확신하지 못한다는 말이구려."

순간 은올기가 아차 하는 표정을 지었다. 그러나 시치미를 뚝 떼며 은올기가 말했다.

"만에 하나라는 것도 있으니까."

"음… 정말 위험한 사람이오."

"후후후, 그렇다고 돌아갈 수도 없지 않나?"

"그렇긴 하오."

석요송이 고개를 끄덕였다. 그러자 은올기가 주변을 돌아보며 입을 열었다.

"이젠 말을 버려야 할 때네."

"험한 산이오?"

"그렇다네. 자네가 낮을 밤으로 느낄 만큼. 여기는 오직 혈사신보의 주인만이 알고 있는 길의 끝부분이네. 신보의 주인 말고는 그 누구도 알 수 없는 길이지. 이 길 끝에 혈림이 있네."

"다 온 것이오?"

"이제 하룻길일세."

은올기의 말에 석요송이 말에서 내렸다. 그러고는 말 등을 더듬어 주섬주섬 필요한 물건들을 꺼내 등에 멨다.

"잡게."

은올기가 그런 석요송에게 나무막대기 끝을 내밀었다.

"이렇게 가자는 말이오?"

"날 업고 가기에는 너무 위험해. 천 길 낭떠러지 길을 타고 가야 한다네."

"힘들지 않겠소?"

"걱정 말게. 그간 약간 기력을 회복했네. 역시 움직이니 몸이 살아나는 것 같아. 그 계곡에서는 다섯 걸음 떼기도 힘들었는데."

은올기가 말했다. 그러자 석요송이 고개를 끄덕였다.

"좋소, 그럼 갑시다."

석요송의 말에 은올기가 막대기의 반대편을 잡고 산길을 오르기 시작했다. 두 사람이 떠난 곳에는 주인 잃은 말들이 갈 곳을 몰라 허둥대고 있었다.

산길은 과연 험했다. 폭은 겨우 두 자도 되지 않았고, 간혹 길이 끊어진 곳도 있었다. 그 옆으로는 천 길 낭떠러지가 도사리고 있어 한순간이라도 방심하면 그대로 추락하고 말 터였다. 그 길을 눈먼 석요송을 이끌고 은올기는 잘도 걸었다.

석요송은 눈이 멀었으니 길의 위험을 알 리 없었다. 가끔 절벽 아래에서 불어오는 찬바람이 그 길이 위험한 곳이라는 것을 깨닫게 해주었지만 그래도 역시 눈으로 보지 않는 이상 위험은 실제보다 무디게 느껴졌다. 그래서인지 석요송의 발걸음 또한 은올기만큼이나 거침없었다.

두 사람은 반나절 정도를 그렇게 절벽으로 이어진 길을 걸었다. 그리고 어느 순간 길도 없는 험한 산비탈을 거슬러 오른 두 사람 앞에 나무숲처럼 서 있는 돌기둥들이 나타났다.

사람의 손길이 타지 않은 돌기둥들은 마치 천신이 하늘을 떠받치는 기둥을 세워놓은 것처럼 거대하고 아찔했다. 그 기둥들 사이로 들어간 은올기가 한순간 거대한 바위 앞에 섰다.

"다 왔네."

은올기가 입을 열었다.

"이곳이 혈림이오?"

"아니, 아직은 좀 더 가야지."

"그런데 왜 다 왔다고 했소?"

"이곳에 문이 있으니까."

은올기의 대답에 석요송이 고개를 끄덕였다. 그러자 은올기가 석요송을 바위 앞으로 이끌었다.

"만져보게."

은올기가 석요송의 소매를 잡아 바위를 만지게 했다.

"바위구려."

"이게 문이네."

"과연 비도답구려."

"우측으로 밀어주시게. 난 이 바위를 밀 힘이 없네."

"이제야 내가 쓸모가 생겼구려."

"후후후, 이젠부턴 정말 할 일이 많을 걸세."

은올기의 웃음소리를 들으며 석요송이 바위를 밀기 시작했다.

그르릉!

진기를 끌어올리자 바위는 어렵지 않게 오른쪽을 밀렸다. 그러나 만약 은올기였다면 흩어진 내공으론 도저히 이 문을 열 수 없었을 것이다. 바위가 밀려나 겨우 한 사람 드나들 정도의 동굴 입구가 모습을 드러냈다.

"들어가세."

은올기가 석요송을 동굴 안으로 이끌었다.

툭!

다시 어깨가 돌 벽에 부딪쳤다. 동굴 안은 사람이 다닐 만큼은 넓었지만 그 벽면은 무척 거칠었다. 그래서 석요송은 수시로 어깨를 벽에 부딪쳤다.

"조심하게."

은올기가 주의를 줬다.

"걱정 마시구려."

"하긴, 자넨 세상에서 가장 단단한 몸을 가지고 있지."

은올기가 농을 하듯 말했다.

"그런데 언제까지 걸어야 하오? 벌써 한 시진은 족히 온 것 같은데."

"이 동굴은 산을 횡단해 나 있네. 그러나 이젠 그것도 끝이네. 다 왔어."

은올기의 말이 끝나기 무섭게 다시 두 사람 앞에 길을 막은 바위가 나타났다. 대신 이번에는 무척 매끄럽게 다듬어진 바위였다. 또한 이번에는 은올기도 석요송에게 도움을 청하지 않았다. 은올기가 잘 다듬어진 석문을 밀었다. 그러자 얼음에 미끄러지듯 석문에 안쪽으로 열렸다.

"문이오?"

석요송이 뒤늦게 물었다.

“그렇다네.”

“기관인가 보구려.”

“그렇지. 그러니 내 힘으로도 열리지. 들어오게.”

“들어오라니 석실인가 보구려.”

“하하하, 역시 똑똑해. 환영하네. 자넨 살아 있는 사람으로서
는 처음으로 혈사신보주의 밀전에 들어온 사람일세.”

십여 장의 넓이, 눈부신 야광주, 아름다운 빛을 흘려내는 대
리석 석탁과 마치 어제 깔아놓은 듯 깨끗한 침상의 호랑이 가
죽, 그 모든 것을 석요송은 볼 수 없었다. 그러나 이 공간에 흐르
는 독특한 기운은 석요송도 느낄 수 있었다.

“이곳은 밀전이라 부리는 곳이네. 혈림 내에선 최대의 금지
지. 뭐, 이곳의 존재를 아는 사람도 별로 없네. 특히 이 석실의
존재를 아는 사람은 더더욱 없지. 왜냐하면 밀전은 사실 두 개
의 석실로 이뤄져 있는데 그중에서도 이 비밀 공간을 아는 사람
은 오직 나 하나니까.”

은올기가 석요송을 호피가 깔린 침상에 앉히며 말했다.

“왜 이런 공간이 필요한 것이오?”

석요송이 물었다.

“만약을 위한 거지. 혈림은 위험한 곳이니까. 말했지? 혈사신
보의 주인이 되기 위해선 제자들도 사부를 공격하는 곳이 혈림
이라고. 이 밀전은 나로선 최후의 도피처인 셈이지.”

“생각보다 겁이 많구려.”

“하하하, 그런가? 뭐, 그렇다면 그런 것이지. 하지만 나도 인

간일세. 물론 지금까지야 아쉽게도 어느 놈 하나 나에게 도전할 녀석이 없어서 쓸모없는 곳이기도 했지. 그런데 이곳이 꼭 도피처인 것만은 아니네.”

“하면 다른 쓸모가 있소?”

“그렇지.”

은올기가 대답을 하고는 북쪽 벽으로 다가갔다. 그곳에는 아주 작은 글씨가 무수히 새겨져 있었다.

“이곳은 대대로 신보의 주인들이 무공을 참구하는 곳이었네. 혈림의 수많은 무공이 여기서 탄생했지. 이 벽에는… 음, 자네가 볼 수 없느니 아쉽군. 아무튼 이 벽에는 그 수련의 흔적들이 남아 있네. 신보의 주인이 되는 자는 이곳에서 선대 보주들이 참구한 유업을 이어받아 새로운 무공의 세계를 여는 것이지. 혈사신보는 그렇게 이어지고 더욱 강해져 온 것이라네.”

“생각보다 중요한 곳이구려.”

“그렇지. 그런 곳에 자네가 들어와 있는 걸세.”

은올기가 의미심장한 표정으로 말했다.

“눈을 뜨기 전에 나가야겠구려.”

석요송이 말했다. 그러자 은올기가 고개를 저었다.

“아니, 자네는 이곳에서 눈을 뜨게 될 걸세.”

“이곳에서 말이오?”

“그래, 지금 이 지경으로는 밖으로 나갈 수 없어. 녀석들이 반드시 살수를 쓸 테니까. 이곳에서 몸을 회복하며 밖의 동정을 살피기로 하세. 혈림이 어찌 돌아가고 있는지 그것을 알아야 향후의 일을 계획할 수 있으니까.”

"음… 하지만 이곳엔 먹을 것도 없고……."

"걱정 말게. 이곳엔 삼사 년은 너끈히 버틸 건량이 준비되어 있네. 그리고 물은 동굴에서 구할 수 있지. 그러니 자넨 아무 걱정 말고 눈이나 뜨게."

은올기의 말에 석요송이 마치 모든 것을 다 보는 사람처럼 은올기를 바라보며 물었다.

"정말 내 눈을 뜨게 해줄 것이오?"

"허어, 아직도 날 못 믿나?"

"……."

"사람은 말보다 행동이 먼저지. 내 반드시 자네의 눈을 뜨게 해주겠네. 두고 보게."

은올기가 자신있게 말했다. 그런데 기이하게도 그런 은올기의 말이, 천하를 상대로 암계를 일삼던 그 혈사신보주 은올기의 말에 믿음이 가는 석요송이었다.

석요송의 생활은 몹시 편했다. 석실에서 그는 할 일이 없었다. 모든 일은 은올기가 했다. 때맞춰 건량으로 식사를 준비하는 일이며 그들이 머물고 있는 밀실 내전을 벗어나 외전으로 은밀히 들어가 혈림의 동태를 살피는 일 등은 모두 은올기의 몫이었다.

은올기는 그렇게 외부의 동정을 살피고 와서는 그가 알아낸 일들을 세세하게 석요송에게 말해주었다. 그는 마치 석요송의 수족과 같았다.

그렇게 두 사람이 혈림 밀전의 내전에서 은밀한 은거의 생활

을 시작한 지 십여 일이 지났을 때 문득 밖으로 나갔던 은올기
가 조금은 흥분한 얼굴로 석실로 돌아왔다.

"됐네!"

내전으로 들어오자마자 은올기가 소리쳤다.

"밖에서 들리겠소."

석요송이 주의를 줬다,

"하하, 걱정 말게. 이곳에서 하는 말은 그 어떤 것도 밖으로
새어 나가지 않는다네. 반면에 밖에서 하는 말은 모두 들을 수
있지."

"어떻게 그게 가능하오?"

"혈사신보의 보주들이 그리 만만한 사람들은 아니었거든. 밀
전에서도 혈림의 동향을 살필 수 있도록 준비를 해두었지. 아무
튼 그건 그거고, 드디어 완성했네."

"정말이오?"

"후후, 여전히 날 못 믿는군. 그러나 이번에는 날 믿어야 할
걸세. 날 믿지 않고서야 이 환약들을 삼킬 수 없지 않겠는가?"

은올기의 손에는 검은색 목함이 들려 있었고, 그곳에 일곱 개
의 환약이 놓여 있었다. 그런데 기이한 것은 그 환약의 색깔이
제각기 달랐다. 어떤 것은 붉은색을 띠고 있고, 어떤 것은 검은
색을 가지고 있었다. 또 영롱한 옥빛을 지니고 있는 환약도 있
었다.

"어찌 완성하셨소?"

석요송이 물었다.

"음, 조금 힘들기는 했어. 보고(寶庫)를 지키는 자들은 제법

뛰어난 녀석들이거든. 그러나 나야 뭐 이곳의 주인이니 당연히 몰래 들어가는 법을 알고 있지. 다행히 해약을 찾을 수 있었네. 거기에 내가 조금 손을 봤지.”

“그게 무슨 소리요?”

“후후, 걱정 말게. 나쁜 짓을 한 것은 아니니까. 몇 가지 영약을 섞어놓았네. 이건 뭐 자네의 눈을 멀게 한 것에 일말의 책임이 있으니 그 사과의 의미라고 해두지.”

“그야 서로 생사결을 하며 생긴 일이니 사과할 필요가 있겠소? 그렇게 따지면 나도 당신의 내기를 파괴하지 않았소?”

“하하하, 그렇긴 하지만 왠지 미안한 마음이 들더군. 자, 미룰 것 없이 바로 시작하세. 환약은 모두 일곱 개일세. 삼칠 일이 걸릴 걸세. 환약 하나를 온전히 소비하는 데 삼 일이 걸리니까. 물론 효험이야 환약을 복용할수록 나타나나게 될 걸세.”

“당신은 어떻소?”

“나?”

“그렇소.”

“뭐, 좋아지고 있네.”

그러자 석요송이 초점없는 눈으로 은올기를 보며 물었다.

“벌써 회복이 된 거요?”

“그건 아닐세. 자네의 손속이 독한 것도 있지만 내 자네를 상대하기 위해 마지막 힘을 쓴 탓에 단전이 많이 상했다네. 그러나 뭐 이젠 남들 눈에 띄지 않고 돌아다닐 정도는 되었지. 그래서 이 해약도 가져오게 된 것이고.”

“다행이오.”

“그러게 말이야. 자네도 얼른 눈을 뜨시게. 우린… 할 일이
아주 많다네.”
은올기가 말을 하며 먼저 푸른색 환약을 석요송의 손에 쥐어
주었다.

청량한 기운이 식도를 타고 넘기도 전에 전신으로 퍼졌다. 약
기운이 움직이는 속도가 예상외로 빠르다.
“운기하여 눈으로 약기운을 모으시게. 그렇다고 한 번에 올
리면 안 돼.”
은올기의 목소리가 귀에 들린다. 석요송이 은올기의 말에 대
정심공을 일으켜 약기운을 조절하기 시작했다. 서늘한 기운이
등줄기를 타고 올라 목덜미를 지나더니 이내 귀밑으로 빠져 눈
을 자극한다.
‘음…….’
석요송이 내심 눈 뒤쪽에 느껴지는 차가운 기운에 침음성을
발했다. 눈의 감각이 살아 있다는 의미이니 나쁜 것은 아니지만
견디기 쉽지 않은 통증을 동반한다.
“미리 말을 못해줬는데 조금 아플 거야.”
‘고약한 늙은이!’
조금 아픈 것이 아니다. 어느 순간부터는 눈알을 밀어내는 통
증으로 커졌다.
“음…….”
이제는 석요송도 입 밖으로 침음성을 흘렸다.
“그래도 잘 견디는군. 보통 사람 같으면 땅을 나뒹굴었을

텐데."

재미있다는 듯 은올기가 말했다. 그러나 석요송은 입을 꾹 다물고 자세를 흩뜨리지 않았다.

"삼 일은 기니 난 다시 나갔다 오겠네. 나도 자네와 때를 맞춰 완전한 몸으로 회복할 생각이네. 그러려면 준비를 해야지."

은올기의 말이 끝나는 순간 그의 신형은 이미 석실에서 사라졌다.

고통은 하루 정도 이어졌다. 그 이후에는 청량한 기운이 머리를 휘어 감는 정도여서 오히려 정신이 맑아지고 통증이 사라졌다.

'빛이 좀 더 명확해졌군. 과연 효과가 있어.'

석요송은 삼 일이 지난 후 은올기가 자신을 속이는 것은 아니라는 것을 깨달았다. 시력이 회복되고 있다는 증거는 여러 곳에서 느껴졌다. 지금처럼 검은 그림자가 어른거리는 것을 느끼는 것만 해도 엄청난 발전이다.

"어때, 괜찮지?"

그림자의 주인공은 당연히 은올기다.

"좋소."

석요송이 대답했다.

"흐흐, 내가 거짓말을 하는 것이 아니라는 것을 알았으니 이젠 말 좀 곱게 하지?"

은올기가 은근하게 말했다.

"뭘 바라시오?"

“뭐, 존장에 대한 예의랄까?”

“그러죠, 그럼.”

석요송이 갑자기 존대를 했다. 그러자 오히려 은올기가 허를 찔린 표정을 짓더니 헛웃음을 흘렸다.

“헛, 정말 못 당할 인사군. 괴이해, 괴이해.”

“뭐가 말입니까?”

“어떻게 그렇다고 바로 존대를 하나? 생사대적에게.”

“몸이 회복되면 나와 또 싸울 겁니까?”

석요송이 묻자 은올기가 즉시 대답했다.

“그건 오직 자네에게 달렸네.”

“내가 보주의 말대로 혈사신보의 주인이 되어야 싸우지 않겠단 말입니까?”

“그건 아닐세.”

“하면……?”

“적어도 금문을 위해 날 적대시하지는 말아야겠지.”

그러자 석요송이 대답을 하지 않고 침묵을 지켰다. 은올기가 그런 석요송을 보며 혀를 찼다.

“쯔쯔, 뭔가? 자넬 배신하고 죽이려 한 자들을 위해 다시 검을 들겠다는 건가?”

“그런 건 아닙니다.”

“그런데 왜 대답을 하지 못하지?”

“그곳에는 나와 가까운 사람들이 있지요.”

“아이구야, 정말 정이 많군. 이런 사람이 어떻게 인검이 되었을까? 듣기로 인검은 천하제일의 독심을 지닌 살수라던데?”

“그래서 이런 배신을 당하지 않았습니까?”

“하하하, 그건 그렇군. 아무튼 금문을 온전히 저버리지는 못하겠단 말이지?”

“몇 가지 사정에 의해 그들을 향해 함부로 칼을 들 순 없소. 또 몇몇은 내가 지켜야 할 사람들이기도 하고.”

그러자 은올기가 난감한 표정을 지으며 말했다.

“우리 관계는 아주 복잡해지겠군. 음, 좀 더 생각해 보자고. 사실 연경의 일이 어찌 돌아가는지는 나도 잘 모르겠어. 또 내게는 여기 혈림 내의 일을 정리할 시간이 필요하니까.”

“일단 몸부터…….”

“좋아, 일단 몸부터…….”

은올기가 미소를 지었다.

석요송은 정확히 사흘에 한 알씩 환약을 복용했다. 그때마다 그의 눈은 조금씩 시력을 회복해 갔다. 네 알째를 복용한 후에는 희미하게 석실 천장에 박혀 있는 야광주가 보였고, 또 자세히는 아니지만 은올기의 형체도 구분할 수 있었다.

그즈음이 되자 석요송은 이제 홀로 석실에서 생활하는 데 불편이 없어졌다. 눈으로 보며 몸을 움직인다는 것이 석요송에게 어떤 해방감 같은 것을 주기도 했다.

그리고 그즈음 석요송에게 중대한 변화가 일어나고 있었다. 그의 대정심공이 드디어 세 번째 단계를 넘어 네 번째 단계로 들어서고 있었던 것이다.

“이건 좀 독해.”

　네 번째 환약을 온전히 소화해 냈을 때 은올기가 석요송에게 검은색 환약을 넘겼다. 석요송이 망설이지 않고 환약을 복용했다. 다섯 번째 환약이다. 그런데 환약이 내장으로 들어가는 순간 석요송은 온몸이 무너져 내리는 듯한 기분을 느꼈다. 모든 기운이 아래로 쏠렸다. 머리가 천근처럼 무거워졌다.

　"이건 뭡니까?"

　석요송이 급히 물었다.

　"기운을 아래로 밀어내는 약일세. 그 기운이 눈에서 독기를 빼어낼 거야. 시력은 그즈음 회복될 걸세. 이후의 환약은 그 독기를 태우고 그때 손실되는 기력을 보충하는 것들이지. 아마… 눈은 이번에 뜨게 될 거야. 그러니 견디게."

　은올기가 단호하게 말하고는 석실을 벗어났다.

　깊은 고통이 시작되었다. 마치 천하의 모든 짐을 진 것처럼 그렇게 만근의 무게가 석요송을 짓눌렀다. 석요송은 대정심공을 운기하며 그 고통을 묵묵히 견뎌냈다. 인검오관의 수련이 이러했을까. 인검오관의 기억들을 끄집어내어도 이 고통과 견줄 수 없다. 세상의 모든 짐은 그렇게 석요송의 어깨에 내려앉았다.

　마음의 정심을 어찌 지켜나갈 것인가? 이 질문은 대정심공 제사결의 첫 구절이다. 삼결은 정말 완성된 것일까. 석요송의 마음속에 사결의 첫 구절이 떠오른 것은 검은색 환약이 일으키는 고통이 최고조에 달했을 때였다.

　마음의 정심을 어찌 지켜나갈 것인가? 알 수 없는 일이다. 그리고 연이어 그 뜻이 모호한 구결들이 이어진다. 대정심공 사결의 구결은 난해하다. 삼결의 난해함에 견줄 수 없는 난해함을 가지고 있는 사결이다.

석요송이 어느 순간부터 대정심공 사결의 구결 속으로 빠져들기 시작했다. 그러자 그토록 요란하던 흑색 환약의 고통이 사라지기 시작했다. 뜻을 온전히 알 수 없는 사결이지만 신기하게도 석요송의 마음을 안정시켰다. 그러자 몸도 차분해진다. 환약의 고통은 더욱더 미세해졌다.

시간이 얼마나 흘렀는지 알 수 없다. 석요송은 그저 묵묵히 대정심공에 빠져 있었다. 어쩌면 그사이 은올기가 몇 번 석실을 들락거렸을 수도 있었다. 그러나 그 모든 것은 외부의 일이다. 석요송은 오로지 자신 내부에서 일어나는 일에 몰두해 있었다.

그러나 대정심결 사결은 하루아침에 깨우칠 있는 무결이 아니다. 석요송의 몸이 한순간 들썩였다. 굳었던 땅이 갈라지며 새싹이 나듯 석요송의 어깨가 조금씩 조금씩 움직이더니 급기야 그의 머리가 살짝 들어 올려졌다.

"후우!"

긴 숨이 석요송의 입에서 흘러나왔다. 그리고 다음 순간 석요송이 눈을 떴다.

'찬란하다.'

빛은 찬란하다. 비록 그 빛이 야광주에 의해 만들어지는 빛일지라도 찬란한 빛이 석요송의 눈을 어지럽힌다. 석요송이 석실을 둘러보았다. 정갈한 석실에 청량한 기운이 감돈다. 신비로운 석실이다. 한쪽에는 벽을 뚫고 불쑥 튀어나와 석실에 찬 기운을 만들어내는 청옥이 드러나 있기도 했다.

한순간 석요송의 몸이 차갑게 식었다. 그의 등 뒤에서 감당하기 힘든 살기가 느껴졌기 때문이다. 석요송이 본능적으로 검을 잡아가다 손을 멈췄다. 그러고는 고개를 돌려 살기의 주인을 찾았다.

"안계를 넓히니 세상이 어찌 보이나?"

주름살 가득한 은올기가 웃으며 물었다.

第四章 천조곡(天鳥谷)

　석요송은 묘한 쓸쓸함을 느꼈다. 차를 달이는 은올기의 모습이 그가 마지막으로 보았을 때와는 너무나 다르다. 늙은이가 거기 있었다. 등이 약간 굽은 것 같기도 하다.

　‘진실일까?

　어쩌면 일부러 자신에게 이런 노쇠한 모습을 보이는 것일 수도 있었다. 그는 분명 자신의 무공을 어느 정도 회복했다고 했다. 그렇다면 이런 모습이란 건 어울리지 않는다. 나이는 그에게 허망한 숫자가 아니던가. 그런데 이런 노쇠함이라니…….

　“마시게.”

　은올기가 차를 건넸다. 국화를 띄운 차다.

　“괜찮겠습니까?”

　석요송이 물었다.

"괜찮아. 향도 새어 나가지 못한다네."

석요송이 걱정한 것은 차향이 밖으로 새어 나가는 것이었는데 은올기는 기우라며 손을 저었다.

"한결 좋아 보이는군."

은올기가 석요송을 보며 말했다. 그러고 보니 그동안 약을 복용하고 깊은 운기에 빠져 있던 터라 석요송의 눈은 조금 더 맑아졌다. 반면 그의 얼굴에선 살이 제법 빠져 있었다. 그럼에도 불구하고 마른 석요송의 얼굴이 오히려 평소와는 다른 묘한 매력을 풍긴다.

"몸이 가볍군요."

"좋은 약이니까."

은올기가 어깨를 으쓱했다. 그러자 석요송이 고개를 끄덕이며 물었다.

"밖은 어떻습니까?"

"흠… 좋지가 않아."

"무슨 일이 있나요?"

"호랑이 없는 굴에 여우가 왕 노릇을 한다더니 여우가 여러 마리이니 싸움이 난 것 같아."

"내분이 생긴 모양이군요."

"그렇지. 뭐, 어쩔 수 없는 일이기는 하지. 신보의 주인이 정해지지 않았으니. 그런데 신보도 없이 신보의 주인을 정하는 것도 이상한 일이지. 혈림을 서로 차지하기 위해 싸우고 있는 모양인데 누구도 쉽지 않지."

"큰 제자가 사제들을 장악하지 못한 모양이군요."

"큰놈?"

은올기가 되묻자 석요송이 고개를 끄덕였다.

"흠, 녀석이 제법 뛰어나기는 해도 혈사신보 없이는 다른 놈들도 숙이고 들어올 놈들이 아니지."

"어쩌실 생각이십니까?"

"생각 중이야. 싸움의 끝을 보는 것은 어떨까 하고."

"피를 보게 하겠다는 말인가요?"

"나쁠 것은 없지. 강자존! 그게 혈림의 법칙이니까. 반면에 자네가 허락을 한다면 이 싸움을 여기서 끝내주는 게 좋겠지. 모두 자네의 손발이 될 놈들이니까. 어떤가?"

"그런 좀……."

"아직도 결심이 서지 않았나?"

"아직 두 개의 환약이 남아 있지 않습니까?"

"호호, 그렇긴 하지. 알겠네. 그리고 사실 뭐 혈림 따위, 물려받지 않는다고 서운할 것도 없지. 그래봐야 속세의 마물일 뿐이니까."

석요송은 은올기가 외양뿐만 아니라 그 성정도 상당히 변한 듯 느껴졌다. 그가 생각할 때 세상에서 가장 치열한 야심가 중한 사람이었던 은올기가 어딘지 모르게 소탈한 모습을 비추고 있었던 것이다.

은올기가 그런 석요송의 내심을 아는지 모르는지 석탁 위에 두 개의 환약이 든 목함을 올렸다.

"이건 조심해서 복용해야 하네."

한 알은 붉은색이고 다른 하나는 투명하게 보일 만큼 맑은 색이다.

"어떤 게 먼접니까?"

"적색 환약은 단전으로 끌어 모은 독을 태울 걸세. 그런데 그렇게 되면 기가 너무 승해서 자칫 주화입마에 빠질 수 있어. 그걸 중화시켜 주는 것이 이 흰색 환약일세. 단전의 독이 모두 탔다고 생각되는 순간 이 환약을 복용하게. 그러면 몸이 평안을 되찾을 걸세."

은올기의 설명에 석요송이 고개를 끄덕였다. 모든 것이 이치에 맞았다. 이젠 정말 눈을 멀게 한 독으로부터 자유로워질 시간이다. 그리고 그 일을 뒤로 미룰 이유가 없었다.

석요송이 목함을 들고 그가 평소 운기를 하던 곳으로 걸어갔다. 그러고는 가부좌를 틀고 앉아 망설임없이 적색의 환약을 입에 넣었다. 그러자 순식간에 석요송의 얼굴이 불덩이처럼 붉게 변했다.

온몸의 혈관이 모두 타들어가는 것 같았다. 견딜 수 없는 고통이다. 그러나 그 고통 속에 쾌감이 존재한다. 몸에 깃든 모든 것을 정화하는 듯한, 그래서 태어날 때의 그 순수한 몸으로 돌아가는 듯한 쾌감이 극렬한 고통 속에서도 느껴진다.

독도 탔다. 단전에 모인 그 기이한 독, 석요송의 눈을 멀게 했던 그 독들이 타서 사라지고 있었다. 물론 독의 저항도 거셌다. 근 이틀을 버티고 나서야 독은 모두 소멸되었다.

그런데 독을 태운 그 환약의 기운은 독이 사라지자 더욱 승해지기 시작했다. 마치 독을 자양분 삼아 성장한 괴물처럼 붉은 환약의 뜨거운 기운이 석요송의 온몸을 휘어 감았다. 그리하여 곧이라도 온몸이 불길에 휘말릴 것 같은 그 순간에 석요송이 투명한 흰색 환약을 복용했다.

그러자 거짓말처럼 뜨거운 열기가 사라지기 시작했다. 대신 그 자리에 청량한 기운이 스며들었다.

'좋아.'

석요송은 자신도 모르게 그 청량한 기운에 몸을 맡겼다. 그저 꿈꾸듯이 그렇게 온몸을 청량한 기운에 맡기자 기이하게도 졸음이 밀려왔다. 그리고 석요송은 잠들었다.

"그만 일어나지?"

아련한 목소리가 석요송의 귀를 시끄럽게 했다. 석요송이 슬쩍 눈을 떴다. 몸이 날아갈 것처럼 가볍다.

"본래 그렇게 게으른 편이었나?"

다시 목소리가 들린다. 은올기다. 석요송이 벌떡 몸을 일으켰다.

"푹 잤나?"

"이게 어떻게……?"

석요송이 당황한 표정을 지었다. 아무리 환약의 기운이 강렬하다 해도 운기를 하다 잠이 들 석요송이 아니다. 그러자 은올기가 입을 열었다.

"자네 몸은 계속 타고 있었네."

순간 석요송이 자신의 몸을 살폈다. 검은 진물 같은 것이 온몸을 덮고 있었다.

"노폐물들이니 걱정할 것 없네."

은올기가 석요송을 안심시켰다. 그러자 석요송이 물었다.

"내 몸이 타고 있었다는 건 무슨 말입니까?"

"음, 말 그대로네. 오늘까지도 자네의 몸에는 그 적색 환약의 열기가 남아 있었다는 거지."

"그러나 흰색 환약을 복용한 이후에는……."

"그런 약이 아닐세."

"약이 아니라니, 그럼 뭐란 말입니까?"

"음… 솔직히 말하면 앵속을 정제한 거지."

"앵속이라면……?"

"걱정 말게. 달리 나쁜 일은 없을 거야. 앵속을 복용시킨 이유는 하나네. 적색 환약의 열기가 너무 강렬해 그걸 견뎌낼 수 있는 것은 오로지 앵속밖에 없다네. 앵속에 잠이 드는 몽혼약을 섞었지. 그래서 자넨 그 모든 고통을 이겨낸 걸세. 대신 아주 깨끗한 몸을 얻었으니 손해나는 일은 아니지?"

그렇긴 하다. 앵속이란 것도 중독만 되지 않는다면 좋은 약이 아니던가.

"음!"

석요송이 몸을 일으켰다. 그러고는 석실의 동쪽으로 이어진 동굴로 들어갔다. 그곳엔 물이 있었다.

석요송은 장장 반 시진이 넘게 몸을 씻었다. 몸에서 흘러나온 노폐물은 마치 그의 일부라도 된 양 쉽게 떨어져 나가지 않았다. 그러나 결국 그것들은 모두 씻겨나가고 투명하고 맑은 살이 모습을 드러냈다.

석요송은 씻겨나가는 노폐물들을 보며 자신의 정신까지 새롭게 전제되는 듯한 느낌을 받았다.

"여기!"

언제 다가왔는지 은올기가 새 옷가지를 내민다.

"고맙습니다."

"고맙기는, 널린 게 옷이라네."

은올기가 웃으며 말했다.

옷을 갈아입자 석요송은 헌칠한 대장부로 변했다. 이제 이십 대 중반을 넘어서는 석요송에게선 강호의 완숙한 대협의 풍미마저 풍겼다. 그런 석요송을 물끄러미 바라보고 있던 은올기가 말했다.

"이제 보니 자넨 제법 잘생겼군."

"그럼 제가 못난 얼굴이었습니까?"

"아니, 못난 것은 아니지만 그렇다고 아주 미남도 아니라고 생각했지. 그런데 몸이 좀 마르니 제법 잘생겼는걸."

"그런가요?"

"후후, 계집깨나 따르겠군."

"관심없습니다."

석요송이 은올기 맞은편에 앉으며 말했다.

"끌끌, 그 나이에 계집에게는 관심이 없다?"

"……."

"나쁘지 않지. 그러나 재미는 없어. 위험도 없겠지만."

은올기가 은근한 시선으로 석요송을 보며 말했다. 마치 뭔가를 탐색하는 눈이다. 그러나 석요송이 별 반응이 없자 고개를

저으며 말했다,

"정말인가 보군."

"어쩌실 겁니까?"

석요송이 화제를 돌렸다. 그러자 은올기가 정색을 하며 대답했다.

"나가 봐야지."

"제자들이 모두 이곳에 있습니까?"

"한 놈만 빼고."

"……?"

"큰놈이 없어."

"왜 그가 없지요? 이곳이 가장 중요한 곳인데."

"밖에서 싸움질을 하고 다니는 모양이던데 자세한 것은 알아봐야지."

"그가요?"

"응, 아무튼 지금은 그래서 세 놈만 있어. 거수할, 염후, 적두랑 이 세 녀석인데 치열하더군."

"누구도 우세를 점하고 있지 못하나요?"

"그런 듯해. 아니, 어쩌면 표면적으로는 적두랑 그 녀석이 제일 유리할지도. 역시 예상처럼 혈림의 노련한 자들을 손에 넣은 것 같아."

"예상대로 된 거군요?"

"그렇지. 그래서……."

"그를 먼저 만나볼 생각이시군요?"

석요송이 물었다. 그러자 은올기가 대답했다.

“그래야겠지.”

“어찌할 생각이세요?”

“글쎄, 일단 만나보고. 벨 것이면 베고 아니면 쓰고.”

“몸은 정말 완전히 회복되신 겁니까?”

석요송이 걱정스레 물었다.

“칠 할. 더 이상은 무리더군.”

“그래 가지고는…….”

“그래서 자네 도움이 필요한 거야. 가세.”

은올기가 자리를 털고 일어났다. 그러자 석요송도 얼른 자리
에서 일어나 은올기의 뒤를 따랐다.

밤새 한 마리가 소스라치게 놀라며 전각의 지붕을 벗어났다.

“어?”

석요송의 입에서 놀란 음성이 흘러나왔다. 깊은 밤, 십여 채
의 전각이 어둠에 잠겨 있다. 그리고 석요송과 은올기가 그 전
각 중 한 곳의 높다란 지붕을 바라보고 있었다.

은올기를 따라 밀전을 나온 곳은 위태로운 절벽 중앙이었다.
그리고 바로 눈앞에 첨탑처럼 생긴 전각의 지붕 끝이 서 있었
다.

‘이래서 들키지 않을 수 있었던 거군.’

보통의 밀도는 후미진 구석이나 지하를 통해 이어진다. 그런
데 밀전은 전각의 지붕을 통해 깎아지르는 절벽 틈으로 이어져
있었던 곳이다.

“교묘하지?”

석요송의 놀람을 이해한다는 듯 은올기가 물었다.

"그렇군요. 누구도 이런 곳에 밀전이 있을 거라고는 생각지 못할 겁니다."

"그래서 수백 년이 지난 지금까지도 밀전은 오직 보주들만의 공간으로 남아 있는 거지. 자, 일단 적두랑 녀석의 거처로 가보자고. 그런데 가만히 생각해 보니 놈들 하는 짓이 재미있어서 좀 더 두고 보아도 좋을 것 같아. 큰놈에 대해서도 좀 더 알아보고. 그런데 이상한 일이 있단 말이야."

"뭐가 말입니까?"

"혈림의 식솔이 너무 적어. 물론 혈림은 그리 많지 않은 숫자의 문도를 두지만 그래도 지금 이곳에 있는 녀석들의 숫자가 너무 적어. 그래서 내가 수월하게 혈림 이곳저곳을 돌아다닐 수 있었지. 성치 않은 몸으로 말이야. 다들 어디로 간 것일까? 큰놈을 따라 나간 걸까?"

은올기가 고개를 갸웃하고는 몸을 날렸다. 석요송이 그런 은올기를 따라 어둠 속으로 사라졌다.

혈림에 우뚝 솟은 전각들 중 서북쪽에 치우친 전각은 그 모양이 다른 전각과는 조금 달랐다. 기와를 쓰지 않은 것은 서역의 가옥 모양이었는데 그 높이는 또한 이십여 장에 이를 정도로 높았다. 은올기는 석요송을 이끌고 그 기이한 모양의 전각으로 스며들었다.

"놈은 서역 출신이지."

문득 앞서가던 은올기가 말했다. 석요송이 대답없이 고개를 끄덕였다. 그렇다면 이런 모양의 전각이 이해가 된다.

은올기가 전각의 한 모퉁이로 돌아가더니 능숙하게 기둥을 타고 위로 오르기 시작했다. 마치 밤도둑처럼 전각을 올라간 은올기가 짧은 처마를 휘돌아 훌쩍 사 층 전각의 바로 아래층에 이르렀다.

"그래서… 아직도 그자들을 쫓고 있단 말인가?"

문득 전각 안에서 사람의 목소리가 흘러나왔다.

"그렇습니다. 정확하게 말하면 쫓는 것이 아니라 쫓고 쫓기는 것이지요."

"참으로 어리석은 사람이 아닌가? 그렇게 전력을 허비해서야 어찌 큰 일을 도모할까."

누군가 혀를 찼다.

"그래서 대공자님을 따르고 있는 고수들 중에 불만을 가진 자들이 여럿 있습니다."

"음, 그래? 그거 좋은 소식이군."

"그러나 누구 하나 그 불만을 입 밖으로 내지는 못하고 있지요."

"당연한 일이지. 대사형은 마치 자신이 이제 혈림의 주인이 된 것처럼 생각하고 있으니까. 그러나… 우스운 일이지. 혈사신보가 없이 어찌 혈림의 주인이 될 것인가?"

한줄기 비웃음이 흘러나온다. 그러자 은올기가 석요송을 툭 치며 속삭였다.

"녀석일세."

적두랑이라는 말이다. 석요송이 고개를 끄덕였다. 목소리로는 야심이 만만한 자인 듯 느껴진다. 그때 다시 전각 안에서 이야기 소리가 들려왔다.

"아마 혈림 내의 일만 잘 수습하신다면 충분히 대공자님과 겨루실 만합니다. 아니, 반드시 칠공자께서 혈림의 주인이 되실 수 있을 겁니다."

"음, 나도 그리 생각하네. 그러나 중요한 것은 대사형과 싸워 이기는 것이 아니야."

"하면……?"

"사부님을 찾는 것이지. 살아 계시지 않다면 시신이라도 말이야. 중요한 건 혈사신보야."

"알고 있습니다. 해서 보주께서 실족하신 계곡에 사람을 보낸 것이 아닙니까?"

"그게 벌써 수개월일세."

"결국은 찾게 될 것입니다. 이젠 절벽 중간에 시신이 걸렸을 것을 염두에 두고 절벽을 타고 있으니까요."

석요송은 적두랑이고 생각되는 자와 그 수하의 말을 들으며 이자가 과연 은올기의 말처럼 심기가 깊은 자임을 깨달았다. 그는 비록 혈림 안에 앉아 있었지만 은올기가 없는 상태에서 무엇을 해야 할지 정확하게 알고 있었다.

혈림의 세력이라야 숫자로는 겨우 일백여 명을 조금 넘는다. 그들을 두고 세력 싸움을 하는 것은 어리석은 일이다. 그보다는 은올기를 찾아, 혹은 그 시신을 찾아 혈사신보를 취하는 일이 훨씬 중요한 일인 것이다. 그런 면에서 보자면 적두랑은 과연 은올기의 말처럼 다른 사형제들을 능가하는 심기를 지니고 있는 것이 분명했다.

그런데 그때 문득 전각 앞이 조금 소란해졌다. 석요송과 은올기가 전각 아래로 시선을 돌렸다. 그러자 전각 입구에서 굵직한 사람의 목소리가 들린다.

"사제에게 내가 왔다고 전하라."

목소리가 굵어 전각이 흔들릴 정도다. 은올기가 석요송의 귀에 대고 나직하게 말했다.

"다섯째 녀석이네."

은올기의 말이 끝나는 순간 전각 안에서 적두랑의 목소리가 들린다.

"사형이 무슨 일일까?"

그러자 그와 상대하던 자의 대답이 들려왔다.

"아마도 최후의 경고를 하러 오셨을 겁니다."

"후후, 사형도 참……. 그렇다면 오늘 내가 사형을 제대로 대접해야겠군."

"너무 이른 것 아닌지요?"

"아니야. 이곳의 일을 빨리 정리하는 것이 좋겠어. 만약의 경우 혈사신보를 취하는 일이 어렵게 된다면 그때는 어쩔 수 없이 대사형과 한판 승부를 결할 수밖에 없는데, 그러자면 이 천조곡을 하루빨리 장악해야 해. 대사형이 조금 어수룩한 면이 있기는 해도 무공은 대단하거든."

그때 방문이 열리는 소리가 들린다. 그러고는 전각이 무너질 것 같은 발걸음 소리가 일어나더니 누군가 쿵 하고 의자에 앉는 소리가 이어졌다.

“사형께서 어쩐 일로……?”

적두랑이다.

“그걸 몰라서 묻는 겐가?”

은올기가 다섯째 제자라고 지목한 자의 굵은 목소리가 들렸다. 우악스런 목소리만큼 그 말투도 거칠기 이를 데가 없다.

“가르침을 주시지요.”

반면 적두랑은 말투는 기름 발라놓은 것처럼 매끄럽다. 지모를 쓰는 자 특유의 기운이 묻어나는 목소리다.

탁!

갑자기 서탁 부서지는 소리가 일어났다. 은올기의 다섯째 제자 거수할이 한 짓이 분명했다.

“자네가 지금 날 놀리는 것인가? 내 이미 오늘 아침까지 답을 달라고 했을 텐데? 답이 없다는 건 결국 내 제안을 거부한다는 것으로 생각해도 되겠지? 그렇다면 자네도 각오를 해야 할 거야. 자네도 알다시피 사부가 없는 이상 우리 일곱 사형제는 오직 적아로 구분될 뿐이야. 자네가 내 편이 되지 않겠다면 결국 난 자네를 벨 수밖에 없어.”

거수할의 협박은 꾸밈이 없다. 그러자 다시 적두랑의 매끄러운 음성이 들려왔다.

“사형, 사형께서는 어찌 이리 급하십니까? 내 잠시 생각할 것이 있어 답이 늦었으니 노여움을 푸세요.”

“음, 그럼 내 제안을 받아들이겠다는 건가?”

“저로서야 대사형과 사형께서 화해하시고 서로에게 좋은 결론을 내리기를 바랄 뿐이지요. 하지만 그것이 어렵다면 어쩔 수 없지요. 가까운 곳에 있는 사형과……."

"하하, 잘 생각했네. 내 대사형에게는 다시 사람을 보내 설득해 봄세."

그런데 그때 문득 다른 목소리가 들렸다.

"차를 들일까요?"

여인의 목소리다. 그러자 적두랑이 아닌 거수할이 호탕하게 말했다.

"좋은 날 밤에 차는 무슨, 술 있는가?"

"예, 오공자님!"

"좋아, 그럼 술을 가져와. 그래도 되겠지, 사제?"

"물론입니다, 사형!"

적두랑이 공손한 대답이 들렸다.

한밤중에 적두랑의 처소에서는 한바탕 술추렴이 벌어졌다. 거수할의 주량은 대단해서 한 말은 족히 마시는 것 같았다. 그런데 그럼에도 불구하고 거수할은 취기가 보이지 않았다. 오히려 혀 꼬부라지는 소리를 하는 것은 거수할이 아니라 적두랑이다.

거수할은 취해가는 적두랑의 모습을 즐기고 있었다. 마치 주량이 무공의 고하를 결정하기라도 하는 듯 술 취한 사제를 놀려가며 거수할을 계속해서 적두랑에게 술을 권했다. 그렇게 밤이 삼경에 이르고 있었다.

"자, 이제 난 그만 돌아가겠네. 나야 밤새워 술을 마시고 싶지만 사제의 몸이 버텨주지 못하는 것 같으니… 쯧쯧. 하긴 사제는 제일 늦게 무공에 입문에 우리 사형제들에 비해 공력이 약한 편이긴 하지. 쉬게."

"더, 더 드시지 않고……."

적두랑이 이제는 완전히 술에 취해 제대로 말을 잇지 못한다.

"하하하, 아니야. 사제는 이제 그만 쉬어야 해. 음, 내일 아침에 제대로 다시 이야기를 해보세. 대사형을 어찌 상대해야 할지. 그리고 또 사매는 어찌 설득할지 말이야."

"그, 그러시지요."

적두랑이 대답했다. 그러자 거수할이 자리에서 일어나는 기척이 들렸다. 그런데 다음 순간 갑자기 전각 안에서 우당탕 하는 소리가 들리더니 이내 거수할의 난감한 목소리가 들렸다.

"어, 이거, 이거 왜 이러지? 내가 취했나? 정신은 멀쩡한데. 어어!"

당혹한 거수할의 말이 끝나기 무섭게 이번에는 적두랑의 목소리가 들린다.

"술에 취하신 거야 당연한 일이지요. 사형께선 독주를 드시지 않았습니까?"

"어허, 이 사람, 내 주량을 모르나? 아무리 독주라도 날 취하게 할 수는 없… 엇!"

쿠쿵!

아마도 중심을 잃고 넘어진 듯 말을 하다 말고 거수할의 목소리가 끊겼다. 그러자 갑자기 취기가 사라지고 차갑게 변한 적두랑의 말이 들려왔다.

"사형, 사형이 마신 것은 독한 술이라 독주가 아니라 정말 독이 들었기에 독주인 것입니다."

"뭐, 뭣?"

"사형, 참으로 어리석소이다. 우리 사형제들이 서로를 견제하기가 벌써 수 년, 그런데 오늘이라고 제가 순순히 사형 앞에 무릎을 꿇겠습니까? 더군다나 이곳은 제 안방인데 말입니다. 사형은 참 아둔하시오. 어찌 이런 살벌한 싸움 중에 늦은 밤 남의 방으로 오셨단 말이오. 하하! 물론 그 덕에 난 사형을 얻게 되었으니 나야 고마운 일이지만 말이오."

"이, 이놈!"

"사형, 말을 조심하셔야 합니다. 그 술에 섞인 독은 혼마환입니다."

"헉! 혼마환! 그걸 네놈이 어찌?"

"하하하, 사형, 내가 지난 일 년 동안 무엇을 했는지 아십니까? 사형께서 술에 파묻혀 사시는 동안 전 혼마환을 손에 넣었지요. 물론 해약은 충분하니 걱정 마세요."

"설마 네놈이 약노를……?"

"약노께서는 이 사제와 운명을 같이하기로 하셨지요. 사형, 사형은 이제 푹 주무세요. 내일 아침 잠에서 깨어나시면 그땐 절 지존으로 모셔야 할 겁니다. 그러니… 나의 사형으로서는 오늘이 마지막 밤이 될 것입니다. 하하하!"

요란한 적두랑의 웃음소리가 들려왔다. 그러나 더 이상 거수할의 목소리는 들리지 않았다. 아마도 적두랑의 말처럼 거수할은 정신을 잃고 잠이 든 모양이었다.

은올기가 석요송의 소매를 당겼다. 그러고는 자신이 먼저 홀

쩍 신형을 날렸다. 석요송이 그런 은올기를 따라 적두랑의 전각
을 벗어났다.

  적두랑의 전각을 벗어난 은올기는 석요송을 이끌고 천조곡에
서 가장 깊은 북쪽 계곡으로 향했다. 석요송은 은올기가 어디로
가는지 묻지 않았다. 아니, 물을 수가 없었다. 은올기가 그만큼
빨리 움직였기 때문이다. 그는 마치 생사대적을 상대하러 가는
사람처럼 서늘한 살기조차 흘리고 있었다.
  두 개의 작은 굽이진 길을 돈 은올기가 훌쩍 오 장여의 계곡
을 날아 넘었다. 발아래로 거친 계곡이 흐른다. 그 차가운 기운
을 발끝으로 느끼며 석요송이 은올기의 뒤를 따랐다.
  그러던 한순간 은올기가 땅을 차고 올라 한 그루 노송 위에
올라섰다. 석요송이 그런 은올기 옆에 밤새처럼 내려섰다. 그러
자 두 사람의 눈에 밤중임에도 연기가 피어오르고 있는 세 채의
초옥이 보였다. 초옥은 절벽을 등지고 서 있었는데 보통의 민가
와는 다르게 지나치게 절벽에 가까이 붙어 있었다.
  "여긴 어딥니까?"
  뒤늦게 석요송이 물었다. 그러자 은올기가 퉁명스레 대답했
다.
  "약쟁이가 사는 곳이지."
  "약쟁이라뇨?"
  "음… 내가 혈림을 따르는 자들을 통제하는 법을 아나?"
  "우질이란 사람이 그러더군요. 주기적으로 해약을 복용해야
하는 독을 하독한다고."

"맞네, 그 약들을 관리하는 자가 사는 곳이야. 그런데 그자가 일곱째랑 마음이 맞았다고 하니 내 마음이 좋지 않구만. 그는 평생 나만을 따라야 하는 사람이거든. 내 시체를 보기 전에는 말이야. 그 이후에는 다음 대 보주의 수족으로 살아야 하지. 보주가 결정되기 전까지는 누구를 따라서는 안 돼. 철저히 중립을 지켜야지. 그런데 그런 자가 제자 놈들의 암투에 뛰어들었어."

은올기가 심각하게 말했다. 생각해 보면 심각하지 않을 수 없었다. 아무리 은올기가 고절한 무공을 지니고 있다고 해도 야심만만한 수백의 수하를 입안의 혀처럼 다루는 것은 결코 쉽지 않다.

더군다나 혈림의 사람들은 마음에서 우러나 은올기를 따르는 것도 아니었다. 그들은 보통의 문파와 달리 야망을 위해 은올기를 따르는 자들이었다. 야망을 위해 은올기가 내린 독약을 삼킨 자들인 것이다.

그런데 그 독약을 관리하는 자가 변심을 했다면 은올기의 기반은 송두리째 흔들릴 수 있었다. 은올기가 이렇듯 급히 이곳으로 온 이유가 있었던 것이다.

"어쩌시려고요?"

"음, 죽일 수는 없어. 지금 당장 그만 한 자를 구할 수가 없으니. 그러나 혈림의 법을 따르지 않은 대가는 받아야겠지. 가세."

푸스스!

끈적끈적한 연무가 초옥을 휘감고 있다. 혈림이 있는 천조곡은 무척 쾌적한 기후여서 이런 연무가 생기는 것은 기이한 일이었다. 마치 남만의 독지에 온 듯한 느낌을 들게 하는 연무다.

"조심하게. 공기 중에 독이 섞여 있네. 그래서 다른 자들이 이곳을 함부로 들어오지 못해. 이걸 먹게."

은올기가 석요송에게 청색 환단을 건넸다. 그러자 석요송이 망설이지 않고 환단을 삼켰다.

"허? 이젠 완전히 날 믿는 건가? 극독이면 어쩌려고?"

"설마 해독을 시켜준 사람에게 다시 독을 주겠습니까?"

"후후, 역시……. 가세."

은올기가 웃음을 한 번 흘리고는 성큼성큼 초옥을 향해 다가 갔다.

휘이잉!

갑자기 한줄기 바람이 불어오더니 초옥을 휘감은 연무를 움 직였다. 연무는 바람에 날리는 듯하다 순식간에 살아 있는 생명 처럼 꿈틀거리더니 은올기와 석요송을 향해 폭포수처럼 밀려들 기 시작했다.

"약노! 나서라!"

한순간 은올기가 한 손을 휘저으며 소리쳤다. 순간 석요송과 은올기를 향하던 연무가 거짓말처럼 흩어졌다. 그러고는 세 채 의 초옥 중 가운데 초옥의 문이 열리더니 한 명의 꼽추노인이 믿을 수 없다는 표정으로 고개를 내밀었다.

그는 어둠 속에서 잠시 은올기의 얼굴을 살피다가 대경하며 바람처럼 달려나왔다. 그러고는 불문곡직하고 은올기 앞에 부 복했다.

쿵!

그의 이마가 땅을 찍었다. 그러자 이마에 붉은 혈흔이 생겼다.

"보주!"

하늘로 솟은 그의 꼽추 등이 두려움에 벌벌 떨린다. 은올기가 그런 꼽추노인을 향해 가차없이 발길질을 했다.

"억!"

노인의 입에서 신음성이 터져 나오고 그의 몸이 삼사 장 뒤로 날아가 땅 위를 나뒹굴었다. 깊은 심기를 지녀 난폭한 행동보다는 독심으로 사람을 상대하는 은올기에게서 볼 수 없던 행동이다. 석요송이 살짝 눈살을 찌푸리면서도 그런 은올기를 흥미롭게 바라봤다.

"보주!"

꼽추노인이 다시 무릎걸음으로 걸어와 은올기 앞에 부복한다. 이미 그의 얼굴은 여러 곳이 터져서 피가 비치고 있었다.

"혼마환을 일곱째에게 넘겼더냐? 아니, 너 자신을 그 아이에게 바친 거냐?"

그러자 꼽추노인의 얼굴이 새파랗게 질렸다.

"그, 그것이……."

"내가 죽어서 새 주인을 찾는 것은 좋다. 그러나 혈림 약노는 오직 신보의 주인만을 따른다는 법을 알고 있는 네놈이 아직 혈림의 주인이 결정되지 않은 상태에서 녀석을 도왔다. 약노가 혈림의 권력 쟁패에 관여하면 혈림이 와해될 수 있음을 잘 알고 있을 터. 그런데 감히 혈림의 쟁패에 관여해 일곱째를 도와?"

"살려주십시오, 보주! 죽을죄를 지었습니다!"

퍽!

다시 은올기의 발이 번개처럼 움직였다. 그러자 이번에는 옆구리를 맞은 꼽추노인이 숨을 쉬지 못하고 껄떡거렸다. 그런 노인을 뒤에 두고 은올기가 초옥으로 들어가며 소리쳤다.

"혼마환을 모두 가지고 따라 들어오너라!"

매캐한 약기운이 코를 찌른다. 노인, 은올기가 약노라고 부른 노인의 거처는 온갖 약초로 가득 차 있었다. 아니, 약초만 있는 것은 아니었다. 한눈에 보아도 맹독을 지닌 독물도 곳곳에서 방 한편을 차지하고 있었다.

은올기와 석요송이 방에 들어온 지 채 일각이 지나지 않아 약노가 검은 목함을 두 손으로 들고 방 안으로 들어왔다. 그러고는 조심스럽게 목함을 은올기 앞에 놓았다. 그러자 은올기가 서슴없이 목함을 열었다. 순간 말로 형언할 수 없이 불쾌한 냄새가 목함에서 흘러나왔다. 석요송이 자연스럽게 시선을 목함으로 주었다. 그러자 목함의 절반 정도를 채운 검은 빛 도는 환약이 눈에 들어왔다.

"어찌 된 거냐?"

은올기가 서늘한 표정으로 물었다.

"그, 그것이 칠공자께서……."

"아무리 그래도 그렇지, 이렇게 많이? 도대체 그 녀석이 그 많은 혼마환을 어디에 쓰려고……?"

"아마도 혈림 밖에 따로 사람이 있는 듯했습니다."

"숨겨둔 세력이 있다?"

“그런 듯합니다. 해약도 꼭 그만큼씩 매달 받아가셨습니다.”

약노의 말에 은올기가 고개를 끄덕이다가 한 움큼 혼마환을 집어 들고는 한참 그 상태를 살폈다. 그러다 눈이 번쩍하더니 번개처럼 다시 발길질을 했다.

펑!

살이 터지는 소리가 흘러나오더니 약노가 허공을 날아가 벽에 부딪쳤다.

“꺼억!”

약노가 숨을 쉬지 못하고 억눌린 비명 소리를 흘렸다.

“오너라!”

은올기가 차게 말했다. 그러자 약노가 숨도 쉬지 못하면서도 힘겹게 기어서 은올기 앞에 다가왔다. 그러자 은올기가 환약을 든 손을 약노 앞에 들이 밀며 물었다.

“무슨 짓을 한 거냐?”

“보주! 죽을죄를……!”

약노가 차마 말을 잇지 못한다.

“거짓없이 고하라!”

은올기가 다시 물었다. 그러자 약노가 모기 소리만큼 작은 목소리로 말했다.

“다, 다른 약재를 조금…….”

“흐흐흐, 이런 영약한 놈을 보았나. 이제 보니 일곱째에게 마음을 준 것이 아니라 네놈 자신이 혈림에 욕심이 있었던 것이구나! 하하하!”

“제, 제가 어찌…….”

약노가 손을 들어 올리며 극구 부인했다. 그러자 은올기가 다시 너털웃음을 터뜨렸다.

"이것 참 대견하구나. 평생 약이나 만들며 사는 것에 만족할 줄 알았는데 혈림의 주인이 되고 싶어 했다니. 좋아, 나쁘지 않아. 솔직히 말해 너 정도면 나쁜 재목은 아니지. 단지 외모가 추레한 것일 뿐 타고난 천재가 아니더냐? 하하하!"

다시 웃음을 터뜨리는 은올기를 보면서 석요송은 정말 이 혈림의 주인은 보통 사람이 아니라고 생각했다. 보통의 경우라면 약노의 욕심에 노기를 드러내 그를 추살하는 것이 당연한 일인데 은올기는 오히려 약노의 영악한 욕심을 대견스러워하는 것이다. 과연 혈림은 야심가들의 소굴이랄 수 있었다.

"해약은?"

은올기가 물었다. 그러자 약노가 얼른 자리에서 물러나더니 이내 다시 하나의 커다란 목함을 들고 나타났다. 그러고는 그 목함을 은올기 앞에 내려놓고 부복한 채 이마를 땅에 댄다.

약노가 목함을 내려놓자 은올기가 환약을 들어 손가락으로 부순 후 조심스레 입에 가져갔다. 은올기의 혀끝에 약간의 해약이 묻었다. 그러자 은올기가 눈을 감고 가만히 해약의 맛을 음미했다.

"뭐냐?"

은올기가 물었다.

"곤초입니다."

"곤초? 그 흔한 풀을?"

"그, 그렇습니다."

"하하하, 이런 영악한 놈을 보았나. 곤초라니, 곤초라면 오직 이 천조곡에서만 나지만 또한 천조곡에서는 흔하디흔한 풀, 아무도 그것이 네가 만든 이 혼마환의 해약으로 쓰일 줄을 몰랐을 것이다. 하하하!"

은올기가 호탕하게 웃음을 터뜨렸다. 그러자 약노가 죽은 듯이 고개를 숙이고는 처분을 기다렸다. 은올기는 두 개의 목함에 담긴 혼마환과 환약을 번갈아 바라보다가 이내 침착한 목소로 말했다.

"약노 네 죄가 중한 것은 알겠지?"

쿵!

약노가 대답없이 머리를 땅에 박는다.

"좋아, 그러나 내가 죽은 줄 알고 행한 일이니 네가 비록 혈림의 법규를 어겼다고는 해도 용서하마."

"감사합니다, 보주님!"

약노가 눈물까지 흘린다.

"누가 복용했느냐?"

은올기가 다시 물었다.

"대부분은 본래의 혼마환을 복용하고 있습니다. 이 새로 만든 혼마환은 오로지 칠공자님께만 드렸습니다. 그러니……."

"하하하, 호랑이 굴을 노리는 여우라……. 결국 일곱째가 기른 자들을 손에 넣을 생각이었군. 크게 뒤통수를 치려고 했어. 알겠다, 이 사실을 아는 사람은?"

"아무도 없습니다."

약노가 대답했다.

"좋아, 내가 이곳에 온 것은 당분간 비밀이다."

"알겠습니다, 보주!"

약노가 대답했다. 그러자 은올기가 고개를 끄덕인 후 자리에서 일어났다. 그러고는 석요송에게 눈짓을 한 후 초옥을 벗어났다. 석요송이 은올기를 따라 방문을 나간 후에도 약노는 한동안 머리를 땅에서 떼지 않았다. 그러다가 석요송과 은올기의 기척이 모두 사라지자 이내 고개를 들며 중얼거렸다.

"망할 늙은이, 정말 살아 있었군."

약노가 자리에서 일어나며 스윽 손으로 이마에 맺힌 피를 닦았다. 그러고는 고개 돌려 벽을 보며 말했다.

"그만 나와도 된다."

순간 놀라운 일이 일어났다. 벽이 좌우로 두 자 정도 열리면서 그 안에서 한 명의 여인이 걸어나왔던 것이다.

第五章 기이한 연인(戀人)

　석요송은 은올기의 집요한 의심이 두렵기까지 했다. 약노의 초가를 벗어나는 듯하던 은올기는 초가에서 시야가 미치지 않은 곳에 이르자 다시 산을 타고 이동해 약노의 초가지붕 위에 내려앉았다.

　그런데 그런 은올기의 행동은 결코 헛되지 않았다. 처마 밑 약노의 방 안에서 들려오는 사람의 목소리가 은올기의 의심이 옳았다는 것을 증명했다.

　"설마 사부가 정말 살아 있을 줄이야."

　처마 밑에서 들려오는 목소리에 이번에는 은올기가 조금 놀란 표정을 지었다. 이 노련한 고수가 이렇게 놀라는 것은 극히 드문 일이다. 그만큼 목소리의 정체가 뜻밖의 인물이란 의미다.

　"그는 조금 늙은 듯하더군. 하지만 여전히 두려운 사람이지.

더군다나 그의 곁에는 그동안 보지 못했던 젊은 놈이 붙어 있었
어. 정체를 알 수 없으니 상대하기도 어려울 것 같아."

"그럼 어쩌죠?"

"아주 조심스럽게 일을 꾸며야 할 것 같아. 조금씩 조금씩 하
독을 하도록 해야지. 그러려면 후 네가 중요해."

"걱정 마세요. 전 당신을 위해서라면 뭐든 할 수 있어요."

여인의 목소리가 들리자 다시 은올기가 놀란 표정을 짓는다.
도대체 여인은 누구일까.

"이제 그가 자신의 생존을 알리고 다시 혈림의 주인이 되면
너는 매일 그에게 가까이 다가갈 수 있으니 그때마다 하독을
해. 내가 아무리 고수라도 눈치채지 못할 만큼의 작은 양의 독
을 여러 개 준비해 줄 테니까. 그가 돌아온 이상 다른 녀석들은
닭 쫓던 개 꼴이 되는 거지. 아무튼 이건 예상치 못한 일이지만
잘만 대처하면 해결할 수 있는 문제야. 어차피 우리의 일은 그
가 살아 있을 때부터 시작됐으니까."

"알겠어요."

다시 여인의 목소리가 들린다.

"자, 그럼 이제 오늘은 그만 돌아가."

"자고 갈게요."

"아니, 오늘은 안 돼. 그 늙은이가 널 찾아갈 수도 있으니까.
그는 아마도 지금 너희 제자들을 포함해 모든 사람을 의심하고
있을 거야. 그러니……."

"알았어요. 너무 걱정 마세요. 다른 사형제들은 몰라도 사부
는 절 의심하지는 않아요. 절 친딸처럼 생각하니까요."

그러자 약노의 무거운 음성이 들린다.

"그런데 왜 그를 배신하고 날 선택한 거지?"

"그야 당신은… 아주 좋은 사람이고 또 사부가 날 아낀다고 해도 혈림을 물려줄 사람은 아니니까요."

"내 독술이 필요한 것이 아니고?"

"물론 그것도 필요하죠. 하지만 역시 당신은 좋은 사람이에요."

그즈음에서 두 사람의 목소리가 더 이상 들리지 않았다. 그리고 약간의 시간이 흐른 후 한 명의 여인이 약노의 초가를 벗어났다. 약노는 마당까지 나와서 그녀를 배웅한 후 주변을 한 번 살피고 다시 초가로 들어갔다. 은올기와 석요송은 모두가 사라진 후에야 약노의 초가를 떠났다.

약노의 초가에서 돌아온 은올기는 무척 우울한 모습이었다. 밀전으로 돌아온 그는 한동안 아무 말 없이 가부좌를 틀고 앉아 깊은 생각에 잠겨 있었다. 석요송은 그런 은올기에게 아무런 말도 하지 않았다. 그러다가 문득 은올기가 입을 열었다.

"그 아이는 조금 특별한 아이였지."

아마도 약노의 초가에서 보았던 여인을 두고 하는 말 같았다.

"누구죠?"

"염후."

염후라면 은올기의 일곱 제자 중 유일한 여인인 여섯째 제자다. 석요송도 여인의 정체에는 놀랄 수밖에 없었다. 은올기의 육제자가 꼽추노인의 정인이 되었다는 사실을 누가 믿을 것인가.

"사실 그 아이는 내 제자가 될 수 없는 아이였지. 본래 혈사신보주의 제자는 오직 남자만 가능하거든. 더군다나 타고난 재질도 좋아야 하고. 그런데 그 아이는 여자 아이일 뿐 아니라 무골로 보자면 그리 뛰어난 재주가 있는 것도 아니었어. 물론 머리는 똑똑하지만. 그럼에도 내가 그 아이를 제자로 들인 것은 그 아이가 이상하게도 눈에 들어왔기 때문이지. 그런 것 있지 않은가? 내가 낳은 자식은 아니지만 왠지 모르게 오래전부터 인연이 있어온 아이 같은……. 초원에서 마적에게 부모를 잃고 죽어가는 것을 데려왔는데, 본래대로라면 하녀로나 쓰일 아이였지."

은올기의 말에 회한이 묻어난다.

"어찌하실 생각입니까?"

식요송이 물었다. 은올기에게 어울리지 않게 정을 준 염후라면 그 처리가 간단할 리 없었다. 은올기 역시 쉽게 대답하지 못했다. 그는 한동안 생각에 잠겼다가 입을 열었다.

"아무래도 제자 놈들을 모두 정리해야 할 것 같아."

"예?"

석요송이 놀란 표정으로 물었다.

"본래 혈사신보의 보주들은 제자를 많이 두지 않았어. 나만 조금 특별하게 많이 거뒀지. 내가 정이 좀 많나봐. 흐흐흐! 그러나 역시 실수인 듯해. 이건 뭐… 이러다가 혈림이 갈가리 찢겨지겠어. 불러서 정리한다."

"어떻게 말입니까?"

"모두… 거둬야겠지."

순간 석요송의 등에 소름이 끼쳤다. 은올기의 말은 현재 살아남은 네 명의 제자를 모두 죽이겠다는 말이다. 그야말로 천하에 짝을 이룰 수 없는 독심이다.

"말릴 생각은 말게. 이 일은 내 일이야. 흠……."

은올기가 입을 닫고 눈을 닫았다. 결국 피할 수 없는 피의 숙명이 다시 혈림에서 벌어지려 하고 있었다.

＊　　＊　　＊

차차창!

광활한 광야에 도검의 울림이 어지럽다. 햇빛에 반사되는 눈부신 도검들이 메마른 초원에 피를 뿌린다. 두 패로 나뉘어져 싸우고 있는 자들은 서로 한 치의 물러섬도 없다. 싸움은 아침부터 이어졌는데 해가 중천에 떠 일하는 사람이라면 점심 요기를 할 시간이 되었지만 끝날 기미를 보이지 않았다.

그렇다고 땅에 쓰러져 죽은 자가 많은 것도 아니었다. 아마도 양측의 무공이 서로 비슷하기 때문일 터였다. 그런데 그때였다. 문득 먼 곳에서 날카로운 징 소리가 들렸다. 그러자 맹렬히 싸우고 있던 자들 중 한쪽이 썰물처럼 전장을 빠져나가기 시작했다.

한쪽이 물러나면 다른 쪽이 추격을 하는 것이 싸움터의 생리. 그러나 이상하게도 반대편 쪽의 무사들도 물러나는 자들을 쫓지 않았다. 아마도 그들 또한 무척 지쳐 있기 때문인 듯 보였다.

"무슨 일이냐?"

치열한 싸움을 뒤로하고 물러난 자들 중 중년으로 보이는 사내가 징을 두드린 사내에게 다가서며 물었다. 얼굴에 혈흔은 낭자한 것이 마치 지옥의 야차 같은 모습이다. 그러자 징을 들고 있던 사내가 두려운 듯 말했다.

"전서가……."

"누가 보낸 것이냐?"

"천조곡에서 왔습니다."

"음, 무슨 일이냐?"

사내가 검을 들어 피를 털어내며 물었다.

"보… 주께서 돌아오셨답니다."

"뭣?"

검에 묻은 피를 털던 사내가 화들짝 놀라 고개를 돌렸다. 그러자 징을 들고 있던 사내가 마치 자신이 뭔가를 크게 잘못한 사람처럼 고개를 숙였다.

"사부가… 사부가 돌아왔다고? 역시 죽지 않았던 것인가? 음."

그가 침음성을 흘리자 그의 곁으로 한 사내가 빠르게 다가들었다.

"함정일 수도 있습니다."

"함정?"

"그렇습니다. 다른 공자들께서 대공자님을 끌어들이려는……."

"간자들을 통해 진위 여부를 확인하라."

“옛!”

두두두!
 한 떼의 기마가 초원을 가르며 서쪽으로 달려나갔다. 그들이 일으키는 먼지가 뿌연 구름이 되어 하늘에 자리를 잡았다. 그 모습을 보고 있던 사내가 입을 열었다.
 “이상한 일이군요, 갑자기 물러나다니.”
 그러자 그의 옆에서 우뚝 솟은 산봉우리처럼 서 있던 사내가 말했다.
 “뒤따른다.”
 “뒤를 말입니까?”
 곁의 사내가 놀란 표정으로 물었다.
 “급히 떠나는 것으로 보아 그들 내부에 무슨 일이 생긴 것이 분명하다. 그렇다면 이번에야말로 혈림의 본거지를 알아낼 수도 있겠지.”
 “그렇군요. 알겠습니다.”
 “밀영들을 먼저 보내. 우리가 뒤쫓는 것을 모르게 해야 한다.”
 “명대로 하겠습니다.”
 사내가 고개를 숙여 보인 후 그 자리에서 물러났다. 그러자 명을 내린 자가 서쪽을 보며 중얼거렸다.
 “이번에야말로 끝을 봐야 할 텐데…… 벌써 이 년이 다 되어 가지 않은가. 동쪽의 일이 어수선하다던데……”
 사내가 다시 고개를 돌려 동쪽을 바라봤다. 사내의 얼굴이 햇

살 아래 드러났다. 밀영의 수장 일영이다.

*　　　*　　　*

석요송은 머리를 내려 얼굴을 가렸다. 그의 옆에 태사의 하나가 놓여 있고 은올기가 태사의에 노구를 깊이 묻고 앉아 있다. 그의 앞에는 이각여 전부터 두 사내와 한 명의 여인이 부복해 있었다.

구구구!

문득 한 마리 전서구가 날아들었다. 전서구는 가볍게 날아들어 붉은 무복을 입은 중년 사내의 어깨에 올라섰다. 사내가 손을 돌려 전서구에서 전서를 빼내 급히 읽고는 재빨리 은올기 앞으로 다가왔다.

"큰놈이냐?"

은올기가 물었다. 그러자 사내가 대답했다.

"그렇습니다."

"어디라더냐?"

"삼 일이면 천조곡에 들어온답니다."

"밖에 대기하라 전하라."

"들이지 말라는 말씀이십니까?"

"따르는 자들이 있을 것이야. 돌아오라 명한 것이 열흘 전. 그런데 삼 일 거리까지 왔다면 놈은 뒤를 조심하지 않고 있다는 것이다. 녀석을 천조곡으로 들이면 추격하는 자들도 천조곡으로 들어올 거다. 멍청한 녀석!"

은올기가 혀를 찼다. 그러면서 눈을 아래로 내리깔아 바닥에 부복한 자들을 스윽 훑어 봤다. 그의 눈길을 느꼈는지 바닥에 엎드린 이남일녀가 부르르 몸을 떤다.

“너희!”

“예, 사부님!”

셋이 동시에 대답했다.

“나 없는 동안에 제법 시끄럽게 싸웠다고?”

은올기의 질문에 모두 대답이 없다. 그러자 은올기가 한줄기 미소를 흘리며 말했다.

“싸운 것을 탓하는 것이 아니다. 내가 없어졌다면 당연히 자웅을 겨뤄 우두머리를 뽑아야지. 그런데… 그 싸움으로 인해 본림의 전력이 크게 훼손되었다고 들었다. 그건 곤란해. 그래서는 혈림의 전통이 어찌 이어지겠느냐? 그래서 내가 너희에게 제대로 싸울 기회를 주마. 살아남는 자가 나의 후계자가 될 것이다.”

순간 얼굴을 바닥에 대고 있던 자들의 눈빛이 붉게 달아올랐다.

“너희의 사형이 돌아오고 있다니 마중을 나가거라. 그리고 돌아올 때는… 오직 한 명만 돌아와야 한다. 알겠느냐?”

은올기의 말에 세 명이 다시 몸을 떤다. 어떤 사부가 제자들더러 서로 생사결을 하라고 명한단 말인가. 그러나 은올기라는 사람을 알고 있다면 그것은 그리 놀라운 일이 아니다. 그의 제자들은 그들의 사부를 너무나 잘 알고 있었다.

“단 한 명이 천조곡으로 다시 돌아올 수 있고, 돌아오는 사람에겐 혈사신보가 주어질 것이다. 그러니 모두들… 최선을 다하거라. 물러들 가라."

은올기가 손을 내저어 축객령을 내렸다. 그러자 세 명의 제자가 무릎걸음으로 대전에서 물러나더니 이내 바람처럼 사람들의 시야에서 사라졌다. 그러자 앞서 전서구를 받아 들어 은올기의 명을 받았던 사내가 은올기 앞으로 다가와 부복하며 물었다.

"보주, 진정 공자분들을 상쟁시킬 생각이십니까?"

"녀석들이 원하지 않았나?"

"그러나 그리되어서는 혈림의 앞날이……."

"행보."

"예, 보주."

사내가 대답했다.

"내가 혈림에서 믿는 자는 없어. 애초에 혈사신보의 보주가 거느리는 수하는 역대로 대부분 열이 넘지 않았다. 그 훨씬 이전에는 오직 일인 전승이었지. 그런 면에서 보자면 지금 혈림에 속한 자의 숫자는 너무 많아. 사실 행보 너와 혼태 두 사람만이 진정한 혈사신보주의 종복이라고 할 수 있지. 그러나 이제 혼태는 죽었고 그대만 남았으니 그대는 내 뜻을 거스르는 일이 없도록 해."

"저야 물론 언제나 보주님의 견마일 뿐입니다."

사내가 이마를 바닥에 대었다.

"그래, 내가 그대는 믿어. 피곤하니 그만 물러가게. 다른 말 말고."

"명대로 하겠습니다."

사내가 머리를 조아리고는 은올기 앞에서 물러났다. 그러자 은올기가 석요송을 보며 말했다.

"이젠 우리도 싸움 구경이나 가자고."

"제자들이 서로 목숨을 노리는 걸 구경 가자는 말입니까?"

석요옹이 눈살을 찌푸렸다.

"그래, 가자고. 그중 영악한 놈들이 있으니 무척 재미있을 거야."

은올기가 차가운 미소를 흘렸다.

석요송은 다시 한 번 은올기가 참으로 대단한 사람이라는 것을 깨달았다. 풀을 치니 뱀이 놀라고 메뚜기가 뛰었다. 석요송과 은올기는 그 메뚜기를 따르고 있었다.

한 명의 사내가 빠르게 천조곡을 벗어났다. 석요송과 은올기는 그 사내의 뒤를 따르고 있었다. 사내가 출발한 곳은 칠공자 적두랑의 처소에서였다. 은올기는 제자들을 물린 후 즉시 적두랑의 처소를 살폈는데, 아니나 다를까, 깊은 밤 어둠을 헤치고 적두랑의 처소를 벗어나는 자가 있었던 것이다.

그렇다고 그가 적두랑은 아니었다. 그의 정체는 여전히 모호했으나 적두랑의 처소를 벗어난 그는 급히 천조곡 서북쪽 절벽을 타고 올라 북쪽으로 길을 잡기 시작했다. 은올기와 석요송은 그런 사내의 뒤를 멀리서 여유있게 따랐다. 비록 사내의 무공이 대단해 보이기는 하지만 석요송과 은올기는 당대에 적수를 찾기 힘든 고수이다.

"누굽니까?"

산을 넘어 드디어 천조곡을 완전히 벗어났을 때 석요송이 물었다. 석요송은 지금까지도 자신들이 쫓고 있는 자가 누군지를 알지 못했다.

"나도 모르지."

은올기에게서 뜻밖의 대답이 흘러나왔다.

"누군지도 모르고 추격하고 있다는 겁니까?"

"누군지는 모르지만 놈이 무엇 때문에 천조곡을 벗어났는지는 짐작하네. 녀석은 필시 일곱째 놈에게 밀명을 받았을 거야. 일곱째가 외부에서 키워놓은 세력을 데려오라고 말이야. 사형제들과의 싸움에서 무공으로는 그놈이 조금 밀리거든. 그러니 당연히 외부에서 키운 세력을 끌어들이려 하겠지. 난 어떤 자들이 감히 혈림의 일에 관여하려 했는지 그 얼굴을 보려는 것뿐이네. 누가 되었든 이참에 결국 모두 죽을 팔자지만."

"그들도 제거하려는 겁니까?"

"내 손을 빌릴 필요도 없어. 놈들이 약노가 준 혼마환을 복용했다면 해약을 끊는 순간 죽게 될 테니까."

사내는 하루 밤낮을 쉬지 않고 달렸다. 그리하여 그가 결국에 다다른 곳은 광활한 초원이 바라보이는 거대한 석산이었다. 석산에 이르자 사내는 초원으로 흘러들어 가 끝내 그 자취를 감추고 마는 작은 물줄기를 따라 석산 안쪽으로 들어갔다.

한참 석산으로 들어간 사내의 눈앞에 여러 개의 동굴이 나타났다. 그리고 갑자기 동굴 속에서 십여 명의 사람이 뛰쳐나와 사내 앞을 막아섰다.

"적 대인께서 보내셨소."

사내가 재빨리 동굴 속에서 나온 자들에게 말했다. 그러자 동굴 속 사내들이 사내에 대한 경계심을 풀었다.

"들어갑시다."

개중 한 명이 사내를 이끌고 여러 개의 동굴 중 하나를 찾아 들어 갔다. 그러자 나머지 사람들이 사방을 둘러보며 뒤를 살피더니 이내 그들 역시 동굴 속으로 사라지는 것이었다.

"흐음, 흑사풍이라……."

은올기가 재미있다는 듯 고개를 끄덕였다.

"저들이 흑사풍의 사람들이란 말입니까?"

"그래, 그들이 맞아. 금문에 쫓겨 서역으로 도주했을 거라 생각했는데 이곳에 숨어 있었군. 등하불명이라……. 좋은 계책이지. 그런데 일곱째와 선을 대고 있었단 말이지? 하긴 그들이라면 혈림의 저력을 알고 있을 테니 욕심낼 만하지. 그런데… 금아불은 살았을까?"

천록야에서 금아불은 은올기처럼 금문에 쫓기는 신세였다. 중간에 헤어지기는 했지만 금아불의 무공이라면 그 소란 속에서 살아남을 수도 있었으리라. 애초에 그들을 일영에게 맡겼는데 그들은 석요송과 은올기를 암습했으니 금아불을 제압하는 것을 포기했을 수도 있었다.

"아무튼 내가 없는 이상 흑사풍의 구성은 누구라도 혈림을 노릴 만하지. 그러자면 역시 적두랑과 손을 잡는 것이 그들에게 가장 유리했을 거야. 왜냐하면 안에서야 적두랑의 심기가 무서운 것을 알지만 밖에서는 그저 일곱 사형제 중 가장 무공이 약한 녀석에 지나지 않으니까. 자신들이 충분히 통제할 수 있을 거라 생각했겠지.”

은올기는 앉은 자리에서 흑사풍과 적두랑 사이에 벌어졌을 일을 모두 유추해 냈다. 그러더니 그 자리에 벌렁 드러누웠다.

“기다리자고.”

은올기의 말에 석요송이 아무런 대답 없이 한쪽에 가부좌를 틀고 앉았다. 그의 말대로 적두랑과 흑사풍이 연결되어 있다면 필시 흑사풍의 고수들이 적두랑을 지원하기 위해 나설 것이고, 그때 그들을 따라 움직이면 되는 일이다.

기다림은 그리 길지 않았다. 저녁 어둠이 동굴에 깃들 때 동굴에서 수십 명의 사람이 쏟아져 나왔다. 그리고 그들의 앞에는 과연 금아불이 서 있었다.

금아불이 모습을 드러내자 석요송과 은올기의 행동이 좀 더 신중해졌다. 금아불은 고수다. 그가 비록 천록야에서 일패도지하여 빈궁한 처지가 되었다고 해도 일신에 깃든 능력은 여전히 북천십이문 수장의 그것이다.

그런 그의 옆에 석요송에게 눈 익은 자의 모습이 보였다. 강인한 인상의 중년 사내, 과거에는 술 좋아하는 한량과 같은 모습이었으나 지금은 형형한 안광을 흘려내는 잘 벼른 칼 같은 사내 가섭몽의 모습이 보였다.

금령에게 잘린 한 팔은 오히려 그의 진중함을 더 강렬하게 느끼게 해주었는데, 풍기는 기도로 보아서는 이미 금아불의 경지를 넘어선 듯 보였다. 은올기 역시 그런 가섭몽을 발견했는지 나직하게 혀를 찼다.

"쯧, 역시 내 눈이 틀리지 않았군. 재목이었어. 저놈에게 혈사신보를 맡길 만한데……."

은올기의 목소리에 아쉬움이 가득하다.

"아직 늦지 않았지요."

석요송이 대답했다.

"정말 자넨 싫은가?"

은올기가 정색을 하며 물었다.

"제 것은 아닌 것 같군요."

"좋아, 알겠네."

은올기가 이번만큼은 순순히 고개를 끄덕였다. 석요송은 그의 말에서 그가 여전히 가섭몽에게 마음을 두고 있다는 것을 깨달았다. 그렇다면 정말 흥미로운 일이다. 그가 어떻게 이 생사전 속에서 가섭몽을 자신의 후계자로 만들 수 있을까? 그런 의문을 뒤로하고 석요송은 은올기와 함께 흑사풍의 뒤를 쫓기 시작했다.

*　　　*　　　*

산이 길게 이어진 끝에 초원과 만나고 그 초원 위에 끝없는 지평선이 열린다. 광대한 지평선은 시원함보다는 가끔 막막함을 줄 때가 있다. 석요송은 그 막막한 지평선을 물끄러미 바라보고 있었다.

좁은 계곡이었는데 초원에서 천조곡이 있는 깊은 계곡으로 들어가기 위해서는 반드시 통과해야 하는 계곡이었다. 그곳에서 석요송과 은올기가 몸을 숨기고 광야를 질주해 오는 한 떼의 인마를 기다리고 있었다.

두두두!

한순간 두 사람의 귀에 거친 말발굽 소리가 먼저 들리더니 이내 한 무더기의 먼지구름이 일어났다. 그리고 대략 오십여 기에 달하는 인마가 질풍처럼 초원을 가로질러 석요송과 은올기가 있는 곳으로 달려왔다.

한 덩어리가 되어 달려온 사람과 말이 그대로 계곡 안쪽으로 들어서려는 순간 갑자기 그들 앞에 한 사내가 모습을 나타냈다.

"히힝!"

말이 놀라 앞발을 높이 들고 그 자리에 멈춰 섰다.

"행 노사가 아니시오?"

인마를 몰고 온 자들 중 한 명이 앞으로 나서며 물었다. 굴강한 신체에 조금은 다급한 성정을 지닌 모습의 중년 사내다.

"첫째 공자를 뵙습니다."

인마의 길을 막아선 사내가 정중하게 고개를 숙여 보인다. 은올기의 오랜 충복 행보다. 인마를 몰아온 자는 은올기의 첫째 제자 헌원공이었다.

"설마 이곳까지 마중을 나오신 것이오?"

헌원공이 조금 놀란 표정으로 물었다. 이미 전서를 통해 은올기가 살아서 천조곡에 들었다는 것을 알고 있는 헌원공이다. 행보는 은올기의 수족과 같은 사람이다. 그런 그가 이렇게 먼 곳까지 은올기를 떠나 자신을 마중하러 나온 것은 예상치 못한 일이다.

"보주께서 특별히 대공자께 전하라는 말씀이 있어서 이렇게 마중을 나왔습니다."

"무슨 명을 내리셨소?"

행보까지 보내 전할 말이라면 무척 중요한 전언일 것이다. 헌원공이 긴장을 한 듯 마른침을 삼켰다. 어쩌면 자신을 혈사신보의 후계자로 정했다는 전갈일 수도 있었다. 그런 경우라면 행보의 마중이 이해가 간다. 그러나 행보의 대답은 그의 기대와 달랐다.

"이곳부터 천조곡까지는 대략 백여 리가 되지요."

"그걸 새삼스레 왜 말하는 거요?"

헌원공이 의아한 표정으로 물었다. 그러자 행보가 엄중한 표정으로 말했다.

"보주께서는 네 분 사형제께서 이 일백 리 안에서 모든 승부를 보라고 명하셨습니다."

"그게 무슨 소리요? 모든 승부를 보라니?"

"오직 한 분만 천조곡에 다시 들어올 수 있고, 그분이 다음 대혈사신보의 주인이 되실 것이라 말씀하셨습니다."

순간 헌원공의 표정이 일변했다. 그의 눈에 서늘한 한기가 돈다.

"설마 우리더러 이곳에서 생사결을 하란 말이오?"

"그렇지요."

"음……."

헌원공이 나직한 침음성을 흘렸다. 비록 혈림이 매정한 곳이기는 해도 사부가 제자들에게 생사결을 결하란 명을 내리는 것은 지나치게 가혹한 처사다. 그러나 일찍이 은올기의 심성을 충분히 경험한 헌원공이다.

일단 내려진 명에는 반발할 수가 없다. 그렇다면 결론은 하나, 사형제들을 베는 것이 최선이다. 그때 행보가 다시 입을 열었다. 그런데 그 대상이 이번에는 헌원공이 아니고 그를 따라 원행에 나선 혈림의 무사들이다.

"그대들에게도 전언이 계셨소. 보주께서는 그대들에게 선택권을 부여하셨소. 그대들은 오늘 대공자님을 따라 혈사신보의 후계자를 정하는 생사결에 뛰어들 수도 있고 이 싸움에서 빠질 수도 있소. 둘 중 한쪽을 선택할 경우 최악의 경우와 최선의 경우 모두 그대들 스스로 추측할 수 있을 테니 그 설명을 더하지 않겠소. 생사결에 참여할 사람은 대공자님을 따라 계곡 안쪽으로 들어가시오. 그렇지 않은 사람들은 이곳에서 숙영지를 구축하고 외부의 적이 침입하는 것에 대비하시오."

"외부의 적이라니 그건 무슨 소리요?"

헌원공이 물었다. 그러자 행보가 대답했다.

"보주께서는 필시 대공자님의 뒤를 따르는 자들이 있을 거라 하셨습니다. 적어도 여기까지는 그들에게 뒤를 밟혔을 것이지만 이 안쪽으로 한 발도 들이지 말라는 명이 계셨지요."

"음……."

행보의 대답을 들은 헌원공이 그제야 자신의 실수를 깨닫고는 나직한 침음성을 흘렸다. 그리곤 고개를 돌려 그를 따르던 혈림의 고수들을 보며 말했다.

"십객을 제외하고는 모두 이곳에 머물라."

"대공자님, 어찌하시려고?"

"사제들이라고 많은 수의 수하를 동원하지는 못했을 것이다. 그러니 십객이면 충분해. 무공으로 보아도 사제들 중 날 상대할 사람들은 없다. 그러니 십객이면 충분하다. 십객은 나와 함께 간다."

"옛, 대공자!"

혈림의 무사들 사이에서 열 명의 장한이 나서며 고개를 숙여 보였다. 그러자 헌원공이 행보에게 물었다.

"사부께서는 어디 계시오?"

"그야 저도 알 수가 없지요. 천조곡게 머무실지 이 싸움을 살피러 천조곡을 벗어나셨는지 저로서는 알 수가 없습니다."

"음……."

헌원공이 두려운 눈빛으로 사방을 둘러보았다. 어디선가 은올기가 자신을 보고 있을 것만 같은 헌원공이다. 그러나 그 어디서도 은올기의 모습은 보이지 않았다.

"가자!"

헌원공이 날카롭게 소리치고는 말을 몰아 계곡 안쪽으로 달려나갔다. 십객이라 불린 사내들도 훌쩍 말에 올라 질풍처럼 헌원공의 뒤를 따랐다.

석요송은 계곡 입구에 세워지고 있는 막사에 눈을 두지 않왔다. 그 너머 광활한 초원을 응시하고 있었다. 그러나 눈에 들어오는 것이라고는 막막한 초원과 지평선뿐이다. 그럼에도 석요송은 누군가를 찾는 듯 시선을 다른 곳으로 돌리지 않았다.

"찾기 어려울 걸세."

은올기가 말했다.

"그렇겠지요."

"그러나 결국에 기다리면 언젠가는 올 걸세. 이곳까지는 필히 뒤를 밟아 왔을 거야. 그러나 혈림의 고수들이 진을 치고 있는 이상 더 이상은 어렵겠지. 위치를 확인하면 돌아가서 금문의 고수들을 데려올 걸세. 그때나 만나게 되겠지. 물론 이곳을 떠나면 그도 어렵겠고."

은올기의 말에 석요송이 고개를 끄덕였다. 두 사람이 말하고 있는 것은 헌원공을 쫓았을 금문의 고수들에 대한 이야기였다. 금문이 헌원공의 후퇴를 그냥 두고 보았을 리는 없을 테니 필시 추격자를 붙였을 것이라는 것은 누구나 생각할 수 있는 일이다.

금문의 추격이 있다면 석요송에게도 새로운 고민이 생긴다. 과연 지금 그들을 만날 것인가 하는 문제는 석요송도 쉽게 결정하지 못하는 난제였다.

"여기서 그들을 기다릴 텐가, 아니면 나와 함께 싸움 구경을 가겠는가?"

은올기가 물었다. 그러자 석요송이 잠시 생각에 잠겼다가 자리에서 일어났다.

"아직은 그들을 만나고 싶지 않군요."

"좋아, 그럼 가세. 제법 빠른 녀석들이라 벌써 한판 붙었을 수도 있지."

은올기의 말이 끝나자 두 사람은 훌쩍 신형을 날려 산속으로 달리기 시작했다.

초원이 사라진 길에 숲이 깊어졌다. 단번에 천조곡까지 내달리려던 헌원공의 걸음도 숲이 깊어지자 자연스레 느려졌다. 말조차도 더 이상 타지 않았다. 비싼 금자를 주고 샀을 듯한, 아니, 어쩌면 불쌍한 유목민에게서 강탈했을지도 모를 말을 알 수 없는 곳으로 떠나보내고 헌원공과 십객은 조심스레 계곡을 거슬러 오르고 있었다.

그렇게 얼마나 전진을 했을까, 호방한 헌원공조차 들기를 꺼려 할 만큼 계곡이 깊어졌다. 그러나 또한 아니 갈 수 없는 길이다. 이 길을 통과해야 천조곡의 혈림에 닿을 수 있기 때문이다.

헌원공이 고개를 돌려 십객에게 고갯짓을 했다. 그러자 십객 중 두 명이 훌쩍 앞으로 달려나와 길을 열기 시작했다. 그 뒤를 헌원공이 조심스레 따랐다.

일행은 대략 이십여 장 정도를 전진했다. 그런데 그때 기다렸다는 듯이 화살비가 쏟아져 내렸다.

쐐애액!

한 치의 틈도 보이지 않는 화살 세례다. 그러나 헌원공과 십객은 일류고수들이다.

차차창!

열한 사람의 도검이 동시에 허공을 휘젓자 허공에 둥근 진기

의 판막이 생겨나더니 그들을 향해 쏟아져 내리던 화살이 사방
으로 튕겨져 나갔다.

"나서라!"

헌원공이 화살을 쏟아낸 방향을 향해 소리쳤다. 그러자 계곡
위쪽 어두운 숲 속에서 일단의 사람이 날아내려 헌원공 앞을 가
로막았다.

"거수할, 역시 네놈이었구나!"

헌원공이 짐작했다는 듯이 노성을 흘렸다. 과연 거수할이 적
두랑과 염후를 좌우에 데리고 모습을 드러냈다.

"하하하! 사형, 어서 오시오!"

거수할이 호방한 음성으로 소리쳤다. 그의 표정에선 이미 자
신이 혈림의 주인이자 다음 대 혈사신보의 보주가 된 것 같은
자신감이 묻어났다. 거수할이 적두랑과 염후까지 대동하고 나
타나자 헌원공의 표정이 일변했다.

"사매와 사제도 다섯째에게 복속을 한 것이냐?"

헌원공이 염후를 보며 물었다. 그러자 염후가 대답했다.

"저희로서야 어쩔 수 있나요. 저와 칠사제는 워낙 무공이 부
족해 혈림을 두고 쟁패를 할 수는 없지요. 그저 강한 사람에게
붙어 목숨이나 부지해야지요."

"그 말은 나보다 다섯째가 더 강하다고 판단했단 말이구나."

"무공을 보고 결정한 것은 아니에요. 단지 대사형은 너무 오
랫동안 혈림은 비운 것이 흠이지요. 일곱째가 다섯째 사형에게
붙었으니 저라고 혼자 버틸 수 있나요?"

염후가 빙긋 미소까지 짓는다. 그러자 헌원공이 살짝 입술을

깨물더니 차가운 음성으로 말했다.

"그러나 승부는 아직 끝나지 않았다."

"사형께선 설마 우리 세 사람을 혼자 상대할 수 있다고 생각하시오?"

거수할이 능글거리며 물었다. 그러자 헌원공이 한줄기 미소를 짓는다.

"내가 어찌 너희 셋을 모두 감당할 수 있겠느냐?"

"그런데도 승패를 인정하지 못하겠단 말이오?"

"묻겠다, 거수할! 여섯째와 일곱째가 비록 네게 복속을 했다지만 과연 이 자리에서 나를 향해 살검을 휘두를까, 아니면 뒤로 물러나 너와 나의 승부를 지켜볼까? 혈림에서야 너의 위세에 굴복했다지만 지금은 다르지. 이곳은 혈림이 아니고 또한 나 헌원공이 있으니까. 더군다나 사부께서는 오직 한 명만 다시 천조곡에 들어오라 하셨단 말이야. 이건… 결국 한 사람이 남는 싸움이다. 네가 사제들에게 어떤 약속을 했는지 몰라도 말이야."

헌원공의 말에 거수할이 재빨리 염후와 적두랑을 바라봤다. 그러자 어느새 눈빛을 교환한 염후와 적두랑이 훌쩍 몸을 날려 계곡 왼편에 서 있는 거대한 바위 위로 날아올랐다.

"호호호, 대사형의 말을 듣고 보니 우리가 굳이 지금 이 싸움에 끼어들 이유가 없는 것 같군요."

"사매!"

거수할이 노성을 토해냈다. 그러나 염후는 고개를 돌린 채 거수할의 노기를 상대하지 않았다. 거수할이 그런 염후를 노려보다 이번에는 적두랑을 바라봤다. 그러자 적두랑이 마치 겁을 먹은 사람처럼 시선을 회피했다. 그런 적두랑을 보며 거수할이 노하기보다는 혀를 찼다. 아마도 적두랑을 여전히 어린 사제로만 생각하는 듯했다.

"사제, 이제 승부를 결해야지?"

염후와 적두랑이 물러나자 헌원공이 거수할을 보며 말했다. 그의 어투에 한결 자신감이 묻어난다. 그러나 거수할 역시 두려움은 없어 보였다. 그 역시 헌원공을 상대할 자신감이 충만해 보였다.

"어찌하시겠소? 단둘이 검을 섞으리까, 아니면 수하들을 모두 동원하리까?"

"네가 원하는 대로 하거라."

헌원공이 대답했다. 그러자 거수할이 잠시 생각에 잠기는 듯하다가 이내 손을 들며 소리쳤다.

"쳐라!"

갑작스런 명이었다. 거수할이 고민하는 듯 보였던 것은 아마도 헌원공을 방심시키기 위한 것인 듯싶었다. 거수할의 갑작스런 명임에도 그 수하들의 반응은 쾌속했다.

파팟!

수십 명의 검은 그림자가 헌원공과 십객을 덮쳤다. 그러자 헌원공과 그의 수하들도 재빨리 검을 뽑아 날아드는 적들을 상대하기 시작했다.

조용하고 어둡던 계곡이 순식간에 도기와 검기가 충만한 전

쟁터로 변했다. 맹렬한 싸움이었지만 피는 그렇게 많이 흐르지 않았다. 모두 일류고수들이라 상대의 목숨을 걷어내는 것이 쉽지는 않았던 것이다. 그런데 수하들의 싸움을 지켜보고 있던 거수할이 한순간 헌원공을 향해 달려들었다.

헌원공은 마침 세 사람의 적을 홀로 상대하고 있었는데 거수할까지 싸움에 관여하자 금세 수세에 몰리기 시작했다.

"사제가 이렇게 용렬한 사람인 줄 몰랐군."

거수할과 그 수하들의 합공을 받으며 헌원공이 소리쳤다.

"사형은 사부께 뭘 배운 거요? 강호란 결국 싸워 이기는 자가 모든 것을 차지하는 곳이란 배움을 벌써 잊은 거요?"

"하하하, 아둔한 줄 알았는데 사부의 가르침을 잊고 있지 않다니 대견하구나. 하나 사부께서는 또 한마디 말씀을 하셨지. 애초에 오르지 못할 나무는 쳐다보지도 말라고!"

팟!

한순간 검을 들지 않은 헌원공의 왼손이 검을 물체를 거수할과 그 수하들을 향해 던져냈다.

펑!

맹렬한 불꽃과 검은 연기가 일어나며 순식간에 거수할과 그 수하들이 뒤로 물러났다.

"어디서 염초를?"

거수할이 당혹한 표정으로 소리쳤다.

"강호를 떠돌다 보니 이것저것 얻는 것이 많더구나."

서걱!

말을 하는 와중에 헌원공이 거수할의 수하 한 명을 베어 넘겼다. 헌원공에게 일검을 당한 자가 비명도 없이 쓰러졌다. 그러자 헌원공이 재차 도약하며 열십자로 검을 그었다. 그의 검에서 붉은 염기가 터져 나왔다.

그러자 두 마디의 비명 소리가 들리더니 거수할과 함께 헌원 공을 협공하던 자들이 짚단처럼 쓰러졌다. 순간 거수할이 헌원 공을 향해 암기를 흩뿌렸다.

촤아악!

거수할의 손을 떠난 암기들이 무서운 속도로 헌원공을 휘어 감았다. 헌원공이 재빨리 몸을 뒤로 눕히며 둥글게 검을 그어댔 다. 그러자 진기의 막이 생겨나며 그를 향해 떨어지던 암기들이 사방으로 흩어졌다. 그사이 어느새 다가온 거수할이 헌원공의 하체를 베었다.

"흥!"

헌원공이 한마디 비웃음이 흘리더니 그의 신형이 그대로 뒤 로 제비를 돌며 거수할의 공세를 피해냈다. 그러고는 벼락처럼 거수할의 향해 검을 뻗어냈다.

팟!

강렬한 헌원공의 검이 기이한 각도에서 뻗어 나가 거수할의 옆구리를 베었다. 거수할은 헌원공이 수세에서도 이런 절기를 뽑아낼 줄은 예상치 못했기에 속절없이 옆구리에 일검을 허용 했다.

"웃!"

뒤로 물러나는 거수할을 향해 헌원공이 맹수처럼 달려들었 다. 삽시간에 싸움의 전세가 갈렸다. 거수할은 이제 속절없이 뒤로 밀리고 있었다. 그리 머지않은 시간에 그의 목이 헌원공의 검에 떨어지는 것은 당연해 보였다.

"잘 가거라, 사제!"

헌원공이 허공으로 도약하며 최후의 일격을 가했다. 순간 거수할의 얼굴이 새까맣게 변했다. 죽음의 공포가 그의 얼굴을 뒤덮었다. 그런데 그 순간이었다. 갑자기 한줄기 검은 그림자가 헌원공의 뒤를 덮쳤다.

第六章 상잔(相殘)

"컥!"

헌원공이 비명을 터뜨렸다. 그의 등이 검게 그을린 듯하면서 그 안에서 피가 섞여났다. 헌원공이 재빨리 신형을 굴려 이삼 장 옆으로 비껴났다. 그러고는 비틀거리며 몸을 일으키고는 자신을 암습한 자를 노려봤다.

"네놈이……?"

한껏 노한 헌원공을 적두랑이 부들부들 떠는 모습으로 바라보고 있다. 완전히 겁을 먹은 모습이다. 반면 한편에서는 생각지 못한 도움을 받은 거수할이 빙글거리며 적두랑을 바라보고 있었다.

"사, 사형, 죄송합니다. 그러나 어쩔 수 없었습니다."

"무슨 같잖은 핑계냐?"

"이미 다섯째 사형을 따르기로 약조한 이상 어쩔 수 없는 일이지 않습니까?"

적두랑이 조심스레 말했다.

"하하하, 암, 당연한 일이지. 약속은 지켜야 하는 법이니까. 내 잠시 사제를 의심했었네. 허허허!"

거수할이 너털웃음을 터뜨렸다. 그도 그럴 것이, 헌원공의 상처로 보아 이 싸움은 이미 끝난 것이나 마찬가지였다. 헌원공의 수하인 십객이 거수할의 수하들을 상대로 제법 버티고 있기는 하지만 헌원공이 죽기만 한다면 그들을 제풀에 무너질 것이다.

"결코 네놈들 뜻대로 되지는 않을 것이다."

헌원공이 눈을 부라리며 검을 고쳐 든다. 그러자 그의 검에 다시 붉은 기운이 어렸다.

"사형, 고집 피우지 마시오. 검을 거둔다면 목숨을 살려드리리다. 물론 무공은 포기해야겠지만. 천조곡에는 못 들어도 외진 곳에서 밭을 일구며 살 수는 있을 거요."

"네놈 따위에게 무너질 내가 아니다."

헌원공이 이번에는 검을 비스듬히 기울이더니 선 채로 번개처럼 검을 내리그었다.

웅!

"흡!"

초승달처럼 휘어져 나오는 헌원공의 검기에 적두랑이 제풀에 놀라 뒤로 물러났다. 그러나 거수할은 달랐다. 그는 자신의 검을 교묘한 방향으로 틀어 올려 다가오는 헌원공의 검기를 살짝 비켜 막았다.

차앙!

맑은 마찰음이 일어나며 헌원공의 검이 방향을 잃고 좌측으로 밀렸다. 그러자 그 빈틈을 뚫고 들어간 거수할이 거침없이 헌원공의 허리를 베었다.

서걱!

소름 끼치는 파열음이 일어났다. 헌원공이 옆구리를 부여잡으며 그 자리에 무릎을 꿇었다. 헌원공이 자신도 모르게 검을 떨어뜨렸다. 검이 주인을 잃고 맥없이 땅에 떨어졌다.

"크윽!"

헌원공이 신음성을 흘리며 자신의 옆구리를 바라봤다. 회복할 수 없는 상처다. 그의 얼굴이 흙빛으로 변했다. 이런 결과는 단 한 번도 생각해 보지 않은 그다. 십객만을 대동하고 생사전에 뛰어들 때는 다른 사형제들을 능가하는 무공을 자신하고 있었다. 그런데 한낱 나약하고 어린놈이라고 여겼던 적두랑에게 속아 기습을 허용해 일을 그르쳤으니 그로서는 땅을 치고 통탄할 일이었다.

그런데 중상을 입고 죽어가는 헌원공에게 급히 적두랑이 날아들었다.

"대사형!"

적두랑이 재빨리 헌원공을 부축했다.

"사제, 뭘 하는 것이냐?"

거수할이 화난 표정으로 물었다. 그러자 적두랑이 대답했다.

"사, 사형이 죽어가지 않습니까?"

"우리가 벤 사람이다."

"그래도 사형은 사형이지요. 사형, 많이 아프세요?"

적두랑이 헌원공을 보며 물었다. 그러자 헌원공이 묘한 눈으로 적두랑을 응시하더니 알 수 없는 말을 중얼거렸다.

"너란 놈… 정말……."

그러자 적두랑이 좀 더 고개를 숙이고 거수할이 보지 않게 헌원공에게 뭔가를 말했다. 그러자 헌원공이 갑자기 너털웃음을 터뜨렸다.

"하하하, 적두랑 네 녀석은 정말… 하하하! 재미있어, 재미있어! 하하하!"

헌원공이 연신 웃음을 흘렸다. 그런 그의 입가로 붉은 피가 꾸역꾸역 흘러나왔다. 그리고 급기야 그의 눈에서 생기가 급격하게 사라지더니 이내 숨을 거뒀다.

"그에게 뭐라 했느냐? 왜 그렇게 미친 듯이 웃지?"

거수할이 헌원공을 안고 있는 적두랑에게 물었다. 그러자 적두랑이 침울한 표정으로 대답했다.

"사형께 말했지요. 양지 바른 곳에 묻어준다고."

"으하하핫!"

적두랑의 말을 들은 거수할 역시 너털웃음을 터뜨렸다. 정말 어수룩한 사제가 아닌가? 그러나 또 이런 사제는 무척 쓸모가 있는 법이다. 거수할이 만족한 웃음을 흘리며 장내를 둘러보았다. 여전히 헌원공의 수하인 십객과 거수할의 수하들이 혈전을 벌이고 있었다.

"싸움을 멈추게 해야죠."

어느새 다가온 염후가 조심스레 거수할에게 말했다. 그러자 거수할이 코웃음을 치며 말했다.

"흥, 그럴 필요 없어. 주인을 잘못 선택한 대가는 스스로들 치러야지. 본보기가 필요해. 그나저나 사매는 이제 어떻게 할 생각인가?"

"무슨 말씀이세요?"

염후가 물었다.

"이젠 마음을 정한 건가?"

거수할의 말에 염후가 그제야 그가 무슨 말을 하는지 알아듣고는 희미하게 미소를 지으며 물었다.

"설마 사형께서는 이 겁 많은 계집을 탓하시려는 것은 아니지요?"

"하하하, 사매가 겁이 많다니 그게 무슨 말인가? 천하에 짝을 찾을 수 없는 독녀가 아니신가?"

"말씀이 과하시군요."

염후가 싸늘하게 말했다.

"사매의 행동은 더 과했지."

거수할의 표정 역시 밝지 않았다. 그런데 그때 적두랑이 두 사람 사이에 끼어들었다.

"그만들 하시지요. 어차피 한배를 탔는데. 그나저나 사형, 이대로는 이쪽도 피해가 적지 않겠습니다."

적두랑이 끼어들자 그제야 거수할이 염후에 대한 노기를 거뒀다. 그러고는 십객과 싸우고 있는 수하들을 바라보다가 훌쩍 신형을 날려 싸움에 뛰어들었다.

일단 거수할이 싸움에 관여하자 전세는 순식간에 변했다. 아무리 십객이 뛰어난 자들이라 해도 은올기의 직계 제자인 거수할의 무공을 감당할 수는 없었던 것이다.

"두고 볼 거야?"

거수할이 한창 십객의 목을 베고 있는 사이 염후가 적두랑에게 물었다. 그러자 적두랑이 대답했다.

"조금만 더 기다려요."

적두랑이 낮고 서늘한 음성으로 말했다. 이럴 때는 결코 어수룩하고 약한 막내 사제의 모습이 아니었다.

"그를 벨 거야?"

염후가 다시 물었다.

"베야죠."

"하지만 그는 이미 혼마단을 복용했잖아? 그가 사제의 말을 거부할 수는 없을 텐데 굳이 베어야겠어?"

"전들 솜씨 좋은 칼잡이를 베고 싶겠어요? 두고 쓰면 유용한 데가 많겠지요. 그러나… 사부께서 나타나신 이상 베는 것이 좋아요. 그를 베지 않아 이 싸움의 승자가 그로 결정되면 독으로 그를 위협하기 전에 사부가 그의 독을 해독해 줄 수도 있어요. 그럼 전 그야말로 최악의 상황을 맞는 것이죠. 더군다나 사부는… 한 사람만 살아 돌아오라고 했죠."

순간 염후가 훌쩍 뒤로 물러났다. 그러고는 날카로운 시선으로 적두랑을 보며 물었다.

"설마 날 베려는 거야?"

"그러기야 하겠어요?"

적두랑이 히쭉 미소를 지었다. 그 미소에 묻어나는 살기가 범상치 않아 염후의 얼굴에 두려움이 깃들었다. 그동안 그녀가 보아오던 사제가 아닌 듯싶었다.

"한 사람만 살아가야 한다며?"

염후가 물었다. 그러자 적두랑이 천연덕스럽게 대답했다.

"무덤 세 개 만드는 것은 어려운 일이 아니죠."

"나보고 죽은 사람이 되어 살라는 거야?"

"어쩔 수 없는 일이지요. 그렇다고 우리 둘 중 하나가 진짜 죽을 수는 없잖습니까?"

적두랑의 말에 염후가 냉혹한 시선으로 적두랑을 보다가 입을 열었다.

"사제가 무서운 사람인 줄은 알았지만 내게도 이렇게 가혹할 줄은 몰랐군."

"다른 방법도 있지요. 저와 승부를 내면 됩니다. 그러시겠어요?"

적두랑이 염후를 도발했다. 그러자 염후의 표정이 여러 번 변하더니 이내 고개를 저었다.

"아니. 솔직히 난 사제를 감당할 자신이 없어. 사제만 입을 닫아준다면 숨어사는 것도 나쁘지는 않지. 사부가 언제까지 사실 것도 아니고. 이번에 보니 좀 쇠약해진 것 같더군."

"그렇지요. 그리고 새로운 혈사신보의 주인이 탄생하기 위해선 그 전의 주인은 사라져 줘야지요."

적두랑의 말에 염후가 더욱 두려운 빛을 보였다. 그러면서 짐짓 시선을 십객을 베어 넘기고 있는 거수할에게로 향했다.

번쩍!

검이 허공을 가르자 한 사내가 땅 위에 고꾸라졌다. 그리고 그것을 끝으로 장내가 고요를 되찾았다. 적두랑은 쓰러진 십객을 보며 시신에 대고 스윽 검을 닦아냈다. 잔혹하기 그지없는 모습이다.

검에 묻은 혈흔을 닦아낸 적두랑이 천천히 걸음을 옮겨 거수할과 염후에게로 다가왔다. 그러고는 천하를 다 가진 자처럼 말했다.

"사부께 전서를 보내야겠어."

"……?"

적두랑과 염후가 거수할을 바라봤다.

"사부께서 명하시길, 우리 중 하나만 살아 돌아오라 했단 말이야. 그런데 사제와 사매는 나에게 복종을 하기로 했으니 차마 죽일 수야 없지 않은가? 내 사부께 전서를 보내 사매와 사제의 처분을 상의해 볼 생각이야."

승리자의 여유가 잔뜩 묻어나는 거수할의 표정이다. 그러자 적두랑이 머리를 조아리며 말했다.

"사형께서 그리 신경을 써주시니 사부께서도 사형의 너그러움을 받아들여 우리 두 사람의 목숨을 살려주실 겁니다."

"암, 그렇겠지. 그러니 앞으로는 내게 충성을 다해야 하네."

"여부가 있겠습니까? 해서 저도 사형께서 혈사신보의 후계자가 되신 기념으로 선물을 준비했지요."

"선물? 어느새?"

거수할이 조금은 놀란 표정으로 물었다.

"이미 천조곡을 떠날 때부터 전 사형께서 대사형을 베시고 유일한 사부의 후계자가 될 것이라고 확신했지요. 그래서 그때 이미 준비를 해두었습니다."

"하하하, 사제에게 이런 기특한 면이 있었던가? 그래, 선물이 뭐지?"

거수할이 호기심을 드러내며 물었다. 그러자 적두랑이 검은 천으로 둘둘 말아 등에 메고 있던 물건을 꺼내 들었다. 그러고는 서슴없이 검은 천을 풀었다. 그러자 오색찬란한 보석으로 장식된 검이 모습을 드러냈다.

"검이군."

"천하의 명검이지요. 검도 검이지만 이 검집을 장식한 보석만 해도 천하를 사고도 남음이 있지요."

적두랑이 말했다.

"아니, 그런 검을 어디서 구했단 말인가?"

거수할이 탐욕의 빛을 보이며 물었다. 그러자 적두랑이 한줄기 미소를 지으며 대답했다.

"절 따르는 사람들이 제법 있습니다. 그들에게 미리 준비를 시켰지요."

"그래? 자네도 제법 세력을 키워두었나 보군."

"뭐, 사형에 비하면 조족지혈이지요. 검을 보시겠습니까?"

"보세."

"그러지요."

적두랑이 검을 들고 거수할 앞으로 다가갔다. 그런데 그 순간이었다. 거수할에게 검을 들어 바치려는 듯하던 적두랑이 번개처럼 검을 뽑아 거수할을 쳤다.

"헉!"

벼락같은 적두랑의 기습에 속절없이 가슴을 베인 거수할이 일장을 뻗으며 뒤로 물러났다. 삽시간에 그의 가슴이 피로 물들었다. 적두랑은 날아드는 거수할의 장력을 여유있게 피해낸 후 재차 거수할을 향해 검을 내리그었다.

비록 가슴을 베였으나 무공에 있어서 거수할은 적두랑을 능가하는 고수다. 거수할이 피를 흩뿌리며 허공에서 한 바퀴 몸을 틀어 적두랑의 공격을 피해낸 후 적두랑의 등을 향을 향해 다시 장력을 내쳤다.

붉은 기운이 감도는 장력이 적두랑의 등을 살짝 스치며 지나갔다. 그러나 그 충격만으로도 적두랑의 몸이 흔들렸다.

"사매, 좀 도와주시오!"

적두랑이 검을 들어 날아드는 거수할을 겨누며 소리쳤다. 그러자 지금껏 두 사람의 싸움을 지켜보고만 있던 염후가 검을 뽑아 들고 싸움에 뛰어들었다.

염후의 검에서 붉은 검기가 흘러나와 찌릿찌릿 하는 소리를 내며 거수할을 휘어 감았다. 그러자 거수할이 감히 염후의 공격을 경시하지 못하고 뒤로 물러나더니 재빨리 주변에 널려진 검두 자루를 들어 올렸다. 그리고 얼굴을 굳히며 힘을 쓰자 그의 얼굴이 벌겋게 달아오르더니 한순간 그의 몸에서 타는 듯한 염기가 흘러나오기 시작했다.

"모두 죽여주마!"

거수할이 살기를 드러내며 자신을 향해 달려드는 염후를 향해 마주 달려 나갔다.

웅웅웅!

거수할의 두 자루 검이 풍차가 돌아가듯 허공을 맴돌았다. 그러자 두 자루의 검이 동시에 이 장에 이르는 검기를 흘려내 염후를 공격했다. 염후가 감히 거수할의 공격을 정면으로 상대하지 못하고 몸을 피했다. 그러자 이번에는 적두랑이 세 자루의 비도를 꺼내 거수할을 향해 던져냈다.

쩌쩌정!

적두랑이 던져낸 비도가 거수할의 검기에 막혀 사방으로 흩어졌다. 그사이 여유를 되찾은 염후가 후방에서 거수할을 향해 달려들었다. 앞뒤로 적을 맞은 거수할이 더욱 힘차게 검을 휘두르기 시작했다. 그러면서 그가 소리 높여 외쳤다.

"뭣들 하느냐? 이 두 연놈을 죽여!"

거수할의 명이 떨어지자 갑작스레 벌어진 세 사람의 싸움을 멍하니 바라보던 거수할의 수하들이 그제야 정신을 차리고 염후와 적두랑을 공격하기 위해 앞으로 나섰다. 그런데 그때 갑자기 적두랑이 소리쳤다.

"모두 나오시오!"

순간 계곡의 어두운 곳에서 일단의 사람이 뛰쳐나왔다. 그러고는 맹렬하게 거수할의 수하들을 공격하기 시작했는데, 무공도 무공이려니와 그 숫자에서 거수할의 수하들을 압도하는 것이었다.

"네놈이 철저히 준비를 했구나."

거수할이 적두랑을 보며 이를 갈았다. 그러자 적두랑이 희미한 미소를 보이며 대답했다.

"사형 같은 사람을 상대하는데 어찌 준비를 소홀히 할 수 있겠소. 혈사신보는 소제가 잘 맡겠으니 사형은 그만 대사형을 따라가 사이좋게 염라대왕을 만나시구려."

속을 긁는 적두랑의 말에 거수할이 부들부들 떨며 다시금 적두랑과 염후를 향해 붉은 검기를 뿌리기 시작했다.

거수할의 무공은 놀라웠다. 적두랑과 염후가 혼신의 힘을 다해 공격했지만 거수할은 능히 두 사람의 공세를 막아내고 또한 반격을 가했다. 적두랑과 염후는 놀라운 거수할의 무공에 밀려 협공의 유리함을 잃고 계속해서 뒤로 밀렸다.

그러나 시간은 적두랑과 염후의 편이었다. 시간이 흐르자 서서히 공수가 변하기 시작했다. 아무리 거수할의 무공이 대단해도 가슴에 입은 검상의 충격이 그의 발목을 잡기 시작했다. 여전히 분수처럼 흘러나오는 피는 그의 기운을 줄여갔고, 점점 악화되는 상처는 그의 움직임을 둔하게 만들었다.

거수할이 약세를 보이자 적두랑과 염후가 승냥이처럼 달려들었다. 두 사람이 휘두르는 검은 하나같이 무서운 살초라서 거수할의 생명은 바람 앞의 등불처럼 위태로웠다. 그리고 급기야 염후의 검이 거수할의 허벅지를 베었다.

"욱!"

작은 상처쯤은 모기가 문 듯 흘려버리는 거수할이었지만 염후의 검에 베인 허벅지의 상처는 결코 가볍지 않았다. 가뜩이나 기운이 빠진 그의 움직임이 더욱 느려졌다.

한순간 비틀거리는 거수할의 등을 향해 적두랑이 매정하게 검을 휘둘렀다. 그러자 거수할의 등에서도 피분수가 솟아났다. 드디어 거수할의 두 다리가 멈췄다. 두 다리가 서자 그의 검도 섰다.

"후욱! 후욱!"

거수할이 거친 숨을 몰아쉬었다.

"사형, 편히 가시오."

적두랑이 무거운 어조로 말했다.

"사제는 정말 무서운 사람이었군."

거수할이 적두랑을 보며 말했다.

"애초에 사형은 나의 상대가 아니었소. 사형은 팔다리로 싸우고 나는 머리로 싸우는데 어찌 사형이 날 이길 수 있겠소."

"그렇군. 오래전에 죽은 우질 사형이 우리 사형제 중 사실 사제가 제일 무서운 적이 될 거라고 했는데 난 그 말을 믿지 않았지. 나에게 너무나 충실한 사제였으니까. 그런데… 흐흐, 역시 난 아둔해. 사부께서 항상 내가 아둔하다고 혼을 내셨는데… 흐……."

거수할이 다시 실소를 흘렸다. 그러고는 이번에는 염후에게 시선을 돌렸다.

"난 사실 사매가 좋았어."

"그래서 그 많은 여자들을 만나고 다녔나요?"

염후가 차갑게 응대했다.

"그야 사매가 날 받아주지 않으니까. 그런데… 결국 사제에게 갔군. 어쩔 수 없지. 그럼 잘들 있으라구. 난… 사형이나 만나야겠어."

한순간 거수할이 검을 놓더니 손을 들어 자신의 관자놀이를 찍었다. 그러자 그의 신형이 짚단처럼 허물어졌다.

"죽었나?"

염후가 거수할의 죽음을 믿지 못하겠다는 듯 다가가지 못하고 중얼거렸다.

"죽었어요."

적두랑이 발로 툭 거수할의 시신을 건드리며 말했다. 적이지만 사형인 자에게 하는 행동치고는 지나치게 매정했다. 그런 적두랑을 못마땅한 시선으로 보고 있던 염후가 이내 고개를 돌리며 소리쳤다.

"그만 싸움을 멈춰라!"

그러자 장내에서 벌어지고 있던 싸움이 거짓말처럼 정지했다. 순간 적두랑이 잠시 어리둥절한 표정을 지었다. 이 싸움은 그가 만든 싸움이다. 싸움을 시작하는 것도 멈추는 것도 그 자신이어야 한다. 그런데 염후의 명에 장내의 고수들이 일제히 싸움을 멈춘 것이다.

물론 그럴 수도 있었다. 어찌 되었든 장내에서 가장 중요한 사람은 적두랑 자신과 염후였으므로 염후의 말에 사람들이 반응할 수도 있었다. 그러나 그건 결코 적두랑이 원하는 바가 아니었다. 그는 완벽하게 이 자리에서 혈사신보의 다음 대 주인으로 그 누구도 범접할 수 없는 위치에 오르기를 바랐다.

"모두 베어버리시오. 썩은 물은 갈아내야 하오."

적두랑이 염후와 다른 명을 내렸다. 거수할의 수하들을 공격하던 자신의 사람들에게 내린 명이다. 그런데 기이한 일이 벌어졌다. 분명 자신이 끌어들인 사람들, 자신에 의해 통제되어야 하는 사람들이 움직이지 않았다.

"귀가 먹었소?"

적두랑이 외팔노인을 보며 소리쳤다. 그러자 외팔노인이 차갑게 대답했다.

"아직도 앞뒤 분간이 안 되나?"

"다, 당신, 감히……!"

"애송이! 네놈에게 그런 말을 들을 노부가 아니다."

외팔노인이 차갑게 말했다. 그러자 적두랑이 뭔가 크게 잘못되었다는 것을 깨닫고 재빨리 염후를 바라봤다. 그러자 염후가 빙글거리며 적두랑에게 말했다.

"사제, 사제는 그만 검을 내려놓아. 혈림을 떠나는 것은 내가 아니라 사제여야 할 것 같아. 난 아무래도 혈림에 남아 혈사신보의 주인이 되어야 할 것 같아."

"사매, 날 속인 거요? 어떻게 이럴 수가 있소?"

적두랑이 노기를 흘리며 말했다. 그러자 염후가 고개를 갸웃하며 물었다.

"왜 화를 내지? 사제도 사형을 속였잖아. 그러니 화낼 일이 아니지. 사제는 스스로 똑똑하다고 생각할지 모르지만 사실은 아직 어리지. 그러니 강호 경험을 더 쌓도록 해. 혈림은 내가 잘 이끌 테니."

염후가 다시 빙그레 미소를 짓는다. 그러자 적두랑이 이번에는 외팔노인을 보며 말했다.

"도대체 왜 날 배신한 거요?"

그러자 외팔노인이 대답했다.

"사실 처음부터 배신할 생각은 아니었지. 그런데 자넨 실수를 크게 했더군. 자네가 준 해약 말이야. 듣지를 않았어. 우린 그래서 하룻밤 새 모두 죽을 뻔했지. 그런데 그때 염 여협이 우릴 구해줬네. 그러니 어찌 우리가 염 여협을 따르지 않을 수 있겠는가?"

노인의 말에 적두랑이 표정이 일그러졌다.

"해약이 듣지 않다니, 약노 이자가… 설마……?"

적두랑이 재빨리 염후를 바라본다. 그러나 염후가 천천히 고개를 끄덕였다.

"그래, 약노께선 나 염후를 후원해 주시기로 했지. 그래서 혼마환을 살짝 바꾸었어. 혼마환의 성분이 변했으니 당연히 해약도 변해야지. 호호호!"

염후의 웃음소리가 계곡 멀리 퍼져 나간다. 천하를 다 얻은 여인의 웃음소리다.

"정말 주도면밀하구려. 하지만 혼마환이 변한 것을 사부가 안다면 사매를 그냥 둘 것 같소?"

"사부는 이미 알고 있지. 그러나 크게 화를 내실 뿐이었어. 그리고… 사부 걱정은 너무 하지 마. 곧 사부는 죽을 테니까."

"그게 무슨 소리요?"

"사부를 죽음으로 안내할 독을 쓸 거야. 아주 조금씩… 사부가 눈치채지 못할 만큼 은밀하게. 결국 어느 순간 사부는 알게 될 거야. 당신의 심장이 더 이상 정상이 아니라는 것을. 그때가 되면 모든 것은 끝나는 거지. 혈림의 모든 것, 혈사신보까지 내 손에 들어오는 거야. 정말 근사하지?"

염후가 스스로가 해낸 일이 대견하다는 듯 뿌듯한 표정을 지으며 말했다. 그러자 갑자기 적두랑의 얼굴에 두려움이 찾아들었다. 이런 염후의 독심을 몰랐으니 일이 실패한 것은 당연한 일이다. 그러나 일의 실패보다 중한 것이 자신의 목숨이다. 염후는 자신을 살려주지 않을 수도 있었다.

"정말 날 떠나게 해줄 거요?"

적두랑이 두려운 표정으로 물었다. 그러자 외팔노인이 염후를 보며 말했다.

"후환은 남기는 것이 아닙니다."

그러자 염후가 고민스런 표정을 지으며 말했다.

"그래도 내 사제지요, 이젠 하나밖에 남지 않은."

"강호의 모든 일은 한 치의 틈에서 생겨나는 법입니다."

그러자 염후가 고개를 끄덕였다.

"물론 알고 있어요. 그러나 내 손에 혈림과 혈사신보가 들어온다면 사제가 무슨 일을 할 수 있겠어요. 그렇지, 사제?"

"마, 맞습니다, 사매. 난 더 이상 혈림의 일에 관여하지 않을 테요. 그러니… 날 보내주시오."

"그래, 사제. 사제는 본래 이렇게 착했지. 우리 사형제들의 말을 잘 들었어. 그러니 어찌 내가……."

푹!

한순간 염후가 말을 하다 말고 들고 있던 검으로 적두랑을 찔렀다. 적두랑은 염후가 자신을 찌를 거라고는 상상도 하지 못했던 터라 꼼짝없이 적두랑의 일검을 복부에 허용했다.

"이… 년!"

적두랑이 한 손으로는 복부의 상처를 부여잡고 다른 한 손으로는 벼락처럼 염후를 향해 검을 휘둘렀다. 그러나 애써 휘두른 검은 허무하게 허공을 갈랐다. 어느새 염후가 삼사 장 뒤로 물러나 있었던 것이다.

"사제, 편안히 죽어. 그래야 내 맘도 편하지."

"이… 이……?"

적두랑이 이를 갈았다. 그러나 그의 몸에선 너무나 많은 피가 흘러나오고 있었다. 그의 동공이 흐려졌다. 그러고는 곧이어 속절없이 땅 위에 허물어졌다. 그 모습을 보고 있던 염후가 발로 툭 적두랑의 몸을 건드려 본 후 입을 열었다.

"죽었군."

싸늘한 목소리다. 그러자 그녀를 도와 적두랑을 물리친 한 팔의 노인, 흑사풍의 대천성 금아불이 입을 열었다.

"정말 보주께서 돌아오셨소?"

"아직도 믿지 못하나요?"

"음, 그럼 우린 어찌 되는 것이오?"

금아불이 물었다.

"뭐가 말이죠?"

"다시 보주를 따라야 하오?"

"그러길 원하세요?"

염후의 질문에 금아불이 대답을 하지 못했다. 그러다가 결국 입술을 굳게 물며 물었다.

"방법은 있소?"

"제가 알아서 하죠. 대신 흑사풍은 온전히 나의 힘이 되어야 해요."

"우리가 어쩔 수 있겠소? 해약은 오직 그대만이 가지고 있는 것을."

금아불이 의기소침한 표정으로 말했다. 그러자 염후가 웃음을 터뜨렸다.

"하하하, 그렇긴 해요. 만약 흑사풍이 날 따르지 않는다면 두 달 후에는 모두 이 세상 사람이 아니겠죠. 그러니… 대천성께서도 제 일이 성공하길 바라셔야 할 거예요. 제가 실패해 죽기라도 한다면 그대들은 어디서도 해약을 구할 수 없을 테니까요."

염후의 협박에 금아불이 무거운 얼굴로 시선을 돌려 버렸다. 어쩌다가 자신이 이런 신세가 되었는지 허망한 모습이다. 그런 금아불의 모습을 일견한 염후가 시선을 돌려 살아남은 혈림의 고수들을 보며 소리쳤다.

"너희 중 날 따르지 않을 자가 있느냐?"

염후의 차가운 추궁에 혈림 고수들이 일제히 바닥에 부복했다.

"우리 모두는 여섯째 아가씨께 충성을 맹세합니다."

"호호, 그래야지. 그럼 일단 죽은 자들을 묻어주도록 하라. 그리고 나와 함께 혈림으로 돌아간다. 흑사풍은 본거지로 돌아가 계세요. 제가 연락을 하지요."

"알겠소이다."

금아불이 고개를 끄덕인 후 흑사풍 고수들을 보며 명을 내렸
다.

"모두 돌아간다!"

금아불의 명이 떨어지자 흑사풍의 고수들이 올 때처럼 은밀
하게 장내를 빠져나갔다. 그러자 이제 장내에는 염후와 혈림의
생존자들만이 남게 되었다.

"이렇게 해서 난 결국 여제자 하나만을 남겨둔 건가?"

한바탕 일어난 사형제 간의 살인극을 빠짐없이 지켜보고 있
던 은올기가 씁쓸한 표정으로 말했다. 그러자 석요송이 물었다.

"이젠 어쩌실 생각이십니까?"

"저 아이를 만나봐야겠지."

"여기서 말입니까?"

"아니, 혈림에서. 그 전에 옛 친구를 다시 거둬야겠지. 가세."

은올기가 석요송을 데리고 흑사풍의 고수들이 사라진 방향으
로 몸을 날렸다.

*　　　*　　　*

석요송은 천조곡의 북서벽에서 은올기를 기다렸다. 은올기
는 해가 지기 전에 흑사풍의 고수들을 만나러 들어가서 해가 지
고 밤이 되고 달이 뜨고, 다시 그 달이 져 새벽이 올 때까지도 돌
아오지 않았다. 그래서 석요송은 그날 밤을 뜬눈으로 새웠는데
급기야는 은올기가 흑사풍의 고수들을 만나러 갔다가 죽임을

당한 것이 아닐까 하는 의구심마저 들었다.

그가 죽는다고 해서 아쉬울 것은 없다. 애초에 좋은 인연으로 만난 것도 아니고, 그와 한동안 함께 지냈다고 해서 그와 끊을 수 없는 인연이 된 것도 아니다. 그런데 기이하게도 한편으로 그의 안위가 걱정되었다. 기이한 일이다. 그가 죽든 말든 무슨 상관일까.

그러나 석요송은 결국 흑사풍의 은거지를 향해 걸음을 옮겼다. 그 자신의 이성으로는 이해되지 않는 일이었으나 그가 은올기의 안위를 걱정하고 있다는 것은 엄연한 사실이었다. 그 기이한 감정에 석요송 자신도 놀라면서 은밀하게 흑사풍의 은신처에 다가갔다.

동굴들이 다시 석요송을 맞이했다. 그 앞에 번을 서는 자들도 여전히 존재했다. 겉으로는 아무런 일도 일어나지 않아 보였다.

'그는 무사하다.'

만약 은올기가 흑사풍의 고수들을 만나 죽기라도 했다면 그들이 이렇게 조용히 은신처에 머물고 있지는 않을 것이다. 갑자기 안도의 한숨이 흐른다. 그러면서 그런 자신에게 다시 놀라는 석요송이었다.

석요송이 훌쩍 얼마 전 은올기와 함께 흑사풍의 거처를 살폈던 바위 위로 올랐다. 그러고는 조용히 가부좌를 틀고 앉아 흑사풍의 은신처에서 은올기가 나오기를 기다리기 시작했다.

긴 새벽이었다. 그러나 결국 어둠은 다시 한 밤을 잔 태양에게 세상을 양보하고 물러났다. 따뜻한 햇살이 석요송의 어깨에 드리워졌다. 석요송은 여전히 눈을 감고 있었다. 그렇다고 운기

를 하는 것도 아니어서 그는 그저 조용히 세상이 변해가는 것을
몸으로 느끼고 있을 뿐이었다. 그런데 한순간 그의 머리에 그늘
이 드리웠다. 석요송이 눈을 떠 고개를 들었다.

"뭐하나?"

은올기다.

"오셨습니까?"

석요송이 담담하게 입을 열었다.

"여기서 뭐하나?"

은올기가 다시 물었다.

"보주께서 나오기를 기다리고 있었지요."

"날 왜?"

은올기가 빙그레 웃으며 물었다. 그러자 석요송도 역시 미소
를 지으며 대답했다.

"혹시 횡사를 하셨을까 봐 무덤이라도 만들어주려고 그랬지
요."

"흐흐, 가세. 마중을 다 해주고. 기분이 좋군."

은올기가 훌쩍 신형을 날렸다. 그의 신형이 깃털처럼 가볍게
바위에서 내려가 산길을 따라 오르기 시작했다.

"어찌 되셨습니까?"

본래 석요송은 궁금한 것이 있어도 먼저 입을 여는 성품이 아
니다. 그러나 이번만큼은 먼저 물어볼 수밖에 없었다. 그가 금
아불을 만나 무슨 이야기를 나눴는지 그 궁금함을 더 이상 견디
기 어려웠기 때문이다.

"별다른 이야기는 없었네. 그저 다시 예전으로 그 관계를 되돌렸을 뿐이네."

"순순히 따르던가요?"

"어렵지 않았지. 아마도 아직은 내가 염후 그 아이보다는 낫다고 생각한 모양이야. 더군다나… 내가 가섭몽을 특별하게 생각하고 있다는 것을 그도 알고 있거든."

"그렇군요."

석요송이 고개를 끄덕였다. 역시 일은 예상대로 진행되고 있었다. 은올기는 모든 것을 예전으로 돌려놓고 있었다. 오직 하나, 그의 제자들만 제외하고.

"그리고 강호의 소식을 좀 들었지. 그들이 비록 이런 한미한 곳에 은거해 있다고는 해도 흑사풍은 흑사풍이지. 그들에게는 남다른 눈과 귀가 있거든. 혈림에 있는 놈들과는 또 다른 눈으로 세상을 보지."

그러나 이 말에는 석요송이 관심을 보이지 않았다. 세상이 어찌 돌아가든 그건 자신과 아무런 상관이 없었다. 그런 석요송을 흘깃 보며 은올기가 묻지도 않은 말을 늘어놓았다.

"금문의 행보가 일단 멈춘 것 같네."

"그게 무슨 말입니까?"

석요송이 조금 놀란 표정으로 되물었다. 그러자 은올기가 심각한 표정으로 말했다.

"금문은 당분간 장성을 넘기 어려울 것 같네. 동쪽에서 변고가 생겼어."

"동쪽이라면… 고려 말입니까?"

"그렇다네. 몇 년 전에 금문의 태상장로가 천오문과 일월문을 거쳐 천록야에 든 후, 다시 남하하여 요동의 공손세가를 몰아친 대원정을 하지 않았나?"

"그렇지요."

그야 석요송이 너무도 잘 아는 일이다. 그 여정의 중반까지는 그 또한 금문의 일원으로 동행하지 않았던가.

"그때 내가 의아하게 생각한 것이 있었네. 금문의 실체를 고려 황실이 모르지 않을 텐데 왜 고려 황실은 금문이 천하를 유린하는 것을 두고 볼까. 만약 금문이 강호무림을 얻게 되면 이후에는 당연히 세속의 세력을 일으켜 고려를 위협할 것이 분명할 터인데 말이야."

이유는 석요송이 더 잘 알고 있었다. 당시 금령은 북천십이로의 계책에 따라 원행을 나설 때 고려 변경은 북종의 종성이 된 금관유와 세속의 세력을 무섭게 키우고 있던 완안부에게 맡겨두었었다. 그들이 북방의 오랑캐를 동원해 변경을 어지럽혀 고려 황실의 발을 묶어두는 계책은 북천십이로를 완성하기 위한 중요한 계책 중 하나였다.

"금문이 별도의 세력을 두어 고려 북방을 어지럽혔지요. 그래서 고려 황실이 미처 요동의 일에는 신경을 쓸 여력이 없었을 겁니다."

"그래. 나도 최근에야 그 연유를 알게 되었지. 그런데 그게 화근이 된 모양이야."

"무슨 일이 생겼군요?"

"고려 황실이 대병을 동원해 변경을 정벌하고 두만강을 넘어

성을 쌓은 모양이더라고. 도원수 윤관이라던가? 고려 정벌군을 이끄는 사람이 윤관이라는 이름을 가지고 있다더군. 아무튼 일거에 밀려온 대병에 금문이 형성해 놓은 고려 변경의 세력은 거의 와해되었다고 하더군."

"그렇군요."

석요송이 어두운 표정으로 말했다. 지금 생각해 보면 무척 위험한 계책이기는 했다. 그러나 고려가 대병을 동원할 줄은 석요송 자신도 예상치 못했던 일이다.

"듣기로는 그 완안부의 수장인 영고라는 자가 야심이 무척 커서 금문 태상장로의 당부도 무시하고 지나치게 깊숙이 고려 변경으로 침투한 때문이라고는 하는데, 어쨌든 그래서 금문이 장성 부근에 관심을 두기에는 상황이 너무 좋지 않다고 하네. 완안부의 수장도 오야속이라는 자로 바뀌었다고 하더군."

"오야속이요?"

"아는 사람인가?"

"그는… 금문 금옥의 옥주였던 자이지요. 야심이 보통이 아니었는데… 과연 그가 완안부를 얻었군요."

석요송이 고개를 끄덕였다. 오야속의 야심을 기억하는 그로선 어쩌면 금령이 내부에 큰 적을 만든 것이 아닌가 하는 생각이 들 정도였다.

"그런데 사실 동원된 고려의 정벌군보다 더 두려운 일이 있네."

"그것이 무엇인지요?"

"고려의 정벌군 중에 승려들로 구성된 항마군이라는 별도의 세력이 있다고 하네.”

“예전부터 해동의 승려들은 전쟁이 터지면 도검을 들었지요.”

“그런데 중요한 것은 그게 아니야. 그 항마군에 구산선문의 고수들이 포함되어 있다는 소문이 있다고 하는군.”

“선문이요?”

석요송이 놀란 표정을 지으며 되물었다. 그러자 은올기도 심각한 표정으로 대답했다.

“그래, 선문. 선문의 고승들이 나왔다면 금문으로서도 긴장하지 않을 수 없지 않겠나? 이건 금문 존폐가 걸린 문제일 수도 있어. 자네도 알다시피 선문의 고수들은 비록 강호에 모습을 드러낸 경우가 거의 없지만 그 무위에 있어서만큼은 천외천으로 알려져 있지 않나.”

“선문의 고승들은 세속의 일에 관여치 않는 것으로 알려져 있는데…….”

“그래서 소문의 진위가 의심스럽기는 하네. 그러나 어쨌든 그런 소문이 있다는 것만으로도 금문은 북천십이문에 대한 원정행을 중지할 수밖에 없었다는 거지. 아무튼 우리에겐… 아니, 뭐 나에겐 무척 좋은 상황이야. 혈림 내부도 혼란스럽고. 천록야에서의 실패 이후 강호에 구축한 세력도 거의 와해된 마당에 시간을 벌 수 있으니 말일세. 한 일이 년만 시간이 주어진다면… 얼추 금문을 상대할 세력을 다시 모을 수 있을 걸세.”

은올기의 눈에 다시 야망의 빛이 떠오른다. 그가 석요송과 함께 깊은 계곡으로 추락해 무공을 잃은 후에는 볼 수 없었던 뜨

거운 열기다. 은올기가 세속의 욕망을 한 줌 내려놓았다고 생각
했던 석요송으로서는 인간의 본성이 무섭다는 것을 새삼 깨닫
는 순간이었다. 그러면서도 또 한편으로 금문의 사람들이 걱정
이 되기 시작했다.

선문이 금문을 멸하기 위해 나선다면 금불현과 왕춘, 그리고
몇몇 그와 인연을 맺었던 사람들의 안위도 녹록치는 않을 것이
기 때문이다.

第七章 혈사신보의 후계자

종일 마음이 무거웠다. 애증의 금문이다. 자신을 철저하게 배신한 금문이다. 그러나 그 배신은 금문의 모든 사람에 의해 이뤄진 것이 아니다.

일영의 검이 움직였으니 금령에게서 나온 명일 가능성이 제일 컸지만 그래도 인검을 죽이는 일은 극히 소수의 사람만이 알고 있는 일을 터였다. 어쩌면 금불현 등은 자신이 밀영들의 화살에 당했다는 것을 모르고 있을 수도 있었다.

원한의 상대는 금문이 아닐 수도 있었다. 그러나 또한 금문에 대한 원망이 없을 수 없다. 결국 자신을 지금 이 자리까지 끌고 온 것은 금문이니까.

그런 금문이 위기에 처했다. 대병을 파견한 고려의 공세는 잠시 예봉을 피한 후 그 대책을 마련하면 극복할 수도 있었다.

북방의 숲은 넓고 깊다. 그곳으로 스며든 후 전열을 정비해 반격을 가하면 금문이 멸문하는 일은 없을 것이다. 더군다나 금문은 강호의 문파, 여차하면 천하 각지로 몸을 숨길 수도 있었다.

'그러나 선문은 다르지.'

석요송이 고개를 저었다. 구산선문의 고승들이 살의를 갖고 하산을 했다면 금문은 아마도 역사상 가장 위험한 순간을 맞게 될 것이다. 강호 일통을 목전에 둔 상황에서 선문의 절대고수들을 만난다는 것은 금문에게 날벼락 같은 일이다. 살계를 크게 연다면 금문은 그 뿌리부터 흔들릴 수 있었다.

'소도주가 그들을 상대할 수 있을까?'

무공으로는 알 수 없는 일이다. 적어도 석요송 자신이 수련한 대정심공과 금령이 수련한 패경의 무공은 천하 그 어떤 무공도 감당할 수 있는 강력한 무공이다. 수련하는 사람의 자질에 따라 차이는 나겠지만 그 존재만으로도 절대지경에 이를 수 있는 무공임이 분명했다.

오랜 수련을 거쳐 두 무경의 무공을 완성한다면 아마도 해동 구산선문의 고수들을 감당할 수 있을지도 모른다. 그러나 지금은 금령이나 그 자신이나 자신할 수 없는 일이다. 선문의 고승들은 평생 동안 폐관을 하며 수련을 한 사람들이다. 더군다나 선문의 무공은 그 뿌리가 깊고 신비하기가 이를 데 없는 무공으로 알려지지 않았던가.

"쓸데없는 생각."

석요송이 중얼거리며 고개를 저었다. 금문에 대한 걱정은 이제 그의 몫이 아니다. 그 끝이 좋지 않았지만 언제나 인연을 끊고 싶어 했던 금문이 아니던가. 흥하든 망하든 그건 석요송과는 상관없는 일이다.

"대협!"

문득 문밖에서 사람의 소리가 들린다. 석요송의 상념도 깨졌다.

"들어오시오."

석요송의 말에 한 사내가 문을 열고 얼굴을 비쳤다.

"보주께서 찾으십니다."

"어디요?"

"대전에 계십니다."

"알았소."

석요송이 고개를 끄덕였다. 굳이 자신을 부를 일은 아니다. 별로 보고 싶은 일도 아니다. 그러나 은올기는 자신이 그 자리에 오기를 원한다. 무슨 이유일까. 그를 의심하고 싶지는 않았다. 단지 그의 심성이 참 잔혹한 면이 있구나 하는 생각이 들 뿐이다.

대전에 들어섰을 때 태사의에 몸을 맡긴 은올기 앞에 염후가 부복해 있었다. 그의 뒤쪽으로 대전의 앞뜰까지 제자들 간의 상잔에서 살아남은 혈림의 고수들이 머리를 땅에 대고 엎드려 있다. 모두 칠십여 명 정도다.

"오시게."

은올기는 뭐가 그리 기분이 좋은지 손을 들어 석요송을 맞이했다. 석요송은 은올기의 손짓에 따라 그의 옆에 놓인 또 다른 태사의에 앉았다. 석요송이 자리를 잡고 앉자 은올기가 마치 아무것도 모른다는 듯 석요송에게 말했다.

"참 독한 아이지? 장승같은 사내놈들을 모두 베어버리고 홀로 살아남았어. 난 이런 결과는 솔직히 예상치 못했네. 본래 저 아이의 재질이 그리 뛰어난 것은 아니었거든."

은올기의 말에 석요송이 묵묵히 고개를 끄덕였다. 금문의 일은 물론이지만 혈림의 일에도 절대 관여하고 싶은 생각이 없는 석요송이다. 석요송의 반응이 시원치 않자 은올기가 이번에는 염후에게 말을 건넸다.

"후!"

"예, 스승님!"

염후가 공손히 머리를 조아린다.

"축하한다."

"감사합니다, 스승님. 이 모든 것이 스승님의 가르침 덕분입니다. 더군다나 전 여인의 몸임에 스승님의 제자가 될 수 없던 사람인데 스승님께서 관례를 깨고 절 제자로 받아주셨으니 어찌 스승님의 은혜를 잊을 수 있겠습니까?"

"그래, 그렇지. 내가 네게 큰 은혜를 베푼 것은 맞아. 하지만 그래도 어디 혈사신보의 차기 주인이 내 은혜로만 차지할 수 있는 자리더냐? 다 네가 각고의 노력 끝에 얻은 결과지. 그런데 후야."

"예, 스승님 "

"내 한 가지 청이 있구나."

은올기가 은근한 어조로 말했다. 그러자 염후가 얼른 고개를 숙이며 대답했다.

"하명하십시오."

"명이 아니라 부탁이다. 대저 혈사신보의 주인은 역대로 여인인 적이 없었다. 그런데 오늘날 내 대에 이르러 여제자가 혈사신보의 주인을 되는 일이 생긴 것이지. 그것이 나로서는 무척 기쁜 일이지만 신보를 추종하는 혈림의 뭇 고수들에게는 미덥지 못한 일을 수도 있다. 아니 그렇더냐?"

"그, 그렇습니다."

염후가 뭔가 불길한 기운을 느꼈는지 목소리가 떨린다.

"해서 난 네가 혈사신보의 주인의 되는 것을 불안해하는 사람들을 위해 너의 무공을 증명해 줄 필요가 있다는 생각이 들더구나."

"어찌 증명하오리까?"

모든 것이 끝났다고 생각한 와중에 다시 시험이 생겼으니 염후의 표정이 좋을 리 없다. 그러나 염후가 애써 실망감을 감추며 되물었다.

"음, 비무 한번 하자."

"스승님과요?"

염후가 화들짝 놀라 되물었다. 비록 염후가 오늘날 일곱 사형제 중 유일하게 남은 사람이긴 하지만 그 무공은 죽은 사형제들을 능가한다고 할 수 없었다. 그러니 더더욱 은올기의 무공을 감당할 자신이 없는 염후다. 은올기는 혈사신공을 수련한 사람이 아닌가.

“하하하, 비록 우리 혈림이 공맹의 도 따위는 거론치 않는 사람들이지만 어찌 스승인 내가 너와 검을 맞대겠느냐?”

“하면 누구와……?”

염후가 여전히 불길한 기운을 감추지 못한 채 말했다. 그러자 은올기가 빙긋 미소를 지으며 말했다.

“흑사풍을 알지?”

“그, 그렇습니다. 당연히…….”

염후만큼 흑사풍을 잘 아는 사람이 또 있을까? 그 흑사풍을 움직여 사형제들을 제거한 염후였다.

“내 얼마 전 흑사풍이 천조곡 인근에 머물고 있다는 소식을 들었다. 해서 기별을 넣어 대천성 금아불과 그 제자인 가섭몽을 혈림으로 불렀다.”

“혈림으로 말입니까?”

염후가 다시 놀란다. 비록 흑사풍이 오래전부터 은올기를 따르고 있었지만 천조곡 혈림은 외인이 들어올 수 없는 곳이다. 오직 혈림의 문도만이 들어올 수 있는 곳이 천조곡이었다.

“그렇다. 그들도 이젠 혈림의 식구가 되어야 할 것 같아서 말이다. 천록야에서 상한 혈림의 정영이 적지 않고, 또한 너희 사형제들 간의 다툼으로도 많이 상했으며, 듣자 하니 금문의 추살대에 또한 적지 않은 혈림의 형제들이 상했다고 하더구나. 그러니 어찌 이대로 혈림을 방치할 수 있겠는가. 능력있는 자들을 끌어들여 다시 세력을 구축하려 한다.”

“지당하신 말씀입니다.”

염후가 얼른 대답했다. 혈림이 강해지는 것은 자신이 강해지는 것이다. 결국 그 모든 것이 자신의 것이 될 것이지 않은가. 더군다나 흑사풍은 이미 자신의 손에 들어와 있으니 그들을 혈림의 정식 문도로 받아들이면 혈림 내에서 그녀의 위치는 더욱 강력해질 터였다.

"네가 동의를 하니 좋구나."

"제가 어찌 스승님의 뜻을 거스르겠습니까? 그런데 비무는……?"

"가섭몽 그와 비무를 하여 네 강함을 혈림은 물론 이제 곧 혈림에 들 흑사풍의 고수들에게 증명하거라."

순간 염후의 입가에 알 듯 모를 듯한 미소가 스치고 지나간다. 가섭몽을 상대하는 일은 그녀에게 너무나 쉬운 일이었다. 무공이 아니라 말 한마디면 가섭몽을 그녀의 발아래 무릎 꿇릴 수 있다. 그는 자신이 주는 해약이 없으면 죽을 사람이다.

"사부님의 명대로 따르겠습니다."

"하하하, 과연 내 제자다. 똑똑하다 못해 호기롭기까지 하구나. 좋아, 들여라!"

은올기가 명을 내렸다. 그러자 대전 밖이 소란해지더니 일단의 사람들이 대전 안으로 밀려들어 왔다. 갑작스런 소란에 놀란 염후가 시선을 돌렸다. 그러고는 크게 놀란 표정을 지었다. 그녀의 눈에 대전으로 들어오고 있는 금불현과 흑사풍의 노고수들이 보였다.

은올기의 명이 있었다면 흑사풍이 혈림으로 들어오는 것은 이상한 일이 아니다. 그러나 적어도 그들의 행보에 대해서는 반드시 그녀 자신이 알고 있어야 했다.

왜냐하면 지금 흑사풍은 그녀의 통제하에 있는 세력이기 때문이다. 그런데 자신도 모르게 흑사풍이 혈림에 들어왔다. 이건 뭔가 일이 잘못 돌아가고 있다는 의미일 수 있었다.

"보주를 뵈오."

대전으로 들어온 금아불이 은올기에게 정중하게 포권을 해 보였다. 그러자 은올기가 고개를 끄덕이며 말했다.

"청에 응해주어 고맙소."

"청이라니요. 애초부터 우리 흑사풍은 보주의 명을 따르는 충실한 수하였습니다. 오히려 흑사풍을 혈사신보의 성지인 혈림으로 불러주심에 감복할 따름입니다."

"그리 말해주니 더욱 고맙소. 그런데 밖에서 이야기는 들으셨소?"

"그렇습니다."

"승낙하겠소?"

"어찌 제 승낙이 필요한 일이겠습니까? 그저 명을 따를 뿐입니다. 섭몽!"

금아불이 뒤를 돌아보며 가섭몽을 불렀다. 그러자 가섭몽이 앞으로 나서며 대답했다.

"옛, 대천성!"

"보주께 인사 올리거라."

금아불의 명에 가섭몽이 은올기를 보며 고개를 조아렸다.

"강건하신 보주님을 뵈오니 기쁘고 영광이옵니다."

"후후, 그래, 나도 참 기쁘다. 난 꼼짝없이 죽는 줄 알았거든.

그런데 명이 다하지 않았는지 살아나더라고. 그런 그렇고, 비무를 할 수 있겠는가?"

"졸렬한 솜씨로 보주님의 눈을 어지럽힐까 그게 걱정일 뿐입니다."

"하하하, 흑사풍의 후계자가 어찌 그 실력이 졸렬할까. 둘 모두 승낙을 했으니 미룰 것 없다. 지금 즉시 연무장으로 간다. 비무를 보자!"

은올기가 쉴 틈을 주지 않고 비무를 밀어붙였다. 그러자 장내의 사람들이 은올기의 말에 따라 대전을 벗어나 혈림의 중심에 있는 연무장으로 향했다.

둥!

단 한 번의 북소리가 울렸다. 연무장 주변으로는 수십 명의 사람들이 둘러서 있었다. 혈림의 고수들과 흑사풍의 일부 고수들이 뒤섞여 있었는데 그들 모두 호기심을 담은 눈으로 연무장 중앙에 서 있는 두 사람을 지켜보고 있었다.

연무장 중앙에는 조금 긴장한 듯한 가섭몽과 여유있는 모습의 염후가 서 있었다.

"반갑소."

입을 연 것은 염후다. 그러자 가섭몽이 무뚝뚝한 표정으로 대답했다.

"혈림의 무공을 견식할 기회를 얻게 되었으니 영광이오. 그리고… 혈사신보의 후계자가 된 것을 감축 드리오."

"아직은 결정된 일이 아니오. 오늘의 비무가 그 일을 결정하게 될 거요. 잘 부탁하오.”

염후의 말에는 깊은 의미가 내포되어 있다. 자신의 독에 중독되어 있는 가섭몽에 대한 은근한 협박이기도 했다. 그러자 가섭몽이 가볍게 고개를 숙여 보이며 대답했다.

“한 팔이 없는 제가 어찌 염 여협의 상대가 되겠습니까. 그저 작은 가르침이라도 얻길 바랄 뿐입니다.”

“가 대협의 무명은 이미 강호에 널리 퍼졌으니 어찌 감히 내가 가 대협을 가르치겠소. 단지 좋은 승부를 한번 내어 사부님의 흥을 돋우도록 노력합시다.”

염후는 가섭몽의 말을 들으며 이 비무에 대한 부담을 많이 떨쳐 버린 모양이다. 가섭몽에게서는 승부에 대한 특별한 욕심이 느껴지지 않았기 때문이다. 두 사람이 천천히 도검을 들어 서로를 겨눴다. 가섭몽은 도를, 염후를 검을 사용했다. 한동안 서로를 응시하던 두 사람이 한순간 서로를 향해 날아올랐다.

석요송은 은올기가 참으로 독한 사람이라는 것을 다시 한 번 깨닫고 있었다. 은올기는 자신의 손으로 염후를 처단할 수 있었음에도 그리하지 않았다. 대신 그는 가섭몽을 이용해 염후를 벌하고 있었다.

아마도 염후는 가섭몽이 승부에 최선을 다하지 않을 거라고 생각하고 있을 터였다. 그녀 자신에게 중독되어 행보가 조정되는 사람이 해약을 가지고 있는 사람을 이길 수는 없다. 그러니 그녀는 적당히 가섭몽을 상대하다 승리를 취할 요량일 것이다.

그러나 가섭몽은 다르다. 이미 그는 은올기를 만나지 않았는 가. 필시 그들이 중독된 혼마환의 해약에 대한 언질을 받았을 것이고, 더불어 가섭몽 자신을 혈사신보의 다음 대 보주가 될 재목으로 보고 있다는 은올기의 말도 들었을 것이다.

일이 그리된 이상 가섭몽은 분명 어느 순간 염후를 향해 독수 를 쓸 것이 분명했다. 승부는 이미 결정된 것이나 다름없었다. 이젠 이 일에 관여된 모든 사람이 놀랄 일만 남아 있었다.

석요송의 눈에 일진일퇴를 거듭하고 있는 염후와 가섭몽의 모습이 들어온다. 염후의 검은 날카롭고 살기로 충만했다. 반면 가섭몽의 도는 무겁고 느렸다. 누가 보더라도 비무의 승기는 염 후가 잡고 있었다.

더군다나 가섭몽은 한 팔이 없었다. 한 팔이 없는 상태에서 펼치는 가섭몽의 도법은 예전 그가 대막을 질주할 때보다도 그 무게가 한참은 덜한 듯 보였다.

염후의 검이 점점 더 날카로워졌다. 승기를 잡았다고 생각 한 염후가 매섭게 가섭몽을 몰아쳤다. 그녀의 검에서 뻗어 나 오는 검기가 아슬아슬하게 가섭몽의 옷자락을 자르고 지나갔 다.

가섭몽은 연신 뒤로 물러나고 있었다. 염후의 검에 벌써 여 러 곳에 검상을 입은 듯 보였다. 잘려 나간 옷자락들이 바람에 펄럭인다. 그럼에도 가섭몽은 무던히 비무를 이어가고 있었 다.

언제부터인가 염후의 얼굴에는 짜증이 섞여 났다. 이쯤 되면 패배를 인정하고 뒤로 물러나야 하는 가섭몽이다. 그런데 가섭몽은 패배를 인정할 생각을 하지 않고 있었다.

차차창!

염후의 검이 좀 더 매서워졌다. 그녀의 검이 가섭몽의 몸이 아닌 머리를 노리기 시작했다. 그러자 장내의 살기가 비등해졌다. 비무에서 머리를 노리는 것은 여차하면 목을 베겠다는 의미다.

"독한 아이야."

석요송의 옆에서 은올기가 중얼거렸다. 팔짱을 끼고 비무를 보는 그의 표정이 무섭게 차갑다.

"정녕 그녀를 죽이실 생각입니까?"

"내 등을 노리게 놓아둘 수는 없지."

"그러나……."

"쓸모도 없어. 어디에 쓰겠나? 얄팍한 머리나 쓰는 계집을."

은올기의 대답이 더욱 차갑다. 석요송은 그런 은올기를 보며 위험함을 느꼈다. 고려의 정병이 두만강을 넘어 금문의 통제를 따르고 있는 여진을 쳤다는 소식이 은올기를 확연하게 변화시키고 있었다.

석요송이 고개를 저으며 시선을 다시 비무장으로 돌렸다. 그때 염후가 허공을 날아 내리며 붉은 검기를 가섭몽에게 쏟아붓고 있었다. 순식간에 가섭몽의 신형이 염후의 붉은 검기에 휘말렸다.

승패는 이미 결정된 것이고, 사람들의 관심은 과연 가섭몽이 염후의 공격에서 목숨을 부지할 수 있을까 하는 것에 몰렸다.

그런데 그때 갑자기 놀랄 만한 일이 일어났다.

"묵풍암도!"

나직하면서도 강렬한 가섭몽의 목소리가 터져 나왔다. 동시에 한줄기 검은 도기가 염후의 붉은 검기를 뚫고 나와 그대로 하늘로 솟구쳤다.

"악!"

순간 짧고 강렬한 비명 소리가 터져 나왔다. 그리고 사람들 눈에 뒤쪽으로 훌훌 날려가는 염후의 신형이 보였다.

쿵!

허공을 날려간 염후의 몸이 속절없이 땅에 고꾸라졌다.

"으음!"

염후가 나직한 신음성을 토한다. 그러면서도 기를 쓰고 검을 짚고 몸을 일으키려 애썼다. 그런 염후의 목에 갑자기 차가운 기운이 드리워졌다. 가섭몽의 도다.

"너……!"

염후가 원한이 이글거리는 눈으로 가섭몽을 노려봤다. 그러자 가섭몽이 차갑게 말했다.

"아무래도 무공은 내가 좀 나은 것 같소."

"네놈이 감히……!"

"해약을 줄 수 있는 사람은 그대만이 아닌 것 같더구려."

말을 하며 가섭몽이 슬쩍 도를 내리그었다. 그러자 염후의 목에 가는 혈선이 그어진다. 그때 문득 은올기의 목소리가 들렸다.

"잠시 기다리게."

은올기의 말에 가섭몽이 도를 멈췄다. 그러자 염후의 눈에 생기가 돈다. 이곳은 혈림이다. 그리고 그는 은올기의 제자다. 그것도 혈사신보의 다음 대 주인으로 결정된 은올기의 유일한 제자가 아닌가. 사부가 자신의 목숨을 구해줄 것이다.

생기가 깃든 염후의 시선이 은올기에게로 향했다. 그러자 은올기가 심드렁한 목소리로 말했다.

"실망이구나."

"스승님, 좀 더 노력하겠어요."

"음… 음… 글쎄. 굳이 그럴 필요가 있을까?"

"스승님!"

"후야, 혈사신보주의 자리는 그리 녹록한 게 아니다. 머리만 좋아서도 안 되고 무공만 뛰어나서도 안 된다. 그런데 넌 날 너무나 실망시키는구나."

"하지만 전 모든 경쟁을 이겨냈어요."

"그랬지. 그래서 안타까운 거야. 마지막 관문을 넘지 못했으니."

"이자가 마지막 관문이란 건가요? 사형제를 모두 이긴 것으로 시험은 끝나지 않았나요?"

염후의 말에 은올기가 고개를 저었다.

"아니지. 세상에 끝나는 시험이란 없다. 인생 자체가 언제나 시험의 연속이지. 하물며 혈사신보의 주인 자리야 오죽할까. 이런 이치를 몰랐다면 넌 너무나 순진한 것이다. 오직 죽음만이 삶의 시험을 끝내게 할 수 있단다."

"하지만 제가 아니면 누가 신보의 후계자가 되겠습니까?"

"네 앞에 있지 않느냐?"

순간 염후가 놀란 눈으로 가섭몽을 바라봤다. 그러자 가섭몽이 신형을 돌려 은올기에게 포권을 한다.

"보주의 은혜에 감사드립니다."

"뭘, 뭘, 자네 능력으로 차지한 것을."

"어찌하리까?"

가섭몽이 다시 염후의 목에 도를 드리웠다. 그러자 은올기가 손을 내저으며 말했다.

"기다리게. 급할 것 없어. 그 아이는 만나야 할 사람이 있어."

은올기의 말에 가섭몽이 도를 거둬들였다. 그러자 은올기가 뒤쪽을 보며 소리쳤다.

"데려와라!"

은올기이 명이 떨어지자 혈림의 고수 둘이 한 사람을 양쪽에서 부축해 끌고 왔다. 그리고 그들을 끌고 온 자를 연무장 중앙에 내동댕이쳤다.

사내의 몰골은 추악했다. 꼽추에 온몸이 피투성이다. 몸에 성한 구석이 단 한 군데도 없는 것 같았다.

"약노!"

염후가 경악스런 눈으로 소리를 질렀다. 그러자 꼽추노인 혈림의 약노가 힘겹게 고개를 돌려 염후를 보며 말했다.

"미안하구나."

"이게… 이게 어찌 된 거예요?"

염후가 소리쳤다.

"보주가 모든 것을 알고 있었다. 애초에 널 신보의 후계자로 만들 생각이 없었던 거야. 우리가 너무 방심했어. 보주가 없는 동안 일이 너무 잘 풀렸지. 그래서 보주가 어떤 사람이라는 걸 잠시 잊고 있었던 거다."

순간 염후가 은올기를 노려봤다.

"모든 걸 알고 있었다고요?"

"그렇다."

은올기가 차갑게 대답했다.

"그런데 왜 바로 제게 벌을 주지 않은 거죠?"

"그건 네게 너무 가벼운 벌이 되는 거니까. 감히 사부를 시해할 생각을 품은 제자를 그렇게 쉽게 죽일 수는 없는 일 아니냐? 그리고 새로운 혈림을 만들기 위해선 과거의 잔재를 쓸어버려야 하는데 그 일을 해줄 사람도 필요했다."

"애초에 우리 사형제를 모두 죽일 생각이었군요?"

"너희 모두 내가 없는 동안 혈림을 망치고 있었다. 강호의 정세가 폭풍처럼 변하는데 너희는 사형제들끼리 서로 죽일 궁리만 하고 있었지. 물론 내 잘못이 크다. 그릇을 보지 못하고 재주만으로 제자를 들였으니. 아무튼 넌 날 독살하려 했으니 벌을 받는 것은 당연한 일이다. 그런데 나도 한 가지 묻고 싶은 게 있구나."

침착하면서도 서늘한 은올기의 말을 염후가 대답없이 듣고 있었다.

그러자 은올기가 터벅터벅 염후 앞으로 걸어왔다. 그러고는 고개를 숙이고 염후의 얼굴에 시선을 맞추며 물었다.

"도대체 왜 저 꼽추를 좋아하게 된 거지? 이해할 수가 없어. 왜 네 사형제 중에 한 명이 아니라 저 꼽추였느냐?"

순간 염후가 고개를 돌려 약노를 바라봤다. 그리고 간절한 표정으로 말했다.

"내게 천하를 준다고 했잖아요? 날 위해 세상의 그 누구도 죽일 수 있다고 했잖아요? 그런데 이게 뭐죠?"

염후의 말에 약노가 처연한 눈으로 염후를 보며 말했다.

"미안하구나. 보주가 아니라면 천하의 그 누구도 상대할 수 있는 나다. 그러나 보주는……. 보주, 부디 저는 죽이시되 후는 살려주십시오. 이 일은 모두 제가 꾸민 일입니다. 제가 후를 꼬드겼습니다. 천하를 주겠다고, 나의 독으로."

약노의 말에 은올기가 웃음을 흘렸다.

"후후, 눈물 나는 정분이로다. 약노, 아주 대단한 일을 했구나. 후를 꾀어내다니. 하하하! 하긴 혈림의 주인이 되는 일인데 꼽추면 어떻겠는가? 좋아, 너희의 사랑을 이해하지. 그러나 사랑하는 사람은 한시도 떨어져 있으면 안 돼. 항상 함께해야지. 삶도 죽음도!"

팟!

은올기의 손이 번개처럼 움직였다. 그의 손이 어느새 염후의 천령개에 닿아 있었다. 염후는 은올기를 빤히 바라보고 있다가 그대로 눈을 감았다. 은올기의 손에 매달려 있는 듯하던 염후가 그대로 바닥에 쓰러졌다. 죽은 것이다.

"후!"

약노가 쓰러진 염후를 보며 소리를 질렀다.

"죽여라!"

은올기의 차가운 명이 떨어졌다. 은올기의 명에 약노를 데려온 자들 중 한 명이 번개처럼 도를 휘둘렀다. 그러자 약노가 맥없이 땅 위에 너부러졌다. 한순간에 두 개의 생명이 허무하게 사라졌다.

"함께 묻어줘라. 저승길, 외롭지는 않으리."

은올기가 차갑게 말하고는 살짝 인상을 찡그렸다. 그로서도 별로 유쾌한 일은 아닌 듯싶었다. 은올기가 묵묵히 염후와 약노의 시신을 끌고 나가는 혈림 고수들을 지켜보다가 이내 가섭몽에게 말했다.

"내 처소로 와라."

가섭몽이 가볍게 고개를 숙여 보였다. 은올기가 찬바람을 일으키며 연무장을 떠났다.

석요송은 한동안 연무장에 서 있었다. 알 수 없는 감정이 석요송의 가슴을 훑고 지나간다. 그의 눈에 염후와 약노의 피로 얼룩진 땅이 보였다.

*　　　*　　　*

"떠나겠다고?"

은올기가 놀란 표정으로 물었다. 석요송이 고개를 끄덕였다.

"갑자기 왜?"

"난 눈을 떴고 노사는 무공을 회복했으니 이제 우리의 거래는 끝나지 않았습니까?"

"하지만… 연경에 함께 가려 하지 않았나?"

"혼자 가도 되는 길입니다. 노사께서는 여기서 할 일이 많으신 것 같기도 하고."

석요송의 대답에 은올기가 잠시 석요송을 바라보다가 고개를 저으며 말했다.

"자네, 내가 변했다고 생각하나 보군."

"변한 건지 아니면 본래의 모습을 찾으신 건지는 알 수 없지요. 그러나 함께 여행을 하던 노사는 아니군요."

"음… 인정함세. 이상해, 무공을 회복하고 금문이 곤란을 겪고 있다는 소식을 들으니 나도 모르게 야망이 다시 생겨나. 노욕인 건 알겠는데 쉽게 포기가 안 되네."

"내가 아는 한 사람과 닮았군요."

"누구 말인가?"

"청도주 또한 그러했지요. 평생 고요한 숲에서 소요하며 살기를 원했지만 스스로는 가문의 업을 핑계로 끊임없이 강호의 일에 관여했지요."

"청도주라……. 나쁘지는 않군. 그러고 보니 그를 잊고 있었군. 해동선문이 나섰다면 아무리 그라고 해도 은거만 하고 있을 수는 없을 거야. 보자, 그라면 이야기가 달라질 수도 있겠는데? 왜 내가 그 생각을 못했을까. 신중해야겠어. 음……."

석요송은 은올기에게 금온이 죽었다는 말을 하지 않았다. 금문에 대한 의리 때문은 아니었다. 여기서 금온이 죽었다는 것을 말한다면 은올기는 아마도 거침없이 혈풍을 일으킬 것이다.

금문을 위해서가 아니라 세상을 위해서 금온은 조금 더 살아 있을 필요가 있었다. 금온을 떠올리며 잠시 생각에 잠겼던 은올기가 석요송에게 물었다.

"그럼 어디를 가려고?"

"잠시 천하를 돌아본 후 백두로 갈 것입니다."

"백두?"

"제 고향이 있지요."

"그렇군. 천하를 돌아본다면 어디로……?"

"장성을 넘어 황하를 건너고 항주에 이른 후 배를 타고 요동으로 갈 생각입니다. 압록 하구쯤에서 배를 내리게 되겠지요."

"긴 여정이군."

은올기의 말에 석요송이 고개를 끄덕였다. 그러자 은올기가 무슨 생각을 하는지 혀로 입술을 적시며 다시 생각에 잠겼다. 그러다가 혼란스런 표정으로 입을 열었다.

"왜 이러지?"

"무슨 문제가 있습니까?"

"갑자기 나도 떠나고 싶어지네. 자네가 간다니까 말이야. 이것 참… 허허, 이것 참… 다시 정신이 드는 걸까? 하, 어쩐다. 제자 놈들을 모두 죽였으니 당장 떠날 수도 없고, 섭몽 그 친구는 아직 혈림의 칼잡이들을 완전히 장악하지 못했으니……. 보자, 석 달 말미를 줄 수 없겠나?"

"어쩌실 생각이십니까?"

"석 달 안에 짐을 내려놓겠네. 그리고 함께 여행을 떠나보세. 내 잠시 세월을 잊고 있었어. 지금에 와서야 세상을 향해 요란을 떨어본들 남는 게 없어. 석 달만 말미를 주게. 하면 내가 신변의 일을 정리하겠네."

"진심이십니까?"

"적어도 자네에게 거짓말을 하지는 않아."

은올기가 정색을 하며 말했다. 그러자 이번에는 석요송이 고민에 빠졌다. 과연 은올기라는 사람을 어떻게 받아들여야 할지 갈피를 잡을 수가 없었다. 그러다가 문득 석요송이 고개를 끄덕였다.

"좋습니다. 저 또한 석 달 동안 고민을 해보지요. 만날 곳을 정해두고 마음이 정해지면 그리 가고 아니면 가지 않겠습니다. 이후에는 인연이 없는 걸로 하지요."

"이런 매정한 인사 같으니라구. 알겠네. 그럼 어디서 만날까?"

"남하를 하면 연경 구경을 해야겠지요."

"좋아, 그럼 연경 남문 밖 창천루에서 석 달 후 보름에 보세."

"창천루, 좋습니다."

석요송이 고개를 끄덕였다. 그러자 은올기가 다짐하듯 말했다.

"꼭 와야 하네. 그러지 않으면 강호에 늙은 살성이 출현했다는 소문을 들을 거야."

"협박하시는 겁니까?"

"하하하, 그렇다고도 할 수 있지. 내가 본 자네는 강인한 듯하

면서도 여린 구석이 있어. 동정심이랄까 측은지심이랄까. 그러
니 이름 모를 사람이 죽어간다 해도 마음 아파할 걸세. 글을 읽
었다면 대단한 정인군자가 되었을 거야."
　"고마우신 칭찬이군요."
　"지금 떠날 건가?"
　은올기의 물음에 석요송이 고개를 끄덕였다.
　"요기라도 하고 가게."
　"때가 아니지요."
　"그런가? 그렇군. 가세. 내 출구까지 안내함세."
　은올기가 먼저 자리에서 일어났다.

　석요송은 오직 혈림의 주인, 혈사신보의 주인만을 다닐 수 있
는 밀도를 이용해 천조곡을 벗어났다. 은올기는 석요송을 밀전
의 입구까지 배웅했다. 이후의 길은 석요송 혼자였다.
　환한 빛을 보았을 때 석요송은 자신이 다른 세상으로 나왔다
는 느낌을 가졌다. 물론 그간 혈림을 벗어나 은올기 제자들의
생사전을 보기도 했으나 오늘 밀도를 통해 혈림은 벗어난 감회
가 그때와 같을 수는 없었다.
　"다시는 돌아오지 않기를!"
　석요송이 밀도의 입구를 막으며 중얼거렸다. 은올기와의 인
연은 계속 이어질지도 몰랐다. 정말 은올기가 모든 것을 포기하
고 자신과 함께 주유행에 나선다면 은올기도 괜찮은 동행이라
는 생각이 들었다.
　"그는 괴물처럼 난폭하고 늑대처럼 잔인하지만 또한 재미있

는 사람이기도 하지. 욕심을 내지 않는다면."

석요송이 중얼거렸다. 그가 석 달 뒤 연경으로 은올기를 만나러 갈지는 그 자신도 알 수 없었다. 또한 은올기가 석 달 뒤 자신의 모든 것을 내려놓고 창천루로 올지도 알 수 없는 일이다. 그러나 석요송은 부디 은올기가 모든 것을 내려놓기를 진심으로 바라며 천조곡을 떠났다.

＊　　　＊　　　＊

한 사내가 거칠게 검을 휘두르고 있다. 끝없이 이어진 절벽이 사방을 막고 있고, 운무는 절벽 아래 세상을 사람들로부터 유리시켜 놓았다. 사내의 검이 휘둘러질 때마다 나무들이 베어져 나가며 길이 생겼다.

"망할 놈의 숲, 어떻게 이렇게 괴이할 수가 있지?"

사내가 다시 하나의 나무를 베어내고는 그 자리에 털썩 주저앉았다.

땀이 맺힌 얼굴은 갸름하기 그지없다. 저자에 나가면 뭇 여인들이 사내의 뒤를 쫓을 것이다. 사내가 한 손으로 땀을 닦으며 다른 한 손으로는 허리춤에서 물주머니를 꺼냈다.

사내가 입술을 한 번 슥 닦고는 물주머니를 열어 물을 마셨다. 한참 물을 마신 사내가 고개를 들어 하늘을 봤다. 안개를 뚫고 파란 하늘이 보인다.

"괴이한 숲이야. 하늘은 저렇게 푸른데… 후우……."

사내가 한숨을 내쉬었다. 그러고는 그대로 벌렁 누워 눈을 감왔다. 아마도 지친 몸을 조금 쉬려는 모양이다.

차가운 습기를 머금은 바람이 불어와 사내의 머리칼을 날린다. 그럴수록 사내의 얼굴은 더욱 헌앙하다. 사내는 대략 이각 정도를 누워 있다가 눈을 떴다. 그러고는 다시 칼을 들고 일어섰다.

"가보자고. 내 반드시 이 숲을 모두 훑어내고 말리라."

사내의 입에서 다부진 목소리가 흘러나왔다. 그러고는 다시 검을 휘둘러 길을 내며 앞으로 전진하기 시작했다.

"헉헉!"

사내가 거친 숨을 몰아쉬었다. 그의 손에 들린 검의 움직이는 속도가 눈에 띄게 느려졌다.

"더 이상은 어렵겠어. 이 망할 놈의 숲!"

사내가 들고 있던 검을 던져 버렸다. 그러고는 다시 그 자리에 벌렁 누웠다. 어느새 푸른 하늘이 사라지고 어둠이 찾아들고 있었다. 어둠이 들면 이 숲은 세상에서 가장 위험한 곳으로 변한다. 사내가 지쳐 뉘였던 몸을 애써 일으켰다. 그러고는 주변을 둘러보며 중얼거렸다.

"어디서든 잠잘 곳을 찾아야겠는데… 이런 곳에서 노숙을 하면 늑대들의 등살에 또 한잠도 자지 못할 것이고……."

사내가 난감한 표정으로 주변을 살폈지만 보이는 것이라고는 하늘을 가린 숲과 그 숲을 막은 절벽뿐이다. 더군다나 습기가 많아 숲에서도 마땅히 쉴 곳을 찾기 어려웠다.

"제길, 정말 지옥 같은 땅이야. 어?"

한순간 사내가 놀란 표정을 지었다. 그러고는 눈을 가늘게 뜨고 절벽의 한 부분을 응시했다.

"동굴이야. 좋아, 저기를 살펴봐야겠어."

사내의 시선이 향한 곳에 하나의 동굴이 검은 속을 드러내고 있었다. 사내의 신형이 빠르게 동굴이 있는 절벽을 향해 달려나갔다.

사내는 고수였다. 그의 몸은 마치 새처럼 날렵했다. 가볍게 바위를 날아 넘더니 급기야 아름드리나무를 타고 오르기 시작했다. 그의 몸이 순식간에 무성한 나뭇가지를 뚫고 나무 꼭대기에 이르렀다.

탓!

한순간 사내가 나뭇가지의 반탄력을 이용해 몸을 날렸다. 그러자 그의 신형이 허공을 격하고 날아가 절벽에 박쥐처럼 붙었다. 그러고는 절벽을 타는 원숭이처럼 재빠르게 손발을 움직여 오 장여 위쪽에 있는 동굴에 내려섰다.

"어디……."

동굴 입구에 내려선 사내가 조심스레 동굴 안으로 들어갔다. 순간 사내가 놀란 표정을 지었다.

"사람이 살았던 흔적이야."

그의 눈에 비친 동굴 내부의 모습은 과연 사람이 살았던 흔적이 남아 있었다. 오래되었지만 불을 피웠던 흔적과 몇 개의 석기, 그리고 나무로 만든 그릇도 보였다.

"그런데 비운 지는 제법 된 것 같군."

사내가 먼지 쌓인 물건들을 보며 중얼거렸다. 그러고는 보물이라도 찾듯이 좀 더 자세히 동굴을 살피기 시작했다. 그러나 더 이상 다른 흔적을 발견할 수는 없었다. 어쩌면 사냥꾼들이 머물다 가는 곳일 수도 있었다.

사내가 털썩 자리에 주저앉았다. 그러고는 혼잣말로 중얼거렸다.

"쓸모없는 짓이다. 이미 이 년 가까이 지난 일인데……. 그래도 이렇게라도 하지 않으면 후회가 남겠지. 후… 내일은 돌아가야겠어. 요동에서 들려오는 소식도 그리 좋지 않고."

사내가 가볍게 한숨을 쉬며 중얼거렸다. 그러다가 벌떡 자리에서 일어났다.

"이렇게 기운이 빠져 있을 수는 없지. 오늘이 마지막 밤이라면 마지막 밤답게 편히 보내자고. 우선 땔감을 좀 구해오고. 오냐, 오늘은 늑대라도 한 마리 잡아오련다. 이놈들이 그동안은 날 먹잇감으로 노렸지만 정말 먹잇감이 누군지 알려주마. 그런데 늑대 고기는 맛이 있을까?"

사내가 고개를 갸웃하며 동굴 앞으로 걸어 나갔다. 그러고는 그가 동굴로 들어오기 위해 올랐던 아름드리나무를 향해 몸을 날리려다 말고 깜짝 놀라 뒤로 물러나며 검을 뽑아 들었다.

"누구냐?"

사내의 입에서 날카로운 음성이 흘러나왔다. 그가 올랐던 나무 꼭대기 위에 언제부터인가 한 사내가 서 있었던 것이다. 가는 나뭇가지에 몸을 싣고 있는 것으로 보아 보통 고수가 아니다.

“누구냐?”

석양을 등지고 있어서 불청객의 얼굴이 잘 보이지 않았다. 반면 동굴 안에 있는 사내의 얼굴은 또렷하게 드러났다. 한순간 나무 위의 사내가 입을 열었다.

“아우, 오랜만이구나.”

第八章 재회

　사내가 살짝 눈을 찡그렸다. 그러자 석양빛이 그늘을 만들면서 불청객의 얼굴 윤곽이 드러났다. 그러나 사실 사내는 그 이전부터 불청객이 누구인지 알고 있었다.

　그의 귀가 익숙한 그 음성을 잊지 않고 있었으므로 사내가 눈으로 불청객의 얼굴을 확인하려 한 것은 사실 그의 마음속에 일고 있는 거친 풍랑을 조금이라도 잠재우기 위한 본능적인 행동이었다. 그러자 그가 말했다.

　"설마 벌써 날 잊은 거야?"

　순간 사내가 동굴 바닥을 박차고 날아올라 허공을 건넜다. 그러고는 거침없이 불청객이 서 있는 나무 위로 날아가 불청객에게 달려들었다. 불청객이 날아드는 사내를 가볍게, 그리고 부드럽게 안아 들었다.

"형님! 정말 형님이군요?"
사내가 소리쳤다.
"오랜만이지? 잘 지냈어?"
석요송이 금불현을 내려다보며 물었다.

두 사람은 함께 땔감을 구하고 함께 물고기를 사냥했으며, 함께 동굴 위로 올랐다. 둘은 온기를 전해주는 모닥불을 피우고 그 위에 물고기를 구워 요기를 했다. 둘은 아주 많은 이야기를 나누었다. 그들의 입은 쉴 시간이 없었다. 특히나 금불현의 경우는 잠시라도 입을 그냥 놓아두지 않았다.

지난 이 년여 동안에 그녀에게 일어난 모든 일을 단 하나도 빼지 않고 전하겠다는 듯 금불현은 끊임없이 석요송에게 말을 건넸다.

평소 과묵한 성정이던 석요송 역시 오늘만큼은 너끈히 금불현의 수다를 상대해 줬다. 그 역시 이런 수다가 그리웠다. 금문에 든 이후 금불현과 함께했던 여행이 어느새 그를 그녀에게 중독시켜 놓았는지도 몰랐다.

그런데 한순간 밝고 온화하며 정감 넘치던 그들의 대화가 차갑게 변했다.

"그게 정말이에요?"
금불현의 표정이 경악스럽게 변했다.
"그래, 사실이다."
석요송이 대답했다. 그러자 금불현이 침묵에 빠졌다. 아주 오랫동안 그는 불을 뒤척이기도 하고 턱을 괴기도 하고 혹은 어두워진 동굴 밖을 바라보기도 했다. 몇 시진 동안 이어오던 대화는 거짓말처럼 끊겼다. 금불현이 입을 닫으니 석요송도 입을 열지 않았다.

"태상장로가 명을 내렸다고 생각하세요?"

오랜 침묵 끝에 금불현이 물었다.

"아마도. 그가 아니라면 누가 감히 금문의 인검을, 태상장로의 분신을 암습할 수 있겠느냐? 이후에도 여전히 금문이 태상장로를 위해, 그녀를 중심으로 돌아가고 있는데 말이다."

"그렇죠. 지금도 여전히 금문은 태상장로님의 것이죠."

금불현이 고개를 끄덕였다. 석요송은 금문의 태상장로 금령의 인검이다. 금령의 수족을 베는 일은 금령을 공격하는 일이다. 그런데 석요송은 암습을 받았지만 금령은 공격받지 않았다. 오히려 지난 이 년 동안 금문은 더욱더 완벽한 금령의 문파가 되어 있었다.

그러니 결론은 하나다. 금령 스스로 자신의 인검을 잘라낸 것, 더군다나 석요송을 공격한 것은 금령의 그림자들로 살아온 밀영들이다.

"밀영이 나섰으니……."

역시 밀영이 그 암습을 주도한 이상 금령은 의심을 피해갈 길이 없다. 밀영에게 명을 내릴 수 있는 사람은 금령이 유일하지 않은가.

"그런데 이상해요."

문득 금령이 말했다.

"뭐가?"

"금문에선 형님이 은올기와 동귀어진한 것으로 알려졌거든요. 그런데 그 소식을 들은 태상장로께서는 무척 분노하셨지요. 해서 특별히 은올기의 세력이라는 혈림에 대한 추살대를 별도로 만드셨을 정도예요. 물론 그저 사람들의 의심을 피하기 위한 행동일 수도 있지만 제가 몇 번 태상장로를 만났을 때는 진정으로 형님의 죽음에 분노하고 있었거든요. 거짓을 찾을 수 없었어요. 태상장로가 비록 패도의 길을 걷고 있지만 음흉한 사람은 아니잖아요? 속을 숨길 사람은 아닌데……."

"사람은 누구도 모른다."

석요송이 담담히 말했다. 말투에선 노기조차 느껴지지 않는다. 금령에 대한 원망을 찾을 수 없는 표정과 말투다. 금령이 자신을 암습한 주관자임을 확신하는 석요송이었지만 그녀를 원망하는 빛을 보이지 않으니 그 또한 이상한 일이었다.

"어떻게 하실 거예요?"

"뭘?"

"금문으로 돌아가실 건가요?"

"내가 돌아갈 자리는 없다. 이 일에 태상장로가 관여했든 안 했든 아마도 지금 금문은 이 일에 관여된 사람들에 의해 장악되어 있을 것이다. 그러니 돌아간들 같은 일이 반복되겠지."

석요송의 말에 금불현이 고개를 끄덕이며 동조했다.

"그건 그래요. 한동안 형님의 죽음은 금문에 큰 충격이었지요. 천록야에서 금문의 문도들은 형님에게서 영웅의 모습을 보고 있었거든요. 그래서 혈림의 추살하는 추살대에 스스로 자원한 사람들이 많아요. 혹시 조창과 금원보 두 사람을 기억하세요?"

"어찌 모를까. 초기의 호천단에서도 이질적인 사람들 아니었느냐? 소도주도 내게 그들과 친분을 쌓으라는 조언을 했었지."

"그들도 추살대에 자원했어요."

"그들이?"

"네, 사람들이 모두 놀랐죠. 사람들은 그들이 소도주의 심복이라고 생각하고 있었거든요. 그들이 호천단에 든 것도 소도주가 호천단을 감시하는 또 다른 눈이라고 생각했었지요. 그런데 그들이 추살대에 포함되었으니 모두 놀란 거죠. 뭐 어쨌든 한동안 형님의 일은 금문을 뒤흔들었어요."

그러자 석요송이 미소를 지으며 물었다.

"지금은 아니지?"

"지금이야 뭐… 몇 없죠."

"인심이 그러하다. 아마 일을 벌인 사람들도 이런 상황을 예상했을 거야. 그런데 불현, 넌 그럼 그때부터 줄곧 여기에 있었던 거냐?"

석요송으로서는 이상한 일이다. 이 계곡의 숲이 아무리 험하고 넓어도 그와 은올기가 이 숲에 머문 시간이 일 년을 훌쩍 넘었다. 그런데도 금불현을 만나지 못했다는 것은 기이한 일이었다.

"그렇지는 않아요. 당시 한두 달 있다가 이곳을 떠났어요. 그리고 이번에 시간을 내어 다시 온 거죠."

"그랬군. 그런데 어떻게 시간을 냈지? 지금 금문은 고려 황실의 정벌군으로 인해 다급한 상황일 텐데."

석요송이 고개를 갸웃하며 물었다. 그러자 금불현이 미소를
지으며 대답했다.

"그게 오히려 기회가 되었어요. 동쪽 변경이 어지러우니 서
쪽 변경이 걱정이 되었죠. 그래서 아버님을 보내 대막 무림의
동정을 살피라고 했거든요. 묵철가와 빙궁을 경유하는 여정이
에요. 전 일단 아버님을 따라 금문을 떠난 후 이리로 온 것이에
요."

"천운이군. 때를 맞춰 이렇게 만나다니."

"그러게요. 그런데 왜 다시 이곳으로 돌아오신 거예요?"

금불현이 물었다.

"음… 마침 석 달의 시간이 남았는데 딱히 갈 데가 없더군. 그
래서 이곳으로 와본 거야. 사실 난 이곳에서 일 년을 넘게 살았
는데 내 눈으로 이곳을 보지는 못했거든. 그래서 새로운 삶이
시작된 이곳을 내 눈으로 보고 싶었다."

"그랬군요. 와보니 어때요?"

금불현의 물음에 석요송이 고개를 돌려 동굴 밖을 내다보며
말했다.

"참혹한 숲이더구나. 보지 않았을 때는 몰랐는데 습기도 많
고. 어떻게 살았는지 모르겠다. 그래서 후회했지. 때로는 상상
속에 남겨두어야 좋은 것도 있는 것인데 하고 말이야. 하지만…
지금은 후회하지 않는다. 불현 널 만나게 되었으니 말이야."

석요송의 말에 금불현이 배시시 미소를 지었다.

"불현… 네 생각을 많이 했다."

석요송이 부드러우면서도 진심이 깃든 목소리로 말했다. 순

간 금불현이 자신도 모르게 몸을 흠칫했다.

"이제야 제가 중요한지 아셨죠?"

금불현이 일부러 장난기 어린 표정으로 물었다. 그런데 석요송은 금불현의 장난을 정색을 하며 대답했다.

"그래, 네가 내게 얼마나 소중한 사람이었는지 알게 되었다. 그래서 다시 만나면 다시는 널 놓치지 않겠다고 결심했단다. 불현, 금문을 떠날 수 있겠어?"

석요송의 물음에 금불현이 망설이지 않고 고개를 끄덕였다.

"당연히요. 언제라도!"

그날 밤 두 사람은 함께 잠이 들었다. 긴 헤어짐은 두 사람의 마음을 확인시켜 주었다. 두 사람은 서로에 대한 확신을 가지고 있었다. 그래서 두 사람은 부부의 연을 맺었다.

＊　　＊　　＊

"그래서 정말 그를 만나러 가실 거예요?"

금불현이 놀란 표정으로 물었다. 두 사람은 안개 낀 숲을 벗어나 초원의 입구에 서 있었다. 두 필의 말에 나누어 탄 두 사람은 어깨를 나란히 하고 초원으로 들어섰다.

"싫어?"

석요송이 되물었다. 그러자 금불현이 어두운 얼굴로 말했다.

"그는 믿을 만한 사람이 아니에요."

"나도 알고 있다. 그러나… 또한 가장 믿을 수 있는 사람이기도 하다.”

“어째서요?”

“그는 적어도 욕망을 숨기지는 않아. 위험해지면 알려줄 거다. 그의 눈과 행동으로, 혹은 그의 입으로 직접!”

“설마… 그를 좋아하세요?”

금불현이 놀란 표정으로 물었다.

“하하하, 천하의 그 누가 은올기 같은 사람을 좋아하겠어. 단지 어떤 면에서는 그를 신뢰하는 거지.”

“난 도저히 그를 믿을 수 없어요.”

금불현이 단호하게 말했다. 금불현에게 은올기는 온갖 술책과 음모를 꾸며대는 효웅일 뿐이었다. 그런 사람을 신뢰하는 것은 불가능하다. 언제 어느 때 배신할지 알 수 없기 때문이다.

그가 자신의 모든 것을 내려놓고 강호 주유의 삶을 산다는 것 또한 믿을 수 없었다. 사람이 어찌 한순간에 모든 욕망을 버릴 수가 있겠는가. 그렇다면 세상의 모든 사람은 이미 부처가 되어 있을 것이다.

“또 하나 장점이 있어.”

“뭔데요?”

“그는 재미있는 사람이야.”

“정말 그에게 반했군요.”

“글쎄 아니라니까. 그저 흥미를 느낄 뿐이지. 그리고… 우린 서로 알 수 없는 연대감이 있어. 난 그의 손발이었고, 그는 나의 눈이었으니까.”

“후, 형님… 아니, 가가께서 그리하시겠다면 마음대로 하세요.”

"불현, 지금은 역시 계속 형님으로 부르는 게 좋겠어."

"칫, 우린 이미 부부라고요."

"하지만 사람들은 불현이 여인인 걸 몰라."

"알았어요. 그럼 계속 형님으로 부르죠, 가가!"

금불현이 입을 삐죽이며 대답했다. 그러자 석요송이 미소를 지으며 금불현의 말고삐를 당겼다. 금불현을 태운 말이 석요송의 말과 등이 닿을 만큼 가까워졌다. 그러자 석요송이 훌쩍 몸을 날려 금불현의 말로 옮겨 탔다. 그러고는 뒤에서 금불현의 허리를 안으며 말했다.

"하지만 사람들이 있는 곳에 도착할 때까지는 나의 부인이지."

석요송의 말에 금불현이 배시시 웃음을 흘렸다. 석요송이 말에 박차를 가했다. 그러자 말이 두 사람을 함께 태우고 초원을 질주하기 시작했다.

석요송과 금불현은 장장 이레를 쉬지 않고 달려 대막의 남쪽에 당도했다. 멀리 초원에 불쑥 솟은 구릉과 그 구릉을 둘러싸고 있는 단단한 방책이 보인다. 야천룽의 금문 진영이다.

야천룽은 이제 거의 하나의 성채에 가까웠다. 금문은 끊임없이 야천룽의 삼십육진을 보강해 웬만한 성(城)에 견주어도 뒤지지 않을 진채를 만들었다.

진채가 단단해지고 안정되자 야천룽을 찾아드는 사람들도 늘어나기 시작했다. 야천룽에는 대막과 초원을 여행하는 사람들에게는 반드시 필요한 물이 있었다. 과거 사막의 여행자들이나 상인들은 물을 구하기 위해 야천릉을 찾았었다. 지금도 사막을 여행하자면 물이 필요하고 물이 있는 곳으로 사람들이 찾아드는 것은 당연한 일이다.

그런데 물을 찾아 야천릉을 찾던 사람들의 목표가 조금씩 변하기 시작했다. 그건 야천릉에 금문의 진채가 세워짐으로써 야천릉이 대막의 그 어느 곳보다 안전한 곳이 되었기 때문에 일어난 변화였다.

본래 대막을 여행하다 보면 크고 작은 마적 떼를 상대해야 하는 것이 보통이다. 여행자들이나 상인들 중 자신의 몸을 지킬 힘이 없는 사람들은 그들에게 값비싼 통행세를 내거나 혹은 가진 것을 모두 빼앗길 때도 있었다.

그런 사람들에게 야천릉의 금문 진채는 무척 안전한 휴식처였다. 그래서 꼭 물을 구하기 위해서가 아니라 안전한 휴식처를 구하는 자들도 야천릉을 찾기 시작했다.

그러자 그들을 상대하는 주루나 객잔이 생겨나더니 급기야 야천릉을 중심으로 제법 커다란 시전이 형성되었다. 그리하여 당금의 야천릉은 금문 삼십육진으로서만이 아니라 제법 쏠쏠한 재원을 조달할 수 있는 교통의 요지로 변모해 있었던 것이다.

"많이 변했군."

석요송이 시끌벅적한 야천릉의 난전을 보며 말했다.

"지금은 금문에 막대한 이문을 남겨주는 시전이 형성되어 있죠."

"흑사풍을 상대하던 때가 엊그제 같은데……."

석요송이 감회 어린 시선으로 야천릉을 보며 말했다. 과거 왕춘과 함께 이곳에서 흑사풍의 포위를 뚫고 삼십육진으로 갔던 일이 어제 일처럼 느껴졌다.

"갔다 올게요. 시전에 있을래요?"

"아니, 아무리 난전이 섰다 해도 사람들의 눈은 무섭지."

"알았어요. 그러면 조금만 기다려요. 반 시진이면 될 거예요."

"응, 다녀와."

석요송이 고개를 끄덕이자 금불현이 말을 몰고 야천릉을 향해 달려갔다.

금불현이 야천릉의 금문 진채에 간 것은 빙궁과 묵철가를 돌고 있을 할아버지 금무해에게 기별을 넣기 위함이었다. 이제 석요송을 따라 먼 여행을 떠나면 언제 다시 현림으로 돌아갈지 알 수 없었다. 그러니 아무런 연락 없이 떠날 수는 없는 일이라 야천릉에 들러 금무해에게 전할 말을 남기려는 것이었다.

석요송은 야천릉이 바라보이는 제법 큼직한 바위에 앉아 금불현을 기다렸다. 잠시 떨어졌을 뿐인데 옆이 허전한 것을 보면 그에게 금불현이 더없이 소중한 존재임이 분명했다.

그때 문득 한 떼의 인마가 바람처럼 초원을 가르더니 야천릉으로 들어섰다. 야천릉 주위에 세워진 난전이 뒤흔들릴 정도로 광풍처럼 달린 인마들이 야천릉 금문의 진채로 들어갔다.

"누구지?"

석요송이 고개를 갸웃하며 중얼거렸다. 인마의 숫자는 대략 삼십여 명. 결코 적지 않은 숫자다. 더군다나 거침없이 야천룽의 금문 진채로 들어가는 것으로 보아서는 금문의 문도들이 분명해 보였다.

그러나 이곳에서 그들의 정체를 알 수는 없다. 금불현이 돌아오기를 기다리는 것이 최선이었다.

그런데 인마들이 야천룽 금문 진채로 들어간 지 일각이 지나지 않아 금불현 바람처럼 말을 몰아 석요송이 있는 곳으로 돌아왔다.

"누구지?"

석요송이 먼저 진채에 들어간 자들의 정체를 물었다. 그러자 금불현이 심각한 표정으로 말했다.

"추살대예요."

"응?"

석요송의 눈빛이 살짝 변했다. 추살대라면 그의 죽음에 대한 책임을 묻기 위해 혈림을 추격하고 있는 자들을 말함이다. 그곳에는 일영이 있다.

"그는 없더군요."

석요송의 내심을 짐작하고는 금불현이 얼른 말했다.

"그가 없어?"

"그는 청도로 갔다고 해요."

"청도로? 이유가 뭐지? 그가 추살대를 이끄는 수장이라고 하지 않았나?"

"그랬죠. 그 덕에 그는 밀영이라는 그늘에서 양지로 나왔죠. 지금은 금문의 영웅이고요. 숨어서는 가가를… 암습하고 양지에서는 가가의 복수를 하고… 우스운 일이죠? 아무튼 그가 청도로 간 것은 아마도 그의 소식을 들은 것 같아요."

금불현이 심각하게 말했다.

"은올기가 자신을 노출했다는 건가?"

"삼십육진에 든 추살대가 은올기의 이름을 거론했어요."

"도대체 어디서……?"

"은올기의 첫째 제자인 헌원공이라는 자를 추격해 가가께서 머물렀던 천조곡 근방까지 접근했던 것 같아요. 거기서……."

그러자 석요송이 고개를 끄덕이며 대답했다.

"그랬지. 당신 은 노사는 금문 추살대의 추격을 예상하고 그 입구에 혈림의 고수들을 놓아두었지."

"추격자들의 전갈을 받고 추살대의 본대가 천조곡 인근까지 전진했는데 그때 혈림의 반격을 받아 추살대의 태반이 죽었대요. 그곳에서 은올기의 생존을 전해 들은 모양이에요. 그런데 확신은 못하더라고요. 얼굴을 보지 못했다면서……."

일의 전후 사정은 얼추 유추할 수 있었다. 추살대는 혈림의 본거지를 쓸어버리려 했을 것이고, 은올기는 그런 추살대의 도발을 용납지 않았을 것이다. 반이라도 살아 돌아온 것은 그만큼 추살대에 포함된 금문의 무사들이 고수라는 의미였다. 은올기가 함정을 파고 독수를 쓰자고 마음먹으면 그 누구도 죽음의 그늘에서 벗어나기 힘든 법이니까.

"금문이 바빠지겠군."

"그렇죠. 은올기가 살아 있다는 것은 구산선문의 고승들이 모습을 보였다는 것만큼 위험한 일이죠."

"지낭의 머리가 아프겠군."

"가가에 대한 이야기도 돌아요."

"응?"

"은올기가 살아 있다면 가가도 살아 있을 수 있다는 거죠. 같이 절벽에서 떨어졌으니까."

"의심은 곧 걷힐 거야. 살아 있어도 내가 나타나지 않았다는 것은 곧 내가 죽었다는 의미니까."

"그러나 가가에게 암습을 가한 자들은 그리 생각지 않을 수도 있어요."

"그런가? 그럴 수도 있겠군. 그러나 뭐 그들의 궁금증을 풀어 줄 필요는 없겠지. 물론 여행을 하면서 내 신분을 숨길 생각은 없어. 그러나 지금 확인시켜 줄 필요는 없겠지. 중원에 들어선 이후에 내 소식을 듣게 될 거야. 그나저나 전서는 보냈어?"

"네, 급히 보냈어요. 할아버님과 현림 양쪽에 보냈으니 모두 안심할 거예요."

"그럼 떠나지."

석요송이 훌쩍 말에 올랐다. 그러고는 다시 한 필의 말 위에서 하나가 된 두 사람이 말을 몰아 남쪽으로 달리기 시작했다.

야천릉에서 장성까지 다시 보름여를 이동했다. 열흘이면 넉넉히 주파할 거리였지만 아직은 은올기와 약속한 시간이 많이 남아 있어서 굳이 서두르지 않은 석요송이다.

장성을 넘은 두 사람은 산길을 따라 이동해 며칠 뒤 연경 인근에 도달했다. 그때가 그 달 보름까지 닷새를 남겨둔 때였다.

석요송과 금불현은 성안으로 들어가지 않고 성 밖 허름한 객잔에 여장을 풀었다. 성안 구경을 하고 싶은 마음도 있었지만 웬일인지 성 주변이 부산하여 괜한 일에 휘말리고 싶지 않았기 때문이다.

두 사람은 여장을 푼 후 요기를 하러 객잔 밖으로 나와 요기할 곳을 찾아들었다. 점소이가 얼른 와서 두 사람을 맞이한다.

"어서 오십시오. 무엇을 드릴까요?"

"만두하고 국수… 그리고 술 한 병 주시오."

"고기는……?"

"고기는 되었소."

금불현이 점소이를 상대로 음식을 시켰다. 간단한 요리였으므로 음식은 오래 걸리지 않고 나왔다.

"성안이 왜 이리 시끄럽소?"

금불현이 음식을 내려놓는 점소이에게 물었다. 그러자 점소이가 얼른 대답했다.

"지금 중원에 내려와 있는 요의 기병들이 사방에서 연경으로 모여들고 있습지요."

"아니, 무슨 일이라도 있는 거요?"

"고려의 대병이 멀리 요동 북변으로 진격했다고 하더라고요. 그래서 요 황실이 바짝 긴장했다고 합니다. 남으로는 송, 북으로는 고려를 상대해야 할 수도 있으니 말이지요. 뭐, 사실 긴장할 만도 하지요. 귀주에서 고려군에게 참패를 당한 것이 그리 오래된 일은 아니지 않습니까? 비록 요동을 요 황실이 점유하고 있다고 해도 역시 그 땅은 오래전부터 고려와 무척 밀접한 관계가 있는 땅이 아니겠습니까? 일단 고려군이 진군을 한다면 호응하는 자들이 적지 않을 겁니다. 더군다나 지금은 요의 군세가 쇠하여 실질적으로는 요동이 무주공산이지요."

점소이가 마치 천하의 책사나 된 것처럼 정세를 논한다.

"음, 그런 일이 있었구려."

금불현이 짐짓 몰랐던 일이라는 듯 고개를 끄덕였다. 그러자 점소이가 더욱 신이 나서 말했다.

"사실 요즘 들어 요의 성세가 예전 같지 않지요. 요동에선 여진이 준동한다고 하는데 요 황실은 사치와 향락으로 시간 가는 줄 모르고 있으니. 결국 일이 어찌 될지는……."

점소이가 말을 하다 말고 급히 입을 닫았다. 갑자기 가게 안으로 요의 군복을 입은 자들이 들어섰기 때문이다. 점소이가 얼른 달려가며 그들을 맞이했다.

"아이고, 장군님들, 어서 오십시오."

물론 차림새로 보아 그들이 장군일 리 없었다. 그러나 노련한 점소이는 사람의 기분을 맞출 줄 아는 재주가 있었다.

"드세요."

금불현이 권하자 석요송이 고개를 끄덕이고는 만두를 입에 한입 물었다.

"조금 느끼하군."

"중원의 만두라 그래요. 금문의 것이랑은 조금 다르죠."

금불현이 대답했다. 그녀는 국수에 젓가락을 가져갔다. 두 사람은 느리게 식사를 마쳤다. 급한 일도 없었기에 서둘러 식사를 마칠 필요는 없었다.

두 사람이 식사를 거의 마쳤을 때 다시 한 떼의 손님이 찾아들었다.

"어서 오십시오!"

오늘 따라 손님이 많아 기분이 좋아진 점소이의 우렁찬 목소리가 들렸다.

"구운 오리 서너 마리 내오게."

호탕한 목소리다. 그런데 그 순간 금불현이 얼른 고개를 돌렸다.

"무슨 일이지?"

석요송이 나직하게 물었다.

"아는 얼굴이에요."

"응?"

석요송이 슬쩍 새로 나타난 다섯 명의 손님들 얼굴을 살폈다. 그러나 석요송으로서는 처음 보는 얼굴들이었다.

"난 모르겠는데?"

석요송이 묻자 금불현이 조심스레 대답했다.

"다섯 중 수염 기른 자가 보이죠?"

금불현의 말에 석요송이 손님들을 살피니 과연 다섯 중 수염이 가슴까지 온 자가 보였다. 눈이 부리부리한 것이 보통 괄괄하게 생긴 것이 아니었다,

"누구지?"

석요송이 묻자 금불현이 낮은 목소리로 대답했다.

"저자는 구모광이라는 자예요. 금자명의 충실한 수하죠."

“금자명? 남종의 그 금자명?”

“네, 바로 그의 수하예요. 그런데 저자가 밝은 대낮에 얼굴을 드러내고 다니다니. 연경에도 금문의 세작이 있을 텐데, 대범하군요. 우리도 이렇게 변복을 하고 있는데.”

기실 석요송과 금불현은 연경으로 들어오면서 제법 나이가 든 모습으로 변복을 한 상태였다. 연경은 천하의 대도이기도 하고 북천십이문 중 천랑원이 있는 곳이라 금문의 세작이 적지 않게 활동하는 곳이기 때문이었다.

“자신이 생겼다는 건가?”

석요송이 말했다.

“그런가 봐요. 금문의 위기에 자신감을 얻은 모양이에요. 그래도 저렇게 나다니는 것은 경솔한 거죠. 금문은 금문인데.”

떠난 곳이지만 여전히 금문에 대해 애정이 남아 있는 금불현이다. 애증이란 쉽게 끊어낼 수 없는 일이 아닌가.

“그가 어떻게 정리를 한 걸까? 그는 과연 떠날 수 있을까?”

석요송이 중얼거렸다. 금자명의 수하들이 활개를 치고 돌아다닌다는 것은 은올기의 세력이 다시금 그 힘을 회복하기 시작했다는 의미다. 금자명과 금천명은 은올기와 떼려야 뗄 수 없는 관계가 아니던가.

“그를 믿을 수 있을까요?”

여전히 금불현은 은올기에 대한 불신이 깊었다.

“적어도 해코지는 안 할 거야. 일단 만나보자고.”

“알았어요. 제가 뒤를 잘 살피게요.”

금불현이 대답했다.

휘황한 달이 차올랐다. 달 속의 사정이 유리알처럼 들여다보인다. 차가운 공기는 보름의 달을 더욱 가깝게 보이게 한다. 석요송은 달빛을 받으며 인적없는 돌계단을 오르고 있었다.

연경 남쪽으로 오 리 정도 떨어진 곳에 작은 강을 앞에 두고 나지막한 야산이 있다. 그 야산에 하나의 누각이 있는데 누각의 이름이 산의 높이에 어울리지 않게 창천루다.

호기로운 이름과 다리 누각은 허름하기 그지없다. 낮은 산에 작은 강을 바라보고 있는 누각이 유명할 리 없다. 그러니 자연히 찾는 사람도 많지 않았다. 더군다나 보름달이 뜨기는 했지만 한밤중에 창천루를 찾을 사람은 더더욱 없었다.

석요송이 바라보니 창천루는 스산한 기운마저 풍기고 있다. 귀신이라도 나올 것 같은 분위기다. 석요송이 뒤를 돌아보았다. 금불현의 모습은 보이지 않는다. 아마도 지금쯤은 숲으로 숨어들었을 것이다. 이제는 믿을 수 있다고 생각하면서도 은올기는 조심하지 않을 수 없는 사람이다. 금불현이 뒤를 살피는 것은 당연한 일이었다.

석요송이 훌쩍 몸을 날렸다. 달빛을 타고 그의 신형이 한 마리 새처럼 누각에 날아올랐다.

"제법……."

달빛 아래 내려다보는 풍광이 제법 운치있다. 보기에 허름해서 그렇지 아주 풍광이 나쁜 누각은 아닌 듯싶었다.

"왔나?"

문득 누각 위에서 은올기의 목소리가 들린다. 석요송이 위를 보지 않고 물었다.

"왜 지붕에 올라 계십니까?"

"음, 이곳이 더 운치가 있다네. 오르게."

은올기의 말에 석요송이 누각 난간을 차고 올라 한 손으로 처마를 잡은 후 훌쩍 신형을 돌려 지붕 위에 올랐다. 은올기가 수수한 옷차림으로 지붕 위에 앉아 술병을 기울이고 있었다.

"그간 평안하셨습니까?"

석요송이 은올기 곁에 앉으며 물었다. 그러자 은올기가 말없이 술병을 석요송에게 내밀었다. 그의 모습이 어딘지 모르게 쓸쓸해 보였다.

석요송이 술병을 받아 한 모금 마셨다. 술을 즐기는 석요송이 아니었으나 오늘 같이 운치있는 날 술을 거절하는 것은 예법이 아니다.

"자넨?"

은올기가 자신의 안부를 묻는 석요송의 말에는 대답하지 않고 되물었다.

"나쁘지 않았습니다."

"그래? 어딜 다녀왔나?"

"우리가 살던 무저곡을 다녀왔지요."

"거길? 그 지독한 곳은 왜?"

"제 눈으로 보고 싶었지요, 어떤 곳인지."

"하하, 그러고 보니 자넨 그곳을 실제로 본 일이 없구만. 그래, 어떻던가?"

은올기가 궁금한 표정으로 물었다. 그러자 석요송이 미소를 지으며 대답했다.

"풍광은 지옥 같으나 가인이 있어 즐겁더군요."

순간 은올기의 표정이 살짝 변했다.

"가인? 여인을 만났나? 자네가 여색을 즐기는 줄은 몰랐는데?"

"저도 사내니까요. 그런데 그쪽은 어떻습니까? 혈림은 정리가 되었나요? 연경에 들어와 보니 무인들의 모습이 많이 보이더군요. 금문의 반역자들까지 해서. 또 듣자 하니 금문의 추살대도 손을 보셨더군요."

석요송의 물음에 은올기가 고개를 끄덕였다. 그러면서 뒤로 고개를 돌려 휘황한 연경의 불빛을 보며 말했다.

"솔직히 말하자면 지금도 고민이네. 이 모든 것을 두고 떠날 수 있을까 해서 말이야."

"그럼 이별주나 마시지요."

"이별주라……."

은올기가 들고 있던 술병을 입에 대고 벌컥벌컥 마셨다. 그의 목울대를 타고 넘어가는 술이 거칠게 보인다. 몇 방울은 입가를 타고 흘러 옷을 적셨다.

"자."

은올기가 석요송에게 술을 건넸다. 그러자 석요송이 술병을 들어 한 모금 마셨다.

"솔직히 말하지. 모든 것을 정리하기는 했네. 혈림의 실권은 섭몽에게 넘겼지. 이젠 혈림의 고수들도 섭몽을 잘 따르고 있다네. 그런데 문제가 있어. 천랑원과 금문의 사람들, 금천명 등은

섭몽을 인정하지 않으려 하지. 그러니 내가 떠난다면 섭몽에게 어떤 일이 벌어질지 알 수 없네. 특히 천랑원의 그 두 부자는 섭몽이 상대하기에 만만치가 않아. 천공극과 천불용은… 특히 천불용 그 아이는 대단한 재질을 지니고 있지. 천랑원의 아이가 아니었다면 내가 혈사신보의 후계자로 섭몽에 앞서 거두었을 수도 있네. 그 아이가 지금은 연경에 없지만 외유에서 돌아오면 가섭몽이 상대하기 쉽지 않을 거야."

"천불용이라……."

석요송이 나직하게 천불용의 이름을 뇌까렸다. 먼 기억 속에 남아 있는 이름이다. 과거 토하곡을 떠나 금문으로 향할 때 대해의 배 위에서 만났던 소년, 그때 그 아이가 천랑원의 천불용이라고 하지 않았던가. 아주 짧은 만남이었지만 제법 인상이 깊었던 소년이다. 그 이름을 은올기를 통해 들으니 기이한 기분이 드는 석요송이었다.

"그는 어디에 있습니까?"

"남쪽으로 갔다가 돌아오는 길이라고 하던데… 돌아오면 아마도 천랑원은 그가 이끌게 될 거야. 과연 섭몽이 그를 통제할 수 있을까?"

"현명한 사람이라면 혈사신보의 주인과 대적하지 않을 것입니다. 지금 급한 것은 내부의 쟁투가 아니라 외부의 적이니까요."

석요송의 말에 은올기가 고개를 끄덕였다. 그러고는 결심을 굳힌 듯 말했다.

"좋아, 떠나겠네. 섭몽을 믿어야지. 그 아이는… 나보다도 그

룻이 커. 난 계략으로 세력을 만들지만 그 아이는 사람들의 마음을 얻을 수 있는 성품을 가졌어. 혼마환도 여전히 위력을 발휘할 거고. 그래, 혼마환이 있다면 걱정할 필요는 없겠지. 만약의 경우에는 중원을 포기하고 초원으로 돌아가도 되니까. 떠나세."

"지금 바로요?"

"그럴 수야 없지. 섭몽에게라도 작별을 고해야지."

은올기가 빙그레 미소를 지었다.

"이 사람은 누군가?"

은올기가 조금은 당황스런 표정으로 금불현을 보며 말했다. 두 사람이 창천루에서 내려오는 길 중간에 불쑥 금불현이 모습을 드러냈기 때문이다.

"제가 무저곡에 가서 가인을 만났다고 했지요?"

"그럼 이 친구가……. 그런데 가인이라며? 아! 남장을 했군."

은올기가 금세 금불현이 남장을 한 것을 알아봤다. 그러고는 유심히 금불현을 살피다가 불쑥 물었다.

"그런데 금문 사람인가?"

"그렇습니다."

석요송이 대신 대답했다. 그러자 은올기가 다시 눈여겨 금불현을 살폈다. 그러나 그가 금불현을 알아볼 리 없었다. 두 사람이 낙성곡과 천록야에서 잠시 마주치기는 했으나 그때는 은올기가 금불현처럼 일개 금문의 무사에게 관심을 두고 있던 때가 아니라 그 얼굴을 명확히 기억하지 못할뿐더러 지금의 금불현은 그때에 비해 변복을 통해 확연히 달라져 있었던 것이다.

금불현은 은올기가 자신을 자세히 살피자 기분이 상한 표정을 지으면서도 달리 응대를 하지는 않았다.

"내일 아침 일찍 보시죠."

"그러지."

석요송의 말에 은올기가 금불현에게서 시선을 떼며 말했다. 그러고는 몸을 한 번 흔드는가 싶더니 이내 그 자리에서 사라졌다. 그의 신묘한 몸놀림에 놀란 듯 금불현이 두려운 빛으로 말했다.

"그는 정말 고수군요."

"지금은 전성기의 팔 할 정도이지. 천록야에서의 부상을 완전히 회복하지 못한 상태야. 지금 상태로는 영원히 예전의 경지에 오르기는 힘들 것 같군."

"그런가요? 그런데 가가는 그를 만난 이후 줄곧 웃고 계시네요? 전 그가 전갈같이 생각돼요. 독을 품고 있는 전갈. 그래서 거리감이 있는데……."

"그는 독한 사람이 맞아. 하지만… 그는 솔직하지. 그게 마음에 들어, 위선을 떨지 않으니까. 살기를 줄이기만 한다면… 이번 여행이 그를 어떻게 변하게 할지 무척 궁금해. 그와 동행하는 한 이유지."

석요송의 말에도 불구하고 금불현은 여전히 불안한 표정을 지었다.

한 대의 마차가 연경 남문 앞에 새벽같이 서 있었다. 마부석에는 초라해 보이는 늙은이가 앉아 있었는데 얼핏 보면 주인을 기다리는 마부 같아 보였다.

그러나 그의 정체를 알게 된다면 누구라도 이 자리를 도망치듯 벗어날 것이다. 그는 혈사신보의 당대 보주 은올기였기 때문이다. 은올기는 진기를 흩어버리고 마부석에서 미처 깨지 않은 아침잠의 여운을 즐기고 있었다. 그때 문득 마차 곁으로 두 사람이 다가왔다. 석요송과 금불현이다.

"왔나?"

언제 졸았냐는 듯이 은올기가 눈을 떴다.

"마차를 구하셨군요."

"중원은 길이 좋아. 굳이 말을 타고 고생할 필요는 없지. 타게."

"직접 모시게요?"

"그럼 누가 모나? 마부를 쓸 수도 없고 말이야."

"그렇군요. 금매는 안에 타지?"

"알았어요."

금불현이 고개를 끄덕이고는 마차 안으로 들어갔다. 그러자 석요송이 훌쩍 몸을 날려 마부석에 올라 은올기 곁에 자리를 잡고 앉았다. 그러자 은올기가 석요송을 보며 말했다.

"가볼까?"

은올기의 말에 석요송이 고개를 끄덕였다. 그러자 은올기가 힘차게 말을 몰기 시작했다. 세 사람을 태운 마차가 거침없이 관도를 따라 질주하기 시작했다.

그런데 세 사람이 그렇게 떠난 자리에 잠시 후 형형한 눈빛의 삼 인이 모습을 드러냈다. 그중 둘은 나이 지긋한 노인이었고, 다른 한 명은 이십대 중반의 건장한 청년이었다. 그러나 나이가 적음에도 불구하도 노인들이 청년의 조금 뒤에 서 있는 것으로 보아 세 사람 중 청년이 가장 신분이 높다는 것을 알 수 있다.

"진정 그를 따라가시렵니까?"

노인 중 한 명이 물었다. 그러자 청년이 대답 대신 고개를 끄덕였다. 그러자 노인이 다시 말했다.

"강호의 사정이 이리도 급박한데… 원주께서도 반대하시는 일이 아닙니까?"

그러자 청년이 말했다.

"그는 혈사신보의 주인이오. 필시 그의 품속에 혈사신보가 들어 있을 거요. 그런데 그가 홀로 여행을 떠나고 있소. 이런 기회가 다시 올 것 같소?"

"이미 그는 그의 후계자를 정했습니다. 가섭몽에게 혈사신보를 전했을 수도 있습니다."

노인의 말에 청년이 고개를 저었다.

"아니오. 그는 음흉한 사람이오. 자신이 죽기 전에는 절대 자신의 모든 것을 가섭몽에 전하지 않을 거요. 물론 혈사신공의 구결은 전했을 수도 있소. 그러나 신보 자체는 그가 가지고 있을 거요. 신보를 취해야 하오. 그래야 우리 천랑원이 영원히 혈사신보로부터 자유로울 수 있소. 아니, 우리가 바로 혈사신보의 주인이 되어 천하를 움직이게 될 것이오. 이 일은… 천랑원의 명운이 걸린 일이오."

　청년이 굳은 표정으로 말하고는 천천히 관도를 걷기 시작했
다. 그러자 노인들이 그를 따르며 다시 입을 열었다.
　"혼자라도 그는 위험한 사람입니다."
　"그래서 낭왕과 그 수하들을 데려가는 것이오. 그가 비록 무
적의 고수라 해도 결코 살아서 다시 연경으로 돌아올 수는 없을
것이오."

第九章 남행(南行)

　누런 황톳물이 앞을 가로막는다. 황하다. 석요송 일행은 연경을 떠난 지 두어 달 만에 황하에 이르렀다. 급히 말을 달렸다면 이렇게 오래 걸릴 길이 아니지만 일행의 여정은 급할 것이 없었다. 세상의 욕망을 내려놓은 그들이 바쁠 이유가 없었다.

　그들은 가끔 풍경 좋은 마을에서 삼사 일 머물기도 하고, 혹은 소문난 숙수를 찾아 입을 즐겁게 하기도 했다. 그렇게 느리게 남쪽으로 이동하여 결국 도착한 황하, 뿌연 황톳물은 유유히 흐르고 있었지만 황하 인근은 그리 평화롭지 않았다.

　당금에 들어 요와 송의 분쟁이 다시금 거칠어지기 시작하고 있었다. 요 황실이 향락에 젖어 쇠락의 기미를 보이자 황하 이북을 요에 내주었던 송에서 뜻있는 인사들이 북벌의 의기를 드러내고 있었고, 그들 중 일부는 황하 인근에서 사병을 기르며 향후 있을 조정의 북벌을 도울 준비를 하기도 했다.

그러나 송의 북벌이 이뤄질 수 있을지는 의문이었다. 이유는 공교롭게도 요의 황족이 향락에 빠진 것처럼 북방을 요에게 내어준 송의 황실과 고관대작들도 그에 못지않게 퇴락해 있었기 때문이다.

"여기에서부터는 조심해야 하네."

강을 건너는 목선을 바라보며 은올기가 말했다.

"목선은 누가 운영하는 거죠?"

"그저 근처의 뱃사람들이 하는 거지. 그러나 그들 중에는 반드시 요와 송의 간자들이 속해 있으니 조심해야 한다는 거야. 더군다나 송의 경우 무림문파의 인사들이 세속의 일에 관여하는 경우가 많아서 자칫하다가는 한순간에 목숨이 날아갈 수도 있지."

은올기가 금불현의 질문에 길게 대답했다. 그러자 금불현이 다시 물었다.

"보주께서는 황하 이남을 여행해 보신 적이 있나요?"

"나? 음… 솔직히 말하면 난 북방 출신이 아니네. 아주 어릴 때는 개봉에도 조금 있었지. 물론 아주 예전 일이네. 그리고 한때는 내가 송 황제의 목을 따올 생각도 했었지, 요 황실을 위해서."

은올기의 대범한 말에 금불현이 흠칫 놀라며 되물었다.

"정말요?"

"젊을 때였어. 한창 요 황실이 송의 정벌에 열을 올리고 있을 때였으니까. 하지만 그게 쉽지는 않은 일이더군. 송 황실에도 고수들이 존재할뿐더러 만약 내가 그의 목을 벤다면 중원의 고수들이 모두 날 쫓을 거란 말이야. 그리되면 요는 천하를 지배할 수 있어도 난 평생 도망을 다니며 살아야 하지. 내가 그런 손해나는 장사를 할 필요가 없었지. 더군다나 그때 즈음 야율씨가 혈사신보주의 존재를 조금씩 거추장스러워했거든.”

“그래서 새로운 황조를 세울 생각을 하신 건가요?”

“음… 뭐 그렇다고 할 수 있지. 그 모든 것이 뜬구름 같은 것이지만.”

은올기가 흘러가는 강물을 바라보며 말했다.

“언제 건널까요?”

오랫동안 침묵하며 두 사람의 이야기를 듣고 있던 석요송이 물었다. 그러자 은올기가 대답했다.

“아무래도 오늘은 좋지 않을 것 같군. 보게. 건너편에 송의 관군이 나와 있지 않은가? 가끔 저렇게 나와서 통행세를 걷어가지. 마적 떼처럼 말이야. 그러니 송이 망할밖에.”

은올기가 혀를 찼다.

“그럼 가까운 곳에서 쉴 곳을 찾죠.”

“그러지. 노숙을 할까?”

“노숙을요?”

금불현이 살짝 얼굴을 찌푸렸다. 그러자 은올기가 재빨리 말했다.

“아주 좋은 곳이 있어. 물론 객잔에서 쉬는 것이 편하겠지만 내가 가려는 곳은 흔히 볼 수 없는 곳이거든. 그러니 약간의 불편을 감수할 가치가 있을 거야.”

“알았어요. 그럼 가봐요. 뭐, 노숙할 준비야 완벽하니까.”

금불현이 마지못해 동의했다. 세 사람은 나루터를 떠나 작은 관도를 따라 마차를 몰았다.

두 개의 못이 쌍둥이처럼 이어져 있었다. 물은 맑아서 수정처럼 그 안을 드러냈다. 이름 모를 고기들이 못 안에서 유유히 헤엄치고 있었다.

북쪽과 서쪽은 거대한 절벽이 치솟아 있었고, 남쪽은 하늘 높이 솟은 나무들이 시야를 가리고 있었다. 그리고 동쪽으로는 살짝 열린 숲 사이로 황하의 거대한 물길이 아스라이 바라다 보인다. 기경이다.

“와, 이런 곳이 있었네요?”

객잔에 들지 못한 서운함은 어느새 잊었는지 금불현이 탄성을 흘렸다. 아름다운 땅이다. 해질녘이라 그런지 더욱 풍광이 아름답다. 그러자 은올기가 득의한 표정으로 말했다.

“좋지? 내가 젊을 때 우연히 발견한 곳인데 이후로 중원행을 할 때는 가끔 들르지. 가까운 곳에 좋은 객잔이 있지만 난 반드시 이곳에서 노숙을 하고 황하를 넘는 버릇이 있어.”

“그럴 만하네요.”

금불현이 고개를 끄덕였다. 석요송은 아무 말 없이 마차에서 짐을 내려 천막을 치기 시작했다. 물가에서 헤엄치던 몇 마리 청둥오리가 사람의 등장에 놀라 날아갔다.

“오늘 저녁은 오리고기를 먹어보자.”

은올기가 날아가는 청둥오리를 보며 말했다. 그러고는 마차에서 한 자루 철궁을 들고 나오더니 물가로 다가가기 시작했다.
사람에 놀라 날아간 청둥오리가 머지않아 다시 못가로 내려올
것을 알기 때문이었다.

물가로 다가간 은올기는 높이 자란 갈대숲에 몸을 숨기고 앉
았다. 그러기를 얼마, 과연 서너 마리의 청둥오리가 다시 물가
로 내려앉았다. 순간 갈대숲 속에서 은올기의 화살촉이 번뜩였
다.

"할!"

은올기가 갈대 사이에서 일어나며 소리쳤다. 그러자 그 소리
에 놀란 청둥오리들이 다시 하늘로 날아올랐다. 순간 은올기가
쏘아낸 화살이 허공을 갈랐다. 한 팔이 없는 은올기가 활을 쏘
아내는 솜씨는 특별했다. 입으로 화살과 시위를 한 번에 물어
당겼다가 물었던 시위를 놓아 쏘아내는 그의 화살은 두 팔이 성
한 사람의 그것보다도 강렬했다.

팟!

빛처럼 뻗어 나간 화살이 단번에 두 마리의 오리를 꿰었다.
놀라운 솜씨다. 은올기가 나는 듯이 갈대숲을 헤치고 달렸다.
그리고는 물가로 떨어져 내리는 오리들을 가볍게 낚아채더니
한 바퀴 제비를 돌아 가볍게 땅에 내려섰다.

"역시 고수예요. 한 팔로 활을 쏘아 청둥오리를 잡다니."

멀리서 은올기의 모습을 지켜보던 금불현이 말했다.

"좀 더 깊어진 것 같아."

석요송이 응대했다.

"무공이요?"

“응, 처음에는 천록야에서 상실한 무공을 온전히 회복할 것 같지 않았는데 이상한 방법으로 그 차이를 메우는 것 같아. 사실 저런 식의 궁술은 그가 한 번도 보여준 적이 없거든. 그건 곧 오늘 즉흥적으로 시도한 궁술이란 건데……."

“어떤 방법으로 차이를 메운다는 거예요?”

“단전의 내공은 온전히 회복할 수 없지만 무공에 대한 깨달음이 깊어졌다고나 할까. 같은 초식을 펼쳐도 그 깊이가 다른 것이지. 좀 더 편하고 좀 더 간결해졌어. 무서운 사람이야.”

“그가 다시 야망을 가지면 어쩌죠?”

“그야 어쩔 수 없는 일이지. 사실 그의 혈림이나 태상장로의 금문이나 다를 바는 없거든. 정사의 구분은 양쪽 다 모호하고.”

석요송의 말에 금불현이 우울한 표정으로 말했다,

“가가는 완전히 금문에서 마음이 떠났군요.”

“금문은 애초에 내 마음속에 없었어. 단지 그곳에서 만난 몇몇의 인연이 금문을 내게 특별한 곳으로 만든 거지.”

“특히 제가요?”

금불현이 빙그레 미소를 지었다.

“하하, 맞아. 금매가 가장 소중한 인연이지.”

석요송이 큰 웃음을 터뜨렸다. 오리를 잡은 은올기는 바로 돌아오지 않았다. 아마도 물가에서 잡은 오리를 손질하고 있는 모양이다. 그러자 금불현이 잠시 망설이다가 물었다.

“그런데 하나 물어봐도 되요?”

“언제는 안 되었나?”

석요송이 이상하다는 듯이 되물었다. 그러자 금불현이 조심스럽게 말했다.

"이 여행이요. 혹시… 다른 목적도 있는 건가요?"

금불현의 물음에 석요송의 표정이 살짝 변했다. 그러고는 진지한 표정으로 되물었다.

"왜 그런 생각을 하게 되었지?"

"음… 오 일 전 들렀던 그 마을 말이에요. 그때 그 객잔 주인의 눈빛이 조금 이상했어요. 그리고 가가 역시……."

"그걸 느꼈어?"

"다른 사람은 몰라도 전 알 수 있지요. 제 눈은 항상 당신에게 머물러 있으니까요. 예전부터 알고 있던 사람들처럼."

금불현이 바짝 호기심이 동한 눈으로 석요송을 보며 말했다. 그러자 석요송이 잠시 침묵을 지키다가 입을 열었다.

"그 사람은 그날 처음 보는 사람이었어. 하지만 그가 누군지는 알고 있지."

"어떻게요?"

"그는 석문의 사람이야."

"……?"

"석문의 문도들이 천하에 흩어져 성씨를 바꾸고 살아가는 것은 알고 있지?"

석요송의 물음에 금불현이 고개를 끄덕였다. 석문의 수장이자 토하곡의 곡주인 석숭은 석문의 문도들을 강호의 은원에서 벗어나게 하기 위해 석문도들을 천하로 흩었다. 그리고 변성을 하고 새로운 삶을 살게 만들었는데 과거 금온은 그 석문 식솔들의 주거를 파악해 석숭과 석요송을 협박했었다.

"그럼… 이번 원행은?"

금불현이 금세 석요송이 말뜻을 알아듣고 의미심장한 표정으로 물었다.

"맞아, 세상을 여행해 보고 싶은 것도 있지만 그 와중에 석문도들의 사정을 살피고자 한 이유도 있었어. 도주와 소도주가 약속을 하기는 했지만 세상에서 믿을 수 없는 것이 야심가들의 약속이라… 과연 석문도들이 아무런 어려움 없이 살고 있는지 확인하고 싶었지. 그래야 금문에 대한 내 입장을 정리할 수 있을 것 같아서."

"그렇군요. 그런데 석문의 식솔들이 어디에 거처하는지는 알고 있었어요?"

금불현의 물음에 석요송이 조용히 고개를 끄덕인다. 그러면서 좀 더 목소리를 낮춰 말했다.

"도주도 소도주도 모르는 사실이 하나 있지. 금문의 그 누구도 모르는 사실."

"뭐죠?"

"금문에도 우리 석문의 사람이 있다는 거야."

순간 금불현이 화들짝 놀란 표정을 지었다. 석문은 강호와는 완전히 절연한 문파로 알려져 있다. 그런데 그런 그들이 금문에 사람을 두고 있다는 것은 놀라운 일이 아닐 수 없었다.

"내가 인검이 되어 청도에 들었을 때 그분을 만났지. 그분에게서 천하에 퍼져 있는 석문 식솔 중 토하곡과 기별이 닿고 있는 몇 사람에 대해 들었어. 오 일 전 만난 분은 그중 한 분이지."

석요송의 말에 금불현이 연신 고개를 끄덕인다.

“그랬군요. 그랬어요. 그런데 그들은 모두 무사한가요?”

“석문의 사람들?”

“예.”

“지금까지는 그런 것 같아. 특별한 위험은 없다고 하더군.”

문득 말을 하다 말고 석요송이 입을 닫았다. 어느새 오리 손질을 마친 은올기가 화살에 꿴 오리 두 마리를 가지고 돌아왔기 때문이다.

“어때, 괜찮지?”

은올기가 오리를 들어 올리며 말했다.

“재주가 좋으세요.”

금불현이 배시시 미소를 짓는다.

“하하, 이게 다 젊을 때 익혀둔 솜씨 덕인 거지. 보자, 이제 제대로 구워보자고!”

은올기는 항시 준비해 다니는 양념을 오리에 뿌리고 모닥불 위에서 오리를 굽기 시작했다. 구수한 오리 냄새가 사방으로 퍼져 나갔다. 은올기는 마차에서 술도 한 병 꺼냈다. 역시 여행을 떠난 이후 은올기가 항시 준비하는 것 중 하나다.

얼추 오리가 익자 세 사람이 술잔을 기울이며 저녁 요기를 시작했다. 노을을 진 숲의 정경이 주향과 함께 그윽하다. 별빛도 소란스럽게 내려앉아 분위기를 돋웠다.

그런데 그렇게 흥겹게 술잔을 기울이며 수다를 떨던 세 사람이 언제부터인가 표정을 굳히기 시작했다. 여전히 입으로는 수다를 떨고 있었지만 그들의 표정은 어둠 속에서 차갑게 굳어져 있었다.

파팟!

매서운 강전이 고즈넉한 숙영지로 날아들었다. 자그마치 이십여 대는 되어 보이는 화살비다. 석요송이 앉은 채로 검을 휘둘렀다. 그러자 그의 검에서 흘러나온 검기가 채찍처럼 휘어지더니 이내 하늘에서 내려오는 화살들을 한 번에 감아 한쪽으로 내던졌다.

퍼퍼퍽!

목표를 잃은 화살들이 풀밭에 박혀들었다.

"끙!"

석요송이 화살을 막아내자 은올기가 신음성을 내며 자리에서 일어났다. 그러고는 남쪽 숲을 보며 말했다.

"뉘신가?"

은올기의 물음에도 숲이 조용하다.

"화살을 날리는 솜씨를 보니 보통의 산도적들은 아닌 것 같고, 고수가 기습을 했다면 적어도 우리 셋 중 한 사람의 얼굴은 안다는 의미인데… 누구냐?"

은올기의 목소리가 좀 더 차가워졌다. 그러자 문득 한 그루의 나무가 흔들리더니 다섯 명의 흑의인이 새처럼 가볍게 풀밭에 내려섰다. 순간 은올기의 표정이 변했다.

"넌……?"

은올기가 아는 얼굴인 모양이다. 은올기의 반응에 흑의인 중 이십대 중반으로 보이는 사내가 앞으로 한 걸음 나서며 포권을 해 보였다.

“밀존을 뵙습니다.”

은올기를 밀존이라 부르는 자라면 혈림의 인물은 아니다. 혈림의 사람들은 은올기를 밀존 대신 보주라는 명칭으로 부른다. 밀존이란 명칭을 쓰는 자들은 은올기가 거둬들인 혈림 이외의 세력들이 쓰는 말이다.

“놀랄 일이군. 네가 날 찾아오다니…….”

사내의 등장은 은올기에게도 놀라운 일인 모양이다. 그러자 사내가 정중하게 대답했다.

“이렇게 찾아뵈어 죄송합니다.”

“음… 누굴 데려왔느냐?”

은올기의 물음에 사내가 대답했다.

“낭왕과 그 수하들을 데려왔습니다. 그리고 황실에서도 몇 사람을 보냈지요.”

“작정을 하고 왔군.”

“외람되지만 이 일은 모두 밀존께서 자초한 일이십니다.”

“내가? 무엇을?”

“첫째는 최근 들어 황실을 멀리하시기 시작하셨고, 둘째는 혈사신보를 엉뚱한 자에게 넘긴 때문이지요.”

그러자 은올기가 뚫어지게 사내를 보고 있다가 고개를 끄덕이며 말했다.

“정말 많이 컸구나. 감히 나 은올기에게 도검을 들이대다니. 천불용! 무방산의 무공은 모두 전수받았느냐?”

은올기의 갑작스런 고성에 사내가 흠칫하며 뒤로 물러났다. 그런데 은올기의 말에 더 놀란 사람이 있었다. 바로 석요송이었다.

은올기의 입에서 흘러나온 천불용이라는 이름은 석요송의 기억에도 있는 이름이다. 어릴 때 북해의 상선에서 만났던 천랑원의 소년, 그리고 천랑원이라는 곳에 대해 알게 됨으로써 그 아이가 천랑원의 소원주라는 사실도 알고 있는 석요송이었다.

"천랑원이군요."

금불현이 긴장한 표정으로 말했다. 천랑원은 북천십이문 중 세 손가락 안에 꼽히는 문파다. 세상에 많이 드러나지는 않았지만 눈 밝은 자들은 천랑원이 요 황실을 떠받치는 무림의 거룡이라는 사실을 모두 알고 있다.

은올기는 그 천랑원이 오늘의 성세를 이룰 수 있도록 후원해 준 혈사신보의 보주, 그런 그를 향해 칼을 들이댄다는 것은 이들이 만반의 준비를 하고 왔다는 의미가 된다.

그러나 그들은 석요송의 존재를 간과하고 있었다. 그들의 준비는 오직 은올기를 상대하기 위한 것이었다. 그것이 오늘 천불용이 준비한 이 완벽한 함정의 치명적인 허점이었다. 물론 천불용은 아직 그 사실을 모르고 있었지만.

"무방산 어르신의 무공을 모두 얻은 것은 이미 오 년 전의 일입니다."

"오호, 네가 일백 년에 한 번 볼까 말까 한 기재라더니 과연 그 말이 틀리지 않는구나. 무방산의 무공은 무척 까다로워서 좀체 그 정수를 얻기 힘든 것인데. 그런데 그의 무공을 얻었으면 그것으로 족할 일이지, 어찌 혈사신공을 탐하느냐?"

"무공으로는 족하나 세상을 얻으려면 명분이 필요한 법이지요."

"음… 영웅인 줄 알았는데 간웅이던가?"

"이는 반드시 세상을 향한 야망에 의해서만 결정된 일이 아닙니다. 그간… 밀존께서 본 원에 주신 수모를 되갚기 위한 일이기도 하지요. 밀존은 꺾고 혈사신보를 얻는다면 그 누가 천랑원을 업신여길 수 있겠습니까?"

천불용의 눈에서 진득한 열기가 흘러나왔다. 오랫동안 도모했던 일의 과실을 눈앞에 둔 자의 흥분 같은 것이 느껴지는 눈빛이다. 그러자 은올기가 잠시 천불용을 지그시 바라보다가 입을 열었다.

"난 이미 신보의 주인을 결정해 두었다. 너도 알다시피 그는 가섭몽이다."

"알고 있습니다. 그 또한 제가 거두지요."

천불용이 패기있게 대답한다.

"그런데 넌 한 가지 사실을 모르는 것 같구나."

"가르침을 주시겠다면 마땅히 경청하겠습니다."

"애초에 가섭몽은 내 제자가 아니었다. 그는 혈림 외의 사람이었지. 그런데 난 나의 일곱 제자를 마다하고 그에게 혈사신보를 넘겨주기로 했다. 일곱 제자는 모두 죽이면서 말이다."

순간 천불용의 눈에 은은한 두려움이 깃든다. 신보의 후계자를 위해 자신의 제자를 죽이는 스승이 세상에 얼마나 있을까. 그런 독심을 몰랐던 것은 아니다.

천랑원이 그를 밀존으로 떠받들며 두려워한 것은 바로 이런 은올기의 독심 때문이 아니던가.

"그를 위해 날 죽이겠다는 말이면 더 이상 부연할 필요 없습니다. 각오한 일이지요."

"아니, 그런 말을 하고자 함이 아니라 너에 대해 이야기하려는 것이다. 내가 혈림 밖에서 후계자를 찾았다는 것은 너 또한 나의 눈에 들어 있었다는 의미란 말을 하고 싶은 것이다. 사실 나의 일곱 제자는 세상의 눈을 속이기 위한 속임수였지. 혈사신보의 주인이 되는 것이 혈림의 제자이든 아니든 나는 상관이 없거든. 어쨌든 다시 말하지만 너도 내 눈에 있었다. 그러나 난 섭몽을 택했다. 한 팔밖에 없는 그를! 이유를 알고 싶으냐?"

의외의 말을 들은 천불용이 자신도 모르게 고개를 끄덕였다. 왜 자신이 아니고 가섭몽이었을까 하는 의문이 솟구치는 표정이다.

"이유는 간단하다. 네가 섭몽에 비해 부족하기 때문이다."

"그의 묵풍암도 정도는 능히 감당할 수 있습니다."

천불용이 반발하듯 소리쳤다. 그러자 은올기가 고개를 저었다.

"네 무공은 뛰어난 재주다. 그러나 섭몽의 무공은 그의 삶이자 혼이다. 누가 더 강하겠는가? 물론 넌 승복하지 못하겠지. 그래서 오늘 내가 네게 한 수 가르침을 내리겠다. 오늘 너의 부족함을 느낀다면 천랑원의 원주로서 자족하거라."

은올기가 검을 빼 들었다. 조금 전까지만 해도 오리를 손질하던 검이다. 그러자 천불용의 곁에 있던 자들이 일제히 도검을 들어 올리며 앞으로 나서려 했다. 그러자 천불용이 손을 들어 그들을 제지했다.

“나 혼자 상대해 보겠소.”

“소주, 그는 혈사신보의 보주입니다.”

천불용의 곁에서 오십대 중반의 중후한 사내가 말했다. 그러자 천불용이 고개를 끄덕였다.

“물론 내가 그를 이길 수는 없을 거요. 그러나 그와 한 수 손을 섞지 않으면 평생 후회하게 될 테니 어찌 이런 기회를 저버리겠소. 사냥은 조금 후에 합시다.”

“정히 그러시다면 알겠습니다.”

중년 사내가 뒤로 물러났다. 그러자 천불용이 검을 들고 은올기를 향해 걸어왔다.

“집안일로 자네를 번거롭게 해서 미안하군.”

은올기가 석요송에게 진심으로 미안한 기색을 보이며 말했다.

“괘념치 마십시오. 뒤를 보아드리지요.”

“고맙네. 사실… 저 녀석을 따라온 낭왕이란 자와 그 수하들은 조금 마음에 걸렸거든. 그런데 자네가 있어 든든하군. 저 녀석이 계산을 잘못한 거지.”

은올기가 어깨를 으쓱하고는 검을 회초리처럼 휘두르며 앞으로 걸어 나갔다.

빈 팔소매가 밤바람에 흔들거렸다. 그런데 그것이 오히려 상대의 눈을 현혹시키고 있었다. 천불용은 애초에 자신이 은올기를 이길 거란 계산을 하고 있지는 않았으므로 처음부터 수비적인 모습으로 대결에 임하고 있었다.

　　그러나 움직이지 않는 것은 은올기도 마찬가지였다. 그는 마치 이대로 밤이라도 새울 사람처럼 천불용이 공격해 들어오길 기다렸다. 절대 선공을 하지 않으리란 의도가 확실히 드러나는 은올기다. 그리고 결국 인내심에서는 젊은 쪽이 지게 마련이다.

　　"핫!"

　　한순간 천불용의 입에서 한마디 기합성이 터져 나왔다. 그의 몸이 어스름한 밤공기를 가르며 은올기를 향해 뛰어들었다. 번쩍이는 검기가 은올기의 허리를 갈랐다. 그러자 은올기가 미끄러지듯 뒤로 물러나며 천불용의 검기를 흘려보냈다.

　　"받아보아라!"

　　은올기의 입에서도 묵직한 음성이 흘러나왔다. 천불용의 일초를 피해낸 은올기가 검을 위에서 아래로 가볍게 내리그었다. 지극히 간단한 초식이었지만 그 위력은 그리 녹록치 않았다.

　　벼락같이 공기가 찢어지는 듯한 소리가 일어나더니 은올기의 검에서 일어난 붉은 검기가 무서운 속도로 천불용의 어깨를 내리찍었다. 순간 천불용이 놀란 뱀처럼 빠르게 몸을 틀었다.

　　삭!

　　미세한 파열음이 일어나며 천불용의 어깨 어림이 베어져 나갔다. 다행히 그의 몸은 은올기의 검에서 무사했다.

　　"제법이구나."

　　자신의 일 검을 피해낸 천불용을 칭찬하며 은올기가 천불용을 향해 날아들었다. 그의 검이 허공에서 순식간에 세 초식의 검식을 펼쳤다. 세 갈래로 나뉜 붉은 검기가 천불용을 사방에서 찔러들어 갔다.

"음!"

천불용의 입에서 자신도 모르는 사이에 침음성이 일어났다. 그러면서도 천불용이 재빨리 검을 좌우로 흔들었다.

차차창!

날카로운 격돌음이 일어나며 은올기와 천불용 사이에서 눈부신 불꽃이 번뜩였다. 은올기가 자신의 공격이 천불용의 방어에 막히자 빙글 신형을 돌리며 옆구리 사이를 관통해 뒤쪽으로 검을 찔렀다.

"헉?"

기이한 검술에 놀란 천불용이 황급히 몸을 틀었다.

삭!

다시 일어난 미세한 파열음과 함께 천불용의 허벅지에 작은 혈선이 그어졌다. 그러자 이번에는 은올기가 천불용의 등을 타고 넘어 천불용의 왼쪽으로 이동하더니 다시 번개처럼 검을 찔러 넣었다.

"헉!"

나이에 걸맞지 않는 기이하고 경쾌한 은올기의 움직임에 당황한 천불용이 기겁성을 토해내며 닥쳐드는 검을 피해 다급히 뒤로 물러났다. 그러자 은올기의 붉은 검기가 반 장 가까이 늘어나며 끝내 천불용의 옆구리를 베어냈다.

"으음……."

천불용이 옆구리를 부여잡고 신음성을 흘렸다.

"세상이 험하다는 것을 알려주마. 저승에 가서 네가 무슨 실수를 했는지 잘 생각해 봐라.”

두 번의 부상을 입은 천불용을 향해 은올기가 신형을 날렸다. 그의 몸이 순식간에 삼 장여의 거리를 좁히며 천불용에게 접근했다. 순간 천불용의 뒤쪽에서 다급한 목소리가 터져 나왔다.

“멈추시오!”

다급한 음성과 함께 중년 사내들이 일제히 은올기를 향해 도검을 뻗어냈다. 그러자 은올기가 그들의 공격을 감히 경시하지 못하고 전진을 멈춘 채 다가오는 도검을 향해 검을 휘둘렀다.

차아앙!

은올기의 검이 날카로운 마찰음을 일으키며 다섯 자루의 검을 단번에 걷어냈다. 그사이 천불용은 뒤로 물러나 상처를 살폈는데 어느 틈에 그의 주위에 다시 다섯 명의 무인이 늘어서 천불용을 호위했다.

은올기도 더 이상 천불용을 공격할 의도를 보이지는 않았다. 그는 훌쩍 물러나 상처를 치료하는 천불용을 보며 말했다.

“네가 부족함을 알겠느냐?”

그러자 천불용이 무거운 표정으로 은올기를 보며 말했다.

“인정하지 않을 수 없군요. 확실히 혈사신보의 신공은 무섭군요. 제가 십초지적이 되지 못하다니.”

“네 스스로 몸을 아꼈기 때문일 테지. 목숨을 돌보지 않고 겨뤘다면 능히 오십 초는 겨뤘을 것이다. 그러나 역시 훌륭한 재질이다.”

은올기가 천불용을 칭찬했다. 그러자 천불용이 더욱 어두워진 얼굴로 말했다.

"부족함을 알았으면 물러가는 것이 예법이나 오히려 전 오늘 반드시 밀존께 혈사신보를 얻어야겠다는 생각이 드는군요. 혈사신보의 무공이 얼마나 무서운지 알면 알수록 탐욕이 일어납니다."

"후후후, 역시 간웅이야. 세상을 탐할 만하다. 하지만 어떻게 혈사신보를 네 것으로 만들 것이냐?"

"이런 일에는 수단과 방법을 가리지 않는 법이지요."

천불용이 차갑게 말하고는 주위를 돌아보며 고개를 끄덕였다. 그러자 갑자기 숲이 흔들리더니 다시 십여 명의 무사가 장내로 날아들었다.

천불용의 명을 따르는 무사의 숫자는 도합 이십여 명 정도였다. 그들은 하나같이 가벼운 몸놀림을 보였는데 이는 그들이 일류고수의 경지를 넘어선 자들이라는 의미다.

"천랑원이 운중룡의 세력이라더니 과연 고수가 많군요."

금불현이 조금은 긴장한 표정으로 말했다. 그녀는 어느새 석요송의 뒤에 바짝 붙어 있었다.

"천랑원의 정예를 데리고 온 것 같아."

"좀 전에 그가 낭왕을 데리고 왔다고 하지 않았나요?"

"그랬지."

"낭왕이란 자에 대해서는 들은 것이 있어요. 본래는 장성 이북에서 활동하던 자인데 그 손속이 워낙 거칠어서 누구도 함부

로 그를 상대할 생각을 하지 않았던 자지요. 자칫 강호 공적이
될 수도 있었는데 십여 년 전 갑자기 강호에서 종적을 감추었다
고 해요. 그가 천랑원에 몸을 담고 있었군요.”

“저자인가?”

석요송이 앞서 천불용을 지키기 위해 나섰던 다섯 무인 중 한
명을 눈으로 가리키며 물었다. 처음부터 천불용의 곁을 지키던
오십대 중반의 굴강한 사내다.

“아마도 그런 것 같아요. 기이한 검을 쓴다고 했는데 그의 검
을 보니……..”

중년 사내의 검이 뱀처럼 구불거리는 검신을 가지고 있었는
데 적을 겁주기 위한 것이 아니라면 그리 유용한 검으로는 보이
지 않았다. 그러나 기검을 쓰는 자라면 역시 고수다.

“특이한 자야. 낭왕이라더니 오히려 호랑이 같은걸.”

석요송이 사내에게 호기심을 드러냈다. 그러는 사이 천불용
의 수하들이 반원을 그리며 석요송 등을 넓게 포위했다. 그러자
은올기가 석요송에게 말했다.

“이거 제대로 한판 붙어야겠네.”

“어쩔 수 없죠.”

“미안하이.”

다시 한 번 은올기가 석요송에게 사과를 했다. 그때 문득 천
불용이 입을 열었다.

“그는 누구요? 밀존의 제자입니까?”

석요송에 대한 물음이었다.

“아니. 이 친구가 나의 제자였다면, 아니, 그가 원했다면

섭몽도 혈사신보를 차지할 수 없었겠지. 이 사람은 나의 친구야. 강호에 나 은올기가 친구라 부를 수 있는 유일한 사람이지.”

순간 천불용의 눈에 이채가 서렸다. 그는 오랫동안 은올기를 알아왔기에 이 노고수가 누군가를 친구로 사귈 사람이 아니라는 것을 알고 있었다.

그런 그가 자신의 친구라도 말한 사람은 예상외로 너무나 젊은 사내였다. 어찌 보면 천불용 자신보다도 어려 보였다. 그런 사람을 친구로 삼았다는 것은 이 젊은이에게 특별한 능력이 있다는 의미다. 더군다나 혈사신보를 거절한 사람이라니 더더욱 특별하다.

천불용이 날카로운 눈으로 석요송을 살폈다. 그러나 특별한 것을 발견할 수는 없었다. 단지 은올기의 곁에 그가 서자 은올기가 거대한 산의 보호를 받는 것 같다는 느낌이 들 뿐이다. 그러나 천불용은 알고 있었다. 이런 느낌을 주는 사람이 강호에 흔치 않음을.

“싸워보겠나?”

은올기는 천불용의 움직임, 눈빛 하나 놓치지 않고 있었다. 그가 혈림의 수장으로 천하를 암중에서 움직인 것은 이런 침착하고 날카로운 눈길 때문이다.

은올기는 석요송의 등장으로 이미 천불용의 마음이 흔들리고 있다는 것을 알아챘다. 그러므로 어쩌면 오늘의 상황은 더 이상 분란 없이 끝낼 수도 있었다.

“물러난다면 오늘의 일은 거론치 않겠다. 난 이미 강호를 떠

난 몸이고, 혈림과 혈사신보는 가섭몽에게 넘어갔다. 새로 은원
을 만드는 것은 나로서도 반가울 것이 없지. 물러나면 오늘의
무례는 묻어두마.”

　은올기로서는 엄청난 양보를 한 셈이다. 그러자 천불용이 망
설이기 시작했다. 은올기의 제안은 아마도 마지막 기회일 것이
다. 거절하며 생사결을 펼쳐야 한다. 그런데 사람의 야망은 그
리 쉽게 잠재울 수 없다.

　“운을 시험해 보겠습니다.”

　“어리석구나!”

　팟!

　미처 자신의 말이 천불용의 귀에 들리기도 전에 허공을 날아
간 은올기가 번개처럼 검을 휘둘렀다. 그러자 그의 검에서 시뻘
건 검기가 노을처럼 번져 나가더니 한순간에 천불용이 데리고
온 무사 두 사람을 베어 넘겼다.

　“조심햇!”

　낭왕으로 생각되어지는 자의 다급성이 터졌다. 그러는 사이
은올기가 풍차처럼 회전하며 다시금 한 사람을 베어 넘겼다. 일
단 살수를 쓰기 시작한 은올기의 손속에는 인정이 없었다. 치열
한 생사결의 초식들이 그의 손에서 펼쳐졌다.

　천랑원의 고수들이 한순간 기세를 빼앗기고 양 떼처럼 뒤로
밀렸다. 은올기는 그런 천랑원 고수들을 몰아붙이며 계속해서
살검을 펼쳤다.

　“거기까지요!”

　한순간 낭왕이 은올기를 향해 뛰어들었다. 제법 무거워 보이

는 도가 도풍을 일으키자 은올기가 감히 경시하지 못하고 신중하게 낭왕의 도를 상대했다.

차앙!

낭왕의 도와 은올기의 검이 무섭게 엉켜들며 번갯불을 일으켰다. 두 사람이 동시에 서너 걸음 뒤로 물러났다. 그러자 그 기회를 노리고 천불용이 소리쳤다.

"모두 합공하시오!"

천불용의 명에 뒤로 물러만 나던 천랑원의 고수들이 정신을 차리고 빈틈없는 진세를 형성에 은올기를 공격하기 시작했다. 일단 단단한 진세를 만들자 은올기도 이제는 쉽게 천랑원의 무사들을 베기가 힘들어졌다. 은올기의 검세는 여전히 막강했지만 천랑원 무사들의 진세 역시 은올기의 공세를 막아내기에 충분해 보였다.

"이러면 보주의 힘이 떨어져 결국 당하게 될 거예요."

금불현이 석요송에게 말했다. 그러자 석요송이 금불현을 보며 말했다.

"조심해."

"제 한 몸은 지킬 수 있어요."

"좋아, 그럼 내가 그의 숨통을 좀 틔워주도록 하지."

석요송이 한마디 말을 남기고 천랑원 무사들을 향해 날아갔다.

"서시오!"

불쑥 석요송 앞에 천불용이 나타났다. 막 석요송이 천랑원 무사들이 펼친 진세에 부딪치려는 순간이었다.

"제삼자가 관여할 일이 아니오. 물러서시오."

천불용이 일단은 말로써 석요송에게 경고를 했다. 그러자 석요송이 나직하게 입을 열었다.

"난 제삼자가 아니오. 그가 날 친구라고 했으니 그 역시 나의 친구요. 친구의 위험을 외면할 수는 없는 일 아니오? 그리고… 물러나야 할 사람은 그대인 것 같소. 그 몸으론 절대 날 상대할 수 없소."

석요송의 대꾸에 천불용의 얼굴이 붉게 변했다. 자신이 무시당했다고 생각했는지 한줄기 노기도 드러났다. 그러나 그는 쉽사리 석요송을 향해 달려들지 않았다.

이미 석요송이 범상치 않은 사람이라는 것을 알아챘을 뿐 아니라 석요송의 말처럼 몸 상태가 완벽하지 않았다. 그래도 석요송의 길을 막을 수는 있다고 자신하는 천불용이었으므로 공격을 하지 않되 물러나지도 않았다. 그러자 석요송이 먼저 움직였다.

번쩍!

석요송의 검이 푸른 검기를 만들어냈다. 천광검 쾌의 초식이다.

"흡!"

천불용이 급히 숨을 들이켜며 몸을 틀었다. 그러자 미세한 파열음을 일으키며 한줄기 검기가 천불용의 등을 훑고 지나갔다. 예상은 했지만 석요송의 무공은 천불용을 놀라게 하기에 충분했다.

석요송이 다시 검을 휘둘렀다. 그러자 이번에도 역시 번개같이 한 줄기 검기가 흘러나와 천불용을 향해 꽂혔다. 순간 천불용이 급히 신형을 뒤로 뉘이며 석요송의 검기를 피했다. 그러자 그의 뒤에서 외마디 비명이 터졌다.

"악!"

천불용이 검기를 피하는 통에 그의 뒤에서 은올기를 공격하고 있던 천랑원의 무사 한 명이 속절없이 검기에 격중돼 목숨을 잃은 것이다. 석요송이 다시 신형을 날렸다. 그의 몸이 새처럼 허공을 날아 천불용을 넘어섰다. 그러고는 가차없이 검을 휘두르기 시작했다.

석요송의 검에서 줄기차게 천광검의 초식들이 흘러나왔다. 단의 초식을 제외하고 쾌와 환의 초식이 연이어 펼쳐질 때마다 천랑원의 무사들이 땅 위에 고꾸라졌다. 그러자 단단하던 천랑원 무사들의 진식이 흔들리기 시작했다.

"고맙네."

진식이 흩어져 포위가 풀리자 은올기가 석요송을 향해 한마디 말을 남기고 다시 천랑원 무사들 사이로 뛰어들었다. 그의 검이 붉은 기운을 흩뿌릴 때마다 천랑원 무사들이 속절없이 땅에 쓰러진다. 그리하여 순식간에 천랑원 고수의 숫자가 열 안쪽으로 줄었다.

이제 천랑원 고수들의 얼굴에서는 싸움에 대한 전의를 찾아볼 수 없었다. 그들 스스로 늑대라 불리는 자들이었지만 오히려 늑대에 몰리는 양 떼처럼 은올기의 검을 피해 사방으로 흩어졌

다. 그나마 은올기의 검을 상대하려 용기를 내는 자는 낭왕뿐이
었다.

"네가 죽어야 일이 끝나겠구나!"

은올기가 낭왕을 보며 소리쳤다. 그러자 낭왕이 두려운 빛을
보이면서도 물러나지 않고 은올기를 향해 달려들었다.

"무모하구나."

은올기가 한마디 노성을 터뜨리더니 검을 들어 낭왕의 도를
걷어냈다. 그의 검에서 붉은 기운이 핏빛처럼 흘러나왔다. 낭왕
이 은올기의 공력을 이기지 못하고 비틀거렸다. 순간 은올기가
낭왕을 향해 일장을 쳐냈다.

쾅!

"악!"

가슴에 일장을 허용한 낭왕이 피를 토하며 뒤로 날아가 땅위
에 나뒹굴었다. 그런데 그 순간 은올기가 낭왕을 뒤쫓지 않고
방향을 틀어 허공으로 치솟았다. 그러고는 한 바퀴 제비를 돌더
니 무서운 속도로 천불용을 향해 떨어져 내렸다.

서걱!

한순간 소름 끼치는 소리가 들려왔다.

"욱!"

천불용이 입에서 묵직한 신음성이 흘러나왔다. 그의 시선이
자신의 왼팔로 향했다. 그의 왼팔이 어깨 아래부터 깨끗하게 잘
려 나가 있었다. 그리고 다음 순간 한 자루 검이 그의 목에 드리
워졌다. 은올기의 검이다.

"목숨을 살려주마. 팔 하나로 죄를 물은 것을 고맙게 생각하

거라. 돌아가라. 가서 다시 힘을 길러봐라. 섭몽은 팔 하나가 잘리고도 오히려 더 강한 자가 되었지. 그 독심에 내가 그를 후계자로 정한 거다. 그러니 너도 네 스스로 강함을 스스로 증명해라. 그러면 혹 네게 다시 기회가 돌아갈 수도 있을지 모르겠다. 하지만 그 전에는 섭몽에게 복종해야 할 것이다. 왜냐하면 혈림의 주인으로서 섭몽은 나와 같은 자비가 없을 것이기 때문이다."

은올기가 서늘한 음성으로 말했다.

第十章 세월유수

　황하를 건너기 전 천불용을 만남으로써 요란한 환송식을 마친 석요송 일행은 천불용의 한 팔을 잘라 돌려보낸 후 서둘러 황하를 건넜다.

　물론 그가 다시 돌아올 리는 없겠지만 이상하게도 계속 강북 쪽에 머물다가는 과거의 인연에 얽매여 강을 건너지 못할 것 같은 불안감이 있었기 때문이다.

　황하를 건너자 세상의 분위기가 일변했다. 송의 도읍인 개봉에 가까워져서인지 아니면 초원에 뿌리를 둔 요의 땅에서 벗어난 때문인지는 알 수 없었다.

　과거 장성 아래가 송의 땅이었을 때에는 어땠을지 몰라도 연운십육주가 요의 손에 떨어진 이후 하북은 상무의 기상이 강렬한 초원 무사들의 땅으로 변해 있었다. 반면 강 이남은 여전히 농사를 짓는 자들의 땅이었다.

　온화한 기운이 그 공기에서부터 느껴진다. 그러자 마음이 편해졌다. 세 사람은 그 여유에 몸을 맡기고 천천히 개봉을 향해 움직였다.

　"개봉에 들어가면 조심해야 할 것이 있어."

　"뭐지요?"

　금불현이 조금은 흥분한 표정으로 은올기에게 물었다. 북방에도 큰 도움이 없는 것은 아니지만 개봉은 천하의 사람들에게 특별한 곳이다.

　아무리 북방의 사람들이 천하의 운명을 좌우하고 있다고 해도 찬란한 문치의 꽃을 피우고 있는 송의 개봉은 천하 만인이 한 번은 꼭 구경하고 싶어 하는 당대의 제일성이었다.

　금불현 역시 아직은 호기심 많은 젊은 여인이었으므로 개봉에 들어가는 일에 가슴이 뛰는 것을 어쩔 수가 없었다.

　"음, 개봉에 들어가면 거지들을 조심해야 해."

　"거지요?"

　금불현이 황당한 표정으로 은올기를 보며 되물었다.

　"그래, 거지. 무림에 몸담고 있으니 개방을 알겠지?"

　"그야 당연히……. 그런데 정말 그들이 그렇게 대단한가요? 요동이나 연경에선 그들이 보이지 않잖아요? 그래서 전 그들이 소문처럼 그렇게 대단한 세력을 가진 자들은 아니라고 생각했는데요."

　그러자 은올기가 고개를 저었다.

"그렇지가 않네. 개방은 엄연히 강호의 강자 중 하나일세. 물론 하북이 요의 땅이 된 후 중원의 개방도도 하북에서는 자취를 감췄지. 그러나 황하 이남 송의 땅에선 여전히 개방이 그 위력을 떨치고 있지.

그 개방이 탄생한 곳이 바로 개봉이네. 그래서 개봉은 천하 개방도의 고향과도 같은 곳이지. 개봉에서 거지들을 함부로 대했다가는 아주 곤란을 한 일을 겪게 되니까 조심해야 해."

"알겠어요. 그런데 그들을 한 번 만나보고 싶군요."

금불현이 호기심을 드러내며 말했다. 그러자 은올기가 얼른 손을 저으며 말했다.

"아서. 그자들과는 아예 어울리지 않은 게 상책이네. 그들이 독한 사람들은 아니지만 무척 귀찮은 사람들임은 분명해. 한 번 인연을 맺으면 언제든 아는 척을 한단 말씀이야. 시도 때도 없이. 더군다나 그들의 눈은 강호에서 가장 밝으니 피하려야 피할 수도 없는 존재들이지."

은온기가 눈살을 찌푸리며 말했다. 그러자 금불현이 눈을 가늘게 뜨며 뭔가를 짐작한 듯한 표정으로 물었다.

"이제 보니 아는 분이 계시는군요?"

"음, 몇 사람 알지."

"무척 귀찮으셨나 봐요?"

"그랬지. 특히 황개 복동이란 자는 정말……. 아, 그를 만나면 안 되는데."

"왜요?"

금불현은 점점 흥미가 돋는 모양이다.

"그자는 무척 귀찮은 자야. 한 번 만나면 적어도 금자 열 냥어치의 술을 사지 않고는 벗어날 수가 없지."

"천하의 혈사신보주께서 그런 일을 당하세요?"

금불현이 묻자 은올기가 정색을 하며 말했다.

"그는 나와는 참 기이한 운명으로 얽힌 사람이지. 허허, 뭐 나쁜 인연은 아니야. 단지 한 번 만나면 백 냥은 너끈히 써야 한다는 것이 문제지. 그런데 내가 황하를 넘으면 귀신같이 날 찾아온단 말씀이야. 허허, 그래서 개방이 무섭다는 거야."

은올기의 말에 석요송과 금불현의 입가에 절로 미소가 지어졌다. 천하의 은올기가 누군가를 이렇게 겁내는 것을 처음 보았기 때문이다.

석요송은 아마도 그의 눈앞에 펼쳐진 도읍이 세상에서 가장 큰 도읍일 거라고 생각했다. 송의 중도(中都)인 개봉은 사람으로 넘쳐났다. 북방에선 호랑이 같은 초원의 민족들이 호시탐탐 남하를 노리고 있는 와중에도 개봉은 세상의 모든 사람들을 빨아들일 것처럼 흥청거렸다.

은올기가 능숙하게 마차를 몰아 개봉 남쪽에 위치한 객잔으로 향했다. 아마도 그가 중원행을 할 때마다 들른 곳인 모양이다. 객잔의 이름은 구천루였는데 아마도 아홉 채의 객잔 건물을 가지고 있어 그를 두고 지은 이름인 듯싶었다.

그러나 객잔이 이름처럼 화려한 것은 아니었다. 치장을 요란하게 한 것도 아니고 새로 지은 것도 아니어서 손님이 그리 많지 않았다. 덕분에 오히려 세 사람이 조용히 쉬어갈 수 있는 곳이었다.

"어서 오십시오."

객잔에서 일하는 아낙이 부드러운 목소리로 석요송 일행을 맞이했다.

"방이 있소?"

"그럼요. 저희 객잔에는 처음이신지요?"

아낙의 목소리가 차분하면서도 낭랑하다.

"예전에 두어 번 들른 적이 있소. 그런데 주인이 바뀐 모양이군."

"눈이 좋으시군요. 맞습니다. 저희 주인께서 두해 전에 객잔을 사셨어요."

"그러셨구려. 좋은 객잔을 사셨소."

"저희도 운이 좋다고 생각하고 있습니다. 어느 곳의 방을 드릴까요?"

"난 항상 중천에 머물렀는데……."

"알겠습니다. 이리로……."

아낙이 손수 일행을 안내했다. 아낙이 세 사람을 데려간 곳은 아홉 채의 건물 중 중앙에 위치한 건물이었다. 아마도 그래서 그 건물의 이름을 중천이라 부르는 모양이다.

아낙의 안내에 따라 들어간 방은 이층의 객방이었는데 세 사람은 두 개의 방을 얻었고, 석요송과 금불현이 한 방에 들어갔다.

"여기가 개봉이군요."

객방에 들어가자 금불현이 창을 활짝 열고 광대하게 펼쳐진 개봉 성내를 바라보며 감격스럽게 말했다.

"크지?"

석요송도 이럴 때는 젊은이의 호기심이 동하는 모양이었다.

"개봉도 이 정도인데 항주는 어떨까요?"

"항주?"

"세상에서 가장 아름다운 도읍이라고 하잖아요. 크기로야 개봉보다는 크지 않겠지만."

"그런가? 어쨌든 결국은 들르게 되겠지. 그곳에서 배를 탈 테니까."

"갈 때는 운하를 타고 내려가요."

금불현이 말했다.

"그게 좋겠지. 중원에 와서 대운하를 구경하지 않을 수는 없으니까."

석요송이 창으로 다가와 금불현 곁에 서며 말했다. 그러자 금불현이 조심스럽게 물었다.

"이곳에서도 찾아볼 사람들이 있겠지요?"

금불현의 질문에 석요송이 고개를 끄덕였다.

"응, 이곳에 있는 석문의 식솔들이 무사하다면 도주와 소도주는 나와의 약속을 지킨 것이라고 할 수 있지."

"어디 사는지는 아세요?"

"지난번에 들렀던 곳에서 들었어. 이곳 개봉에서 서점을 하는 분이 계신데 그분을 만나면 다른 식솔들의 소식도 들을 수 있을 거야."

"안타까운 일이에요."

금불현이 씁쓸한 표정으로 말했다.

"뭐가?"

"마치 이렇게 도망자들처럼 숨어 살아야 하니 말이에요."

"그만큼 강호의 은원은 헤어 나오기가 어려운 거지. 하지만 결국 두어 세대가 지나면 그 후손들은 완전히 자유로워질 거야. 그때는 석문이라는 이름조차도 모르는 사람들이 태어나겠지. 영원히."

"그럴까요?"

"할아버님이 그리 명하셨으니까."

그러자 금불현이 고개를 저었다.

"비록 그런 명이 내려졌다고 해도 아마 천하의 석문 식솔들은 뿌리를 잊지 않을 거예요. 아무리 토하곡주님이라 해도 뿌리를 기억하려는 사람들에게는 그 명이 통하지 않을 거예요. 그런데 언제 만나실 거죠?"

"내일."

"이번엔 저도 함께 가요."

그러자 석요송이 금불현을 돌아봤다. 금불현이 어깨를 으쓱하며 물었다.

"아직도 자격이 안 되는 건가요?"

"아니, 충분해."

은올기를 떼어놓는 일은 그리 어렵지 않았다. 은올기는 눈치가 빠른 자였다. 그는 아마도 석요송이 금불현과 오붓한 시간을 보내고 싶어 한다고 생각했을 것이다.

그래서 고민없이 석요송과 금불현을 보내고 자신은 따로 시간을 보내겠다고 했다. 석요송이 석문의 사람을 만나러 가리라고는 꿈에도 생각지 못하는 은올기였다.

아침 일찍 나선 길은 한가했다. 아직은 장사치들이 장사를 시작할 때가 아니었다. 시전의 점포 중 문을 연 곳은 열에 하나도 되지 않았다. 조용한 길이라 산책하기도 수월했다.

석요송과 금불현은 문을 열지 않은 점포들을 기웃거리며 천천히 개봉 성내의 시전을 따라 걷다가 한순간 방향을 틀어 서북쪽의 길로 향했다. 아주 오래전부터 잘 알아온 길처럼 석요송의 행보에는 망설임이 없었다.

그렇게 객잔을 나서 한 시진 정도 걸은 후 석요송과 금불현이 오래된 서점 앞에 이르렀다. 고개를 들어보니 출입문 위쪽에 만서고(萬書庫)라는 낡은 현판이 눈에 들어온다. 비록 오래된 현판이지만 그 글씨에 힘이 느껴지는 것이 명필의 글임이 분명했다.

"여긴가요?"

"응, 들어가지."

석요송이 고개를 끄덕이고는 망설이지 않고 서고 안으로 들어갔다. 그러자 금불현이 고개를 빠끔히 서점 안으로 들이밀어 안을 살피고는 석요송의 뒤를 따랐다.

"어서 오세요."

서점 안으로 들어서자 한 명의 소녀가 바쁘게 달려나와 석요송과 금불현을 맞이했다.

"찾으시는 서책이 있으세요?"

소녀가 총명한 눈빛을 하고는 묻는다. 붙임성있는 소녀의 말투에 석요송과 금불현의 얼굴에 저절로 미소가 돋는다.

"지나가다 들렀구나. 잠시 둘러보아도 되겠느냐?"

"그럼요. 얼마든지요."

소녀가 고개를 끄덕였다.

"그런데… 너 혼자니?"

이번에는 금불현이 조심스레 물었다. 그러자 소녀가 얼른 대답했다.

"아니에요. 할아버지와 함께 있어요. 마침 찻물을 기르러 가셨으니 조금 후엔 오실 거예요."

"알겠다. 그럼 우린 서책을 살펴보마."

석요송의 말에 소녀가 고개를 꾸벅하고는 아마도 그녀의 할아버지가 서점을 지키는 자리로 짐작되는 계산대 쪽으로 다가가 작은 의자에 살랑 올라 앉아 서책을 읽기 시작했다.

"석가의 사람들은 모두 책을 좋아하나 봐요."

금불현이 나직하게 속삭였다. 그러자 석요송이 미소를 지으며 대답했다.

"모두는 아니지. 나 같은 칼잡이도 있으니까."

"그야 뭐 가가 탓인가요?"

금불현이 미소를 지으며 대답을 하고는 서간 사이로 걸어 들어갔다. 석요송도 그런 금불현의 따라 오래된 종이 향이 풍기는 책 속으로 향했다.

만서고는 이름에 걸맞게 만 권은 족히 됨직한 서책을 가지고 있었다. 단지 흠이라면 그 서책이 모두 오래되거나 해진 고서들이란 점이었는데, 한편으로는 그런 서책들의 모습에서 만서고의 연륜이 느껴지기도 했다.

석요송과 금불현은 한동안 서책의 향취에 빠져 있었다. 무인으로 살아와 서책을 가까이하는 것이 힘든 삶이었지만 이제 강호의 은원을 끊고 세상을 여행하고자 하는 두 사람에게 서책만큼 좋은 친구도 없었다.

그렇게 얼마나 지났을까. 문득 석요송은 어느 순간부터 자신을 주시하는 한 가닥 시선을 느꼈다. 석요송이 시선을 돌렸다.

그러자 백발의 노인이 서간의 끝 쪽에서 물끄러미 자신을 바라보고 있는 것이 보였다. 노인은 석요송이 자신을 바라보자 무심한 표정으로 물었다.

"찾으시는 서책이라도 있소?"

노인의 물음에 석요송이 앞서 뽑아 들고 있던 서책 하나를 가지고 노인에게로 다가갔다. 그러고는 말없이 노인에게 서책을 내밀었다. 순간 노인의 표정이 변했다. 늙은 눈에서는 한줄기 기광이 번뜩인다. 석요송이 내민 책이 표지엔 천지기행이란 책의 제목이 흐릿하게 쓰여 있다.

"아주 재미있는 책을 찾으셨구려."

노인이 슬쩍 서점 안을 살피며 말했다. 이른 시각이라 서점 안에는 오직 금불현만이 있을 뿐 다른 손님은 없었다.

"고향이라서요."

석요송이 대답했다. 순간 노인의 눈이 다시 번쩍인다.

"들어가서 차나 한 잔 하십시다."

절대 보통의 손님을 대하는 태도가 아니다. 그러자 석요송이 고개를 돌려 금불현을 불렀다.

"금매!"

"네, 가가!"

금불현이 얼른 석요송 곁으로 다가왔다. 그러자 노인이 다시 놀란 표정으로 금불현을 살폈다. 금불현은 여전히 남장을 하고 있어서 두 사람이 서로를 부르는 호칭이 노인에게 어색한 모양이었다.

"여행을 하다 보니 남장이 편해서요."

노인의 마음을 읽은 금불현이 재빨리 말했다. 그러자 노인이 고개를 끄덕이더니 다시 물었다.

"혼인을 하셨소, 두 분?"

"그렇습니다."

이번에는 석요송이 대답했다.

"그렇구려. 그럼 함께 들어갑시다."

노인이 석요송과 금불현을 이끌고 소녀가 서책을 읽고 있는 계산대를 지나 그 뒤쪽으로 이어진 문을 열었다. 석요송과 금불현은 노인이 이끄는 대로 서점의 뒤쪽으로 나갔다.

서점의 뒤쪽으로 나서는 순간 두 사람이 나직한 탄성을 흘렸다. 서점 뒤쪽에는 작은 정원이 있었는데 그 정원이 풍기는

고즈넉한 분위기가 사람의 심신을 정갈하게 만드는 힘이 있었
다.

"내 심심풀이로 가꾸는 곳인데 괜찮소?"

노인이 석요송을 보며 물었다.

"기품이 있군요."

"이런 정원은 처음 봐요."

석요송과 금불현이 번갈아 대답했다. 그러자 노인이 미소를
지으며 대답했다.

"아주 오래전 제가 모시던 분이 진법 하나를 전수해 주셨는
데 그 진법을 바탕으로 만든 정원이라오. 그러나 걱정은 하지
마시오. 사람을 죽이는 사진이 아니라 사람의 생기를 돋워주는
활진이니."

노인이 미소를 지으며 석요송과 금불현을 정원과 이어져 있
는 작은 기와집으로 이끌었다. 기와집은 세상 어디서도 볼 수
없는 독특한 모양을 하고 있었는데, 노인은 그 오른쪽에 위치한
대청으로 두 사람을 데리고 들어갔다.

"앉읍시다."

노인이 작은 서탁을 가운데 두고 놓인 의자에 석요송과 금불
현이 앉기를 권했다. 그러자 석요송과 금불현이 노인의 권유에
따라 자리를 잡고 앉았다.

두 사람이 자리를 잡고 앉자 노인이 은근한 목소리로 물었다.

"그래, 어디서 오셨소?"

"금문에서 왔습니다."

순간 노인의 표정이 일변했다. 그의 손이 탁자 밑에서 살짝

흔들리는 듯 보였다. 아마도 진기를 끌어올리거나 혹은 숨겨두었던 도검을 잡았을 수도 있었다. 그러자 석요송이 급히 말했다.

"그렇다고 금문의 사람은 아니니 걱정 마십시오."

"천지기행은 어찌 아셨소?"

노인이 다시 물었다. 천지기행은 앞서 서간에서 석요송이 뽑아 노인에게 건네주었던 서책이다.

"인황촌의 촌주께 들었습니다. 만서고에서 천지기행을 뽑으면 어르신을 만날 수 있을 거라 하더군요."

"음… 내 이름을 알고 있소?"

"가명은 송길상이고 본명에선 인 자, 홍 자를 쓰신다고 들었습니다."

"허, 그 인황촌주가 왜 그것까지 말했단 말이오? 그렇다면 그대의 신분 역시 범상치 않을 터, 누구신가?"

노인이 정색을 하며 물었다. 그러자 석요송이 자리에서 일어나 노인에게 포권을 했다.

"인사드립니다. 요송이라 합니다."

"요… 송… 요송!"

노인이 화들짝 놀란 눈으로 석요송으로 바라봤다. 그러자 석요송이 가만히 고개를 끄덕였다.

"정말… 정말 소주십니까?"

노인이 믿을 수 없다는 듯 다시 물었다. 그러자 석요송이 웃으며 말했다.

"소주라니요. 그런 말씀 마십시오. 석문이 어디 문주의 혈손이라고 대를 잇던가요? 석가의 사람 중 능력있는 사람이 문주의 직을 이어받지요. 그런데 소주라니요. 더군다나 지금이야 더더욱……."

석요송이 말꼬리를 흐렸다. 석숭이 석문도를 천하에 흩어버린 이후엔 석문의 문주는 허울 좋은 허명일 뿐이다.

종내에는 그저 토하곡 일촌만이 석문의 흔적으로 남아 있을 것이니.

개봉에 정착한 송길상, 아니, 석인홍에겐 석문의 문주라는 이름이 그리 중요한 문제가 아닐 것이라고 석요송은 생각했다.

그런데 석요송의 말을 들은 석인홍이 예상치 못한 행동을 했다. 그가 자리에서 일어나더니 갑자기 석요송을 향해 큰절을 하는 것이었다. 순간 석요송이 당황해 얼른 석인홍을 일으켰다.

"이게 무슨 일입니까? 전 가문의 후손일 뿐입니다."

그러자 석인홍이 고개를 젓는다.

"아닙니다, 소주. 저희가 본색을 숨기고 천하에 흩어져 산다고 한들 어찌 본가의 권위를 한시라도 잊겠습니까? 소주께서 석문 문도의 안위를 위해 금문에 들어가 고초를 겪고 있다는 소식은 이미 오래전에 들었습니다. 그리고 최근에는 천록야에서 돌아가셨다는 소식을 들었는데… 이렇게 살아계신 모습을 뵈니 이 늙은이 너무 기뻐서 춤이라도 추고 싶습니다."

석인홍의 목소리가 잘게 떨린다. 그가 얼마나 흥분했는지를 여실히 보여주는 목소리다.

"그리 말씀해 주시니 고맙습니다. 그러나 제게 이런 과례는 하지 마십시오. 누구라도 그 상황이면 문도들을 위해 그리했을 것입니다."

"아니지요. 그렇지가 않지요. 그런 일은 누구나 쉽게 할 수 있는 일이 아닙니다. 소주님에 대한 고마움과 안타까움은 우리 석문도 모두가 가지고 있는 것이지요. 그래서 일부는 다시 힘을 모아 금문에 대항하자고 하는 사람도 있었지만 그 일은 가주께서 엄명으로 금한 일이라 차마 검을 들고 요동으로 가지 못했습니다."

그러자 석요송이 웃으며 말했다.

"잘하셨습니다. 이제 금문과의 인연을 어렵게 끊은 마당에 저 하나 때문에 다시 인연을 맺는 것은 어리석은 일이지요. 그리고 제가 이렇게 살아 있지 않습니까?"

석요송의 말에 석인홍이 무릎을 치며 말했다.

"그렇지요. 역시 가주님의 말씀이 옳았어요. 가주께서 말씀하시길, 소주의 사주와 관상에 요절할 일은 없다고 하셨지요."

"할아버님을 언제 만나셨나요?"

"소주께서 돌아가셨다는 말을 듣고 저와 몇몇 늙은이가 토하곡으로 가주님을 뵈러 갔었지요. 절대 이대로 있을 수는 없다는 생각이 들어서. 뭐, 가주께 큰 꾸지람만 듣고 물러났지만 말입니다."

"건강하시던가요?"

석요송이 물었다. 그가 석숭을 보지 못한 것이 벌써 몇 년째

이던가.

"아직은……. 그런데 언제 돌아가실 건지요?"

석인홍이 반문했다.

"항주까지 여행을 한 후 항주에서 배를 타고 압록으로 들어갈 생각입니다."

"음… 그럼 꽤 먼 길이 되겠군요. 문주께선 소도주께서 살아 계시다는 것을 알고 계십니까?"

"개봉까지 오면서 몇 군데 석가의 형제들이 사는 곳을 살폈으니 지금쯤은 소식이 전해졌겠지요."

"보고 싶어 하실 겁니다."

석인홍이 말했다.

"할아버님은 인내심이 무척 강한 분이시지요."

석요송의 말에 석인홍의 얼굴이 어두워졌다.

"혹 원망하십니까?"

"아주 가끔은 그렇지요. 저도 사람이니까. 그러나… 역시 그럴 만한 사정이 있었으니 크게 원망치는 않습니다. 내가 토하곡으로 가지 않고 중원으로 온 것은 석문의 형제들이 어찌 살고 있나 그것을 살피기 위함입니다. 과연 금문이 나와의 약속을 지켰는지 그것을 내 눈으로 확인하고 싶었지요. 그래야 앞으로 그들을 어찌 대할지 그것을 결정할 수 있으니 말입니다. 금문의 눈길은 없습니까?"

석요송이 물었다. 그러자 석인홍이 조심스럽게 대답했다.

"석문의 형제들을 살피는 자들의 모습은 찾을 수 없습니다. 그러나… 사람 사는 곳에 있는 이상 금문의 눈을 온전히 피할

수는 없지요. 가끔 알 수 없는 시선을 느낄 때가 있습니다. 그러
나 그 눈초리가 금문의 사람들이라고는 확신할 수 없지요. 또한
부러 우리를 살피려는 것인지 우연히 보게 된 것인지도 모르겠
고."

석인홍의 말에 석요송이 고개를 끄덕였다.

"표면적으로는 약속을 지켰다는 것이군요."

"그렇지요."

석인홍이 대답했다. 그러자 석요송이 잠시 생각에 잠겼다가
입을 열었다.

"혹시라도 형제들에게 혈사가 일어난 일은 없습니까?

"그런 일은 없었습니다. 형제들도 워낙 조심하며 살고 있기
에……."

"알겠습니다. 그럼 그리 알고 돌아가지요."

"이대로 말입니까?'

석인홍이 화들짝 놀란 표정으로 물었다. 그러자 석요송이 대
답했다.

"짧을수록 좋은 만남이지요."

"하지만 한 끼 식사라도 대접해 드리고 싶습니다. 어찌 이대
로 소주를 보내드린단 말입니까?'

"만약의 경우 누군가 살피는 눈이 있다면 제가 이곳에 오래
머무는 것은 이상한 일이지요."

"그렇기는 하지만……."

"모든 것은 조심하는 것이 좋습니다. 금문에는 노련하고 뛰
어난 모사들이 많습니다."

　석요송이 말을 하며 자리에서 일어났다. 석인홍이 말릴 여유도 주지 않았다. 석요송은 금불현을 데리고 다시 서고로 돌아왔다. 석인홍은 줄곧 석요송의 뒤를 따랐는데 그의 얼굴에 아쉬움이 가득하다. 석요송은 두 권의 책을 집어 들고 석인홍에게 작별을 고했다.

　“그럼 평안하십시오.”

　“잠시만……..”

　석인홍이 서점을 나서려는 석요송을 불러 세우고는 급히 지필묵으로 글을 적어 붉은 첩지에 싸 석요송에게 꺼냈다.

　“항주에 가시거든 추풍가라는 곳을 찾아 그 가주를 만나십시오. 본명은 석광이라는 사람인데 지금은 대옥상이라는 이름으로 살고 있지요. 장강 이남의 석문도를 이끌고 있습니다.”

　“알겠습니다. 그리하지요.”

　“그리고 이건…….”

　석인홍이 재빨리 품속에서 지전을 꺼내 석요송의 손에 쥐어 준다.

　“금자라면 저도 충분히 있습니다.”

　석요송이 사양했다. 사실 그에겐 금자가 별로 없었다. 그러나 여행 중 소용되는 금자는 모두 은올기가 부담하고 있었기에 석요송에게 재물은 그리 필요가 없었다.

　“부족하실 것 같아 드리는 것이 아닙니다. 그저 아쉬움이지요. 이렇게라도…….”

　석인홍의 말에 석요송이 더 이상 사양치 않고 지전을 받았다.

그러고는 진심으로 당부했다.

"건강하세요."

"이 늙은이 걱정은 마십시오. 소주님이야말로……."

다시 보지 못할 수도 있었다. 아무런 일이 벌어지지 않는다면 토하곡과 석문 문도들의 인연은 조용히 멀어질 가능성이 컸다. 혹은 또 모르는 일이다, 인간은 그 뿌리에 대한 애착이 강하므로 대를 이어 토하곡을 찾을지도. 그러나 어쨌든 오늘의 이별이 마지막일 수도 있었으므로 석인홍의 슬픔이 마음으로 전해졌다.

그러나 이별은 빠른 것이 좋다. 단 한 시진도 되지 않는 만남이었지만 먼 과거로부터 이어온 혈족의 정이 솟아올라 이별을 어렵게 만들었다. 그러나 석요송은 금불현을 이끌고 단호하게 서점을 나섰다.

"슬픈 일이에요."

문득 금불현이 말했다.

"뭐가?"

"꼭 그런 결정을 하셔야 했을까요?"

"누구 말이야?"

"곡주님이요. 꼭 이렇게 문도들에게 석씨 성을 버리게 하면서까지 석문을 해체해야 했을까요?"

"그만큼 금문과의 인연이 질기다는 것이지. 보라고 금매, 나도 이미 금문과 뗄 수 없는 인연을 맺었잖아. 금문의 여인을 아내로 삼았으니."

석요송이 미소를 지으며 말했다.

"그래서 불만이에요?"

"하하, 아니야. 단지 사람의 인연이란 독하지 않으면 끊어진다는 말이지. 어쨌든 별일 없이 사는 것을 보니 기뻐."

"그럼 다행이고요. 어서 가요. 혈사신보주께서 노하시겠어요. 우리끼리만 돌아다닌다고요. 그 무서운 혈사신보주의 심기를 불편하게 하면 안 되죠."

금불현이 농을 했다. 아마도 은올기의 내심이 그리 좋지만은 않으리라는 생각 때문일 것이다.

그런데 석요송과 금불현이 그들이 묵고 있는 객잔에 돌아왔을 때 두 사람은 금불현의 걱정이 기우임을 알 수 있었다. 조용했던 객잔이 떠들썩하다. 금불현이 살짝 인상을 찌푸렸다.

"거지들 아니에요?"

"아무래도… 그 사람을 만나신 것 같군."

"황개 복동이란 사람이요?"

"응, 그렇지 않다면 거지들이 객잔에 몰려와 있을 리가 없지."

객잔에 들어와 있는 거지의 숫자는 대략 십여 명 정도였다. 그들이 두 개의 탁자에 나눠 앉아 게걸스레 음식을 먹고 있었는데, 그 모습을 보고 객잔의 주인 아낙이 죽을상을 짓고 있었다.

그러던 그녀가 석요송과 금불현이 객잔으로 들어서자 바람같이 달려와 두 사람의 소매를 끌었다. 그러고는 계산대 뒤쪽으로 두 사람을 데려가더니 이내 사정하며 말했다.

"아이고, 손님들, 제발 좀 살려주세요."

"무슨 말이세요?"

금불현이 의아한 표정으로 물었다.

"아니, 두 분과 함께 오신 그 어르신께서 글쎄 저렇게 거지들을 데리고 오셔서 음식을 주라 하시니 이걸 어쩝니까?"

"값을 치르지 않으셨어요? 그럴 분이 아닌데?"

금불현이 고개를 갸웃했다.

"물론 값은 치르셨지요. 하지만 음식값이 문제가 아니라 저렇게 거지들이 진을 치고 있느니 어디 다른 손님들이 객잔에 들겠습니까? 벌써 들어오다 말고 나간 사람이 열이 넘습니다. 그러니 제발 좀……."

무슨 말인지 더 이상 듣지 않아도 알 수 있었다. 그러나 은올기가 손님으로 데려온 사람을 함부로 내칠 수도 없는 일이다.

"일단 저희들이 어르신을 만나볼게요."

"제발 좀 그래주세요. 아이고, 벌써 해가 기울어지기 시작했는데 손님을 하나도 받지 못하고 있으니……."

아낙의 불평을 뒤로하고 석요송과 금불현이 아홉 개의 객잔 건물 중 중천으로 향했다. 그러자 문 안으로 들어서기도 전에 안쪽에서 호탕한 목소리가 흘러나왔다.

"히히힛, 그래서 내가 그 망할 왕가 놈의 점포 앞에 똥을 싸질러 놓았지. 그러니까 그 다음날 바로 효과가 있더구려. 왕가 놈이 정중히 자신의 집으로 초대를 하는 거야. 이 거지를 말이야.

하하하! 그래서 그놈 집에 가서 삼 일간 포식을 하고 나오지 않았소?"

"호호호, 하여간 노개의 심술을 말릴 수가 없구려."

"거지가 심술이 없다면 굶어 죽을 수밖에 없다오. 응?"

석요송과 금불현이 객방의 문을 열고 들어가자 호탕한 웃음을 터뜨리며 술추렴을 하고 있던 은올기와 늙은 거지가 고개를 돌려 두 사람을 바라봤다.

"그래, 시전 구경은 잘했는가?"

은올기가 먼저 반갑게 두 사람을 맞았다.

"잘 다녀왔습니다. 그런데 손님이 계시군요."

석요송이 물러날 것처럼 말하자 은올기가 얼른 손을 저었다.

"가지 말게. 내 이야기했지? 이분이 바로 내가 말한 개방의 노옹 황개 어른이네."

은올기가 얼른 늙은 거지를 소개한다. 그러자 석요송이 얼른 포권을 취하며 말했다.

"강호의 노옹을 뵈어 영광입니다."

"노옹은 무슨… 그저 늙은 거지인걸. 사람들이 날 황개 복동이라고 부르네. 그런데 자네가 이 양반의 친구라고?"

황개 복동이 조금 놀란 표정으로 물었다. 그러자 은올기가 먼저 대답했다.

"그렇소. 이 젊은이는 석호라고 하는데 얼마 전 우연히 인연을 맺어 함께 여행을 하고 있소. 젊은 친구지만 무공은 천하제일이요, 타고난 성품은 인의대협이니 나 은망의 친구가 되기에 부족함이 없는 사람이오."

아마도 은올기는 황개 복동에게 자신의 이름과 석요송의 이름을 감추고 있는 듯 보였다. 하긴 두 사람의 이름은 이미 황하 이북의 무림에선 아는 사람이 많으니 이름을 숨기지 않을 수 없었을 터였다.

"천하제일의 무공이라……. 다른 사람이 말했다면 한바탕 비웃어주었겠지만 은 노사가 그리 말하시니 아니 믿을 수도 없고, 그래, 사문이 어딘가?"

"사부 한 분을 모시고 무공을 수련했으니 사문이 있다고 하기는 어렵지요."

석요송이 얼른 둘러댔다. 그러자 황개 복동이 한순간 날카로운 눈으로 석요송을 살피고는 다시 흐릿한 안광을 흘리며 말했다.

"이 늙은 거지는 친구 사귀는 것을 평생의 업으로 삼아왔지. 왜냐하면 친구가 많으면 동냥질을 하기가 편하거든. 그러니 나와도 친구를 하시겠나? 은 노사의 친구면 내 친구가 될 자격은 충분하지."

"제가 어찌 감히 어르신의 친구가 될 수 있겠습니까. 그저 후배로서 인연을 맺어주시면 감사할 다름이지요."

"하하하, 젊은 친구가 아주 사람이 되었어. 그런 의미에서 술이나 한잔 사게."

황개 복동이 때를 놓치지 않고 술을 사내라고 다그쳤다. 그러자 석요송이 빙그레 웃으며 말했다.

"오늘은 과하게 드신 것 같으니 다음 기회에 모시지요. 들어오다 보니 이곳 객잔의 여주인이 죽을상을 하고 있더군요. 벌써 손님을 여럿 놓쳤나 봅니다."

석요송의 말에 황개가 입맛을 다시며 말했다.

"음, 역시 사리 분별이 분명한 친구군. 하긴 내가 좀 오래 있기는 했지. 거기에 아침부터 술추렴이니 주인이 좋아할 리 없지. 나도 동냥질을 하고 살려면 이쯤에서 물러나 주는 것이 거지의 예법이겠지? 이보시오, 은 노사."

"말씀하시구려."

"개봉은 언제 떠나실 거요?"

"이틀 후에는 떠날 거요."

"어디로 가시려오?"

"항주에 가볼까 생각 중이오."

"항주, 좋지. 먹고살기 좋은 곳이지. 좋소. 그럼 이틀 뒤 성 남문 밖에서 봅시다. 내 송별주를 한잔 따라드리리다."

"그렇게까지야……."

"아니요. 우리 나이가 이제 지긋하니 이번에 작별하면 언제 또 만날지 기약할 수 없지 않소? 그러니 내가 어찌 송별의 정을 나누지 않을 수 있겠소. 그럼 이틀 뒤에 봅시다."

황개 복동이 말릴 사이도 없이 자리에서 일어나더니 휑하니 객방 문을 나섰다. 그리고 중천을 벗어나 객잔의 출입구가 있는 건물 쪽으로 걸어가며 소리쳤다.

"이 거지 놈들아! 그만 먹고 가자! 동냥질에도 예법이 있는 법이니라!"

이별이 아쉬워 며칠을 두고 술을 마셨다는 두보의 고사는 차

치하고라도 은올기와 황개 복동의 이별은 이상하게도 눈물겨워
보였다.

두 사람은 남문 밖 송림에 앉아 장장 반나절 동안 술잔을 기
울였다. 오늘은 황개도 거지 수하들을 데리고 나오지 않았다.
그가 개방의 구결장로임을 생각하면 특별한 일이 아닐 수 없었
다.

"둘이 정말 그저 강호에서 만난 사이일까요?"

"왜?"

"너무 애절해 보여서요. 모르는 사람이 보면 형제인 줄 알겠
어요."

금불현의 말에 석요송도 고개를 끄덕였다. 그러고는 유심히
두 사람을 살피다가 나지막하게 탄성을 흘렸다.

"아!"

"왜요? 무슨 일이에요?"

"아니… 나중에 말해줄게."

석요송이 입을 닫고는 다시 송림 아래 두 사람을 깊은 눈으로
살폈다.

"가겠소."

문득 은올기가 자리를 털고 일어났다. 그러자 황개 복동도 지
금까지 이별이 아쉬워 술잔을 붙들고 있던 사람답지 않게 선선
히 자리에서 일어났다.

"가시구려."

황개가 손짓을 한다. 그러자 은올기가 황개 복동을 송림 아래
놓아두고 석요송과 금불현이 있는 곳으로 다가왔다.

“가세.”

은올기가 덤덤히 말하고는 훌쩍 신형을 날려 마부석에 올랐다. 연경에서부터 몰고 온 마차 그대로다.

석요송과 금불현이 지금까지의 애절함과 달리 너무나 쉽고 빠른 이별에 놀라면서도 얼른 마차에 올랐다. 그러자 은올기가 힘차게 말을 몰았다.

“가자! 핫!”

은올기의 요란한 소리에 말이 놀라 울음을 울더니 이내 남쪽을 향해 달리기 시작했다. 그러자 송림 아래에서 은올기가 떠나는 것을 보고 있던 황개 복동이 들고 있던 술병을 들어 통째로 술을 들이켠 후 슬쩍 멀어지는 마차를 보며 중얼거렸다.

“잘 가우, 형님.”

“예? 형제라고요?”

금불현이 화들짝 놀란 표정으로 은올기에게 되물었다. 그러자 은올기가 고개를 끄덕였다.

“맞네, 우린 형제야. 한 어머니의 뱃속에서 태어났지. 그런데… 자넨 놀라지 않는군.”

은올기가 석요송을 보며 물었다. 그러자 석요송이 담담히 대답했다.

“형제까지는 아니어도 인척이실 거라고는 생각했습니다.”

“어떻게?”

“두 분이 닮아서요.”

석요송의 대답에 금불현이 급히 물었다.

“좀 전에 그걸 알아채신 거예요? 송림 아래서?”

“그래, 그때 두 분이 무척 닮았다는 것을 깨달았지. 그러고 보니 너무 이상하더군. 도대체가 혈사신보주와 개방의 장로가 어떻게 친구가 될 수 있었는지. 아무리 강호의 인연은 하늘이 정한다고 해도 말이야. 색다른 인연이 있을 수밖에 없다고 생각하게 된 거지.”

“흐흐, 정말 눈썰미가 좋군. 음… 우리 형제는 어려서 헤어졌네. 내가 열다섯 때일 거야. 아우는 나와 쌍둥이로 태어나 나이가 같았지. 조실부모하고 먹고살 길이 막막해 천하를 헤매다가 이곳 개봉에서 인파에 밀려 헤어지게 되었는데 그때 난 전대 혈사신보주의 눈에 들었고, 아우는 개방 방주의 눈에 들게 된 거지. 그렇게 헤어져 다른 길을 가다 내가 혈사신보의 정식 보주가 된 후 강호를 돌아볼 때 이 개봉에서 다시 만나게 되었네. 그러나… 서로의 신분은 숨길 수밖에 없었어. 난 요 황실의 뒤에 있는 혈사신보주이고 아우는 중화의 자존심이 무척 강한 개방의 장로였으니까. 그래도 이렇게 간혹 보고는 살았지. 그것도 이게 마지막일까?”

“왜 그런 생각을 하세요?”

금불현이 불길한 표정으로 물었다.

“글쎄, 나도 잘 모르겠는데 이상하게 그런 생각이 들더라고. 아마 아우도 그 때문에 나를 오래 잡아두었을지도 모르지.”

“반드시 다시 만나게 되실 거예요.”

“하하하, 나도 그러길 바라네. 자, 좀 달려볼까. 벌써 항주 미

녀들의 분향이 느껴지는 것 같군. 이놈들아, 달려라! 운하에 이
르러 배를 타면 너희도 쉬면서 가게 되리라!"
　은올기의 호탕한 목소리와 함께 잠시 늦춰졌던 마차의 속도
가 다시금 빨라지기 시작했다.

『북천십이로』 8권에 계속…